きよのお江戸料理日記3

秋川滝美　Takimi Akikawa

アルファポリス文庫

https://www.alphapolis.co.jp/

目次

鰹《かつお》の刺身と納豆汁

文政八年（一八二五年）皐月《さつき》三日、深川《ふかがわ》は富岡八幡宮《とみおかはちまんぐう》近くにある料理茶屋『千川《せんかわ》』では、料理人のきよが落ち着かない思いでへっついに向かっていた。近くには、そわそわしている男がもうひとり……こちらはきよの弟で名を清五郎《せいごろう》という。

ふたりとも逢坂《おうさか》の油問屋『菱屋《ひしや》』の子として生まれ、わけあって揃って江戸に出てきてから二年半が過ぎている。時刻は五つ半（午前九時）、まだ店は開けておらず、仕込みの真っ最中だ。きよはもちろん、右隣では板長の弥一郎《やいちろう》、左隣では兄弟子の伊蔵《いぞう》がせっせと手を動かし、清五郎と奉公仲間のとらは店の掃除をしていた。

落ち着かない理由はただひとつ、卯月《うづき》の頭に逢坂に住む父、五郎次郎《ごろうじろう》から『近々江戸に行く』という文《ふみ》が来たからだ。卯月の中頃に発つから端午《たんご》の節句までには着くだろうと書かれていたが、旅だから多少は前後することもある。おかげで皐月に入ってからの姉弟は、毎日そわそわしっぱなしなのだ。

なんとか掃除を済ませたらしき様子の清五郎が、きよのそばまで来て言う。

「なにが悲しくて、あの年でわざわざ逢坂から出てくるかねえ……」

「そんなこと言うものじゃないわ。きっと私たちを気にして見に来てくれるのよ」

「そりゃそうに違いないけど、そもそも俺は二十一、姉ちゃんは二十四だぜ？　江戸に来てから悪さもせず、立派にやってるのに……」

「悪さもせず？　それはどうかしらねえ……」

くっと笑いをこらえたきよに、清五郎は少々恥ずかしそうな様子になる。きよの言葉で、以前、与力《よりき》の上田《うえだ》相手に騙《かた》りを働いたことを思い出したのだろう。

とはいえ、それはふたりが江戸に出てきて一年にもならないころのことだ。それ以後はずっと真面目に奉公している。近頃では体調を崩したきよの面倒を見てくれたり、堀に流された娘の命を救ったりもしているし、『立派にやってる』という言葉は八割方正しい。わざわざ見に来なくても、という弟の嘆きもわからなくはなかった。

ただ、それと同じくらい父の心配もわかる。なにせ、逢坂から江戸は遠く離れている。藪入《やぶい》りで仕事が休みになっても一日で往復できるような距離ではないため、一度も帰れていない。もとより、ふたりは難を逃れて江戸に出てきたのだから、迂闊《うかつ》に顔など出せるはずもない。父が今のふたりを知らない以上、心配するなと言うほうが無理な話だ。

それでもなお、いざとなると気持ちが騒ぐし、清五郎は清五郎で嘆きが止まらない。

「いいよなあ、姉ちゃんは。今や立派な料理人、『千川』におきよあり、だもん。おとっつぁんが来たところで、これっぽっちも心配ねえ。でも俺は……」

ついさっきまで『立派にやってる』と言っていたのに、今度はずいぶん弱音を吐く。やはり、父の来訪に不安を感じているらしい。末っ子で両親からかなりかわいがられたはずの清五郎ですらこの有様なのだから、きよが不安に思うのは当然だ。だが、それよりも気になるのは、清五郎の物言いだった。

「ちょっと清五郎、いくらなんでも『千川』におきよありって言うのは違うでしょ。誰もそんなふうには思ってないし、なにより板長さんや伊蔵さんに失礼よ」

ここはしっかり窘《たしな》めるべき、とあえて厳しい声を出す。けれど、伊蔵はもちろん、弥一郎も真剣な顔で大鍋をかき回しているだけで、なにも言わない。鍋の中身は大豆を煮て漉《こ》した汁、今は豆腐作りの正念場でそれどころではないのだろう。

きよだって、さらさらの汁がどうやって豆腐になるかは気になる。なにせ逢坂にいたときも今も豆腐は振売《ふりうり》から買うもので、自分で作ったことはない。『千川』ですら、普段は豆腐屋から買っていて、今日が初めての試みなのだ。清五郎は捨て置くことにして、きよは弥一郎の前の大鍋に見入った。

「うん、ちゃんと冷めてるな。ここに、にがりを入れて……」

　神妙な面持ちで弥一郎はにがりを量っている。弥一郎は、豆腐作りの手順こそ知っていたが、材料の分量までは知らなかった。それなら、と豆腐屋に訊きに行ったところ、最初はいい顔をされなかったという。料理茶屋が豆腐を作ることになれば、自分のところから仕入れなくなる。売上減らしに協力するなんて、もってのほかということだろう。

　だが、今回『千川』が作ろうとしていたのは、上方《かみがた》ならではの豆腐。崩れてしまうためあまり大きく切り分けられない、柔らかい豆腐だったのだ。もちろん、江戸では売られていないものだ。

　豆腐屋は、上方の豆腐が柔らかいことを知っていた。上方に出かけた際に食べたこともあるし、作り方も習ったらしい。江戸で作らなかったのは、硬い豆腐が当たり前の土地柄では、売りものにならないと考えたからだそうだ。

　それでも、ふと思い出して柔らかい豆腐を食べたくなることがある。もしも『千川』でそれが食べられるなら悪くはない、これまでどおりに自分の店の豆腐も仕入れてくれるのなら、ということで、上方の豆腐の作り方を指南してくれたのだった。

「泡立てねえよう丁寧に混ぜて……あとは火にかけて……」

　ぶつぶつ言いながら弥一郎は作業を続けている。しばらく煮たあと型に入れ、重しをかけずに固める。重しをかければかけるほど水が抜けて硬くなる。重しの有無が豆腐の柔らかさの決め手だった。

弥一郎は大鍋の中身を型に移し終え、ほっとした顔で額の汗を拭った。

「よし、あとは固まるのを待つだけだ。さて、おきよ、こいつをどうやって出す？」

「どうやって？」

「ああ。そのまんま出したって面白くねえだろ？　どうせなら、江戸の豆腐とは違う料理で出したい」

「そう言われましても……」

弥一郎の思いもわからないではないが、上方風《かみがた》の豆腐はそれだけで十分話題になるし、同じ料理で出すことによって江戸の豆腐との違いが際立つのではないかとすら思う。なにより、下手に工夫して品書きに『おきよの』をくっつけられたらたまったものではない。ただでさえ、自分の名前がついた料理がそこそこ売れていることに、気が引けてならないのだ。『千川』は源太郎《げんたろう》と弥一郎の店、修業中のきよが出しゃばっていい場所ではないだろう。

「せっかく板長さんが丹精込めて作られたお豆腐なんですから、そのままで……」

そんなきよに、弥一郎は首を左右に振る。

「だからこそしっかり売りてえんだよ。おきよの腕はまだまだだが、料理を考え出す力はぴかいちだ。口惜しいが、工夫ってやつは修業の年月とはかかわりないらしい」

「そのとおり」

いつの間に近づいてきたのか、主《あるじ》の源太郎が言う。

「弥一郎が丹精込めて作った豆腐を、おきよの工夫で売る。店は大繁盛、こんなにいいことはねえ」

それでもためらい続けるきよを見て、弥一郎がはっとしたように言った。

「さてはまた、『おきよの』が増えたら困る、とでも思ってるな？　余計なことを考えるんじゃない。『おきよの』だろうが『弥一郎の』だろうが、俺は一切気にしねえ。売れりゃあいいんだ、ってことでおきよ、おまえならこいつをどう仕立てる？」

弥一郎に詰め寄られ、ようやくきよは口を開く。実は、柔らかい豆腐をどう出すかについては、既に考え済みだった。

「柔らかい豆腐は大きく切って器に盛ると、崩れて見栄《みば》えがよくありません。一口の大きさにして水に浮かべて出してはどうでしょう。薬味をたくさん添えて。冬は湯、夏場は水……深川の井戸水は塩気が多いから、買った水を使うことになりますが……」

『たくさん』の意味がわかりづらかったのか、源太郎が首を傾げて問う。

「水はかまわねえが、薬味をたくさんって？　生姜《しょうが》や葱《ねぎ》を盛り上げるってのかい？」

「じゃなくて、種類を増やすんです。生姜や葱はもちろん、大葉、茗荷《みょうが》、大根下ろし、削り節、一味に七味……ひとつずつ別な味わいを楽しめるように取りそろえて」

「豆腐を小さく切って、それぞれに好きな薬味をのせて醬油をぶっかけるってわけだな」

「そのお醬油も、生醬油《きじょうゆ》だけじゃなくて出汁《だし》で割ったものや柚子《ゆず》を搾り入れたもの、胡《ご》麻《ま》油《ゆ》も乙《おつ》だと思います」

「胡麻油だけじゃ香りはいいが、味は今ひとつだろう？」

　弥一郎がぎょっとしたように訊ねてくる。

「火にかけて塩を溶かします。奴《やっこ》は『さっぱり』が持ち味ですが、胡麻油を使うと食べ応えが出ます」

「なるほどなあ……これじゃあ『弥一郎の奴』なんて出せねえ。どう考えたって『おきよの一口奴』のほうが上だぜ」

　大したもんだ、と源太郎は手放しで褒める。弥一郎も我が意を得たり、と言わんばかりだった。

「ほら見ろ。おきよはいつも、俺には考えつかない工夫を入れてくる。俺だって薬味をあれこれ揃えるぐらいは思いついたかもしれねえが、豆腐そのものを細かく切って水に浮かべて出す、しかも夏は水、冬は湯、なんてとてもとても……」

「そこまで褒められるようなことでは……」

「いやいや……それなら見栄《みば》えもいいし、客だって自分の好みに合わせやすい。本当にいい工夫だ。おまえはもうちょっと胸を張っていい。己の力量を見極められないと、次の目当《めあ》てだって定められない。自分を知った上で、もっと上に行こうと頑張ることが大事だ」

「は、はい……」

口の中でもごもごと呟く。

あまりの褒められぶりに、嬉しいのを通り越して恥ずかしくなってくる。褒められたのは初めてではないが、ここまで手放しなのは覚えがない。どうしてここまで強く言うのだろう。もしや客の誰かに、あの陰気くさいのをなんとかしろ、とでも言われたのではないか、と疑いたくなってしまった。

きよの思いを知りもせず、弥一郎は上機嫌、源太郎も嬉しそうに頷く。

「お説ごもっとも。そろそろ『菱屋』さんも江戸に着くころだ。しっかり励んでるところを見せねえと、おとっつぁんだって心配する、ってことで、話はこれまで。みんな仕事に戻ってくれ」

きれいに話をまとめ、源太郎は手を打ち鳴らす。昼四つ（午前十時）の鐘も聞こえてくる。店を開ける頃合いだった。

その日、夜まで待っても父、五郎次郎は現れなかった。

仕事を終えたあと湯屋に寄った清五郎によると、大井川《おおいがわ》で川止めがあったせいで上方《かみがた》からの荷物が来ない、と嘆く客がいたらしい。大雨による川止めは珍しいことではないが、今回は七日ほど止まっていたそうだ。

実家からの文《ふみ》には、端午《たんご》の節句のころまでには、と書かれていたものの、父は大層用心深い。予定を知らせるときもゆとりを持たせているはずだから、端午の節句の前に到着するのではないか、と思っていたが、七日もの川止めでは仕方がない。たとえ父が大井川を渡る頃合いではなかったとしても、大雨が原因なら旅に支障が出ないとは限らない。

父はもう五十を超えている。年のわりには健脚だが、所詮隠居の身だ。急ぐ旅ではなし、と宿で雨が弱まるのを待っているのかもしれない。

「川止めってのは本当に困るよな。俺たちが江戸に来たときも心配したけど、案外すんなり渡れたから、おとっつぁんも支障ないとばかり思ってたけど、七日じゃなあ……」

茶碗に大盛りにした飯にとろろ汁をかけながら清五郎が言う。とろろ汁は山芋《やまいも》を擂《す》り下ろしてすまし汁で割ったものだが、滋養がある上に喉を通りやすくなるせいか、飯が止まらなくなる。

先だって、体調を崩した際に、白米ばかりでは身体に良くないと聞いたきよは、五日に一度麦まじりの飯を炊くようになった。だが、身体にいいのはわかっていても、江戸に来てからずっと白米だったせいで口が肥《こ》えたのか、馴染《なじ》みだったはずの麦飯が食べづらくなっていた。なんとかならないか、と考えた挙げ句、とろろ汁を思いついた。

江戸でもとろろ汁には麦飯を合わせることが多い。さらに、汁かけ飯であれば麦の口当たりも気にならなくなるのではないか、と考え、麦飯の日は少し濃い目の味噌汁や、とろろ汁を添えることにしたのである。

『千川』の品書きにもとろろ汁があり、賄《まかな》いに出されることもあるが、いずれも味噌仕立て。対して、きよが家で作るのは醤油仕立てのとろろ汁である。これには清五郎も大喜び、実家にいたころを思い出せて嬉しかったに違いない。

茶碗の飯が半分ぐらいになったところで、ようやく箸を止めた清五郎が言う。

「おとっつぁん、鞠子《まりこ》でとろろ汁を食ったかな?」

「食べたに決まってるわよ。おとっつぁんはとろろ汁に目がないし、あれほどの食い道楽が名物を見逃すわけがないもの」

「だよな。足止めを食ったのが鞠子ならいいな。うまい具合に大井川を渡り終えたあと、鞠子で雨宿り。それならおとっつぁんもとろろ汁が食い放題だ。あ、でも、なんで味噌仕立てなんだ、とか文句をつけたりして」

「それはないわ。おとっつぁんは味噌だろうが醤油だろうが、美味しければいいって考えだし、むしろ食べつけない味を喜ぶと思う」

「なるほど」

そうかそうか、と頷き、清五郎はまた食べ始める。きよも箸を取り、懐かしい醤油仕立てのとろろ汁を味わう。とろろそのものに大して癖はない。それだけに薬味が果たす役割は大きい。香りの高い青海苔《あおのり》や舌にぴりりとくる胡椒《こしょう》をふんだんに使いながら、和《なご》やかな夕食が続く。

「明日ぐらいには着くかなあ……」

ふと漏らした言葉から、弟の気持ちが溢《あふ》れてくる。なにせ弟は末っ子、口でどう言おうが父との再会が待ち遠しくてならないのだろう。

「だといいわね」

食事を終えたあと、戸締まりを確かめるついでに外に出てみた。見上げた月には雲がかかっており、西のほうにはもっとたくさん雲が見える。このところ、雨が降ったりやんだりですっきりと晴れない。この分では、明日も雨になるかもしれない。

どうかおとっつぁんに支障がありませんように……と祈りつつ、きよは戸に心張《しんば》り棒《ぼう》を渡した。


きよの予想どおり翌日は雨、その次の日も雨だった。

しかもかなり強い雨で、これなら今日は着かない、むしろ下手に歩かず宿にいてくれたほうがいい、と思うほどだった。

おかげで弥一郎と伊蔵の間で、いつもどおりに仕事ができた。だからこそ、目を上げた拍子に旅姿の父が入ってくるのを見て、心底驚いて声を上げてしまったのである。

「ど、どうしたんだい、おきよちゃん？」

心配そのものの顔でとらが飛んできた。

きよは普段から口数が少なく、話し声もどちらかと言えば小さい。そんなきよが声を上げた。しかもかなりの大声で離れたところにいたとらの耳にまで届いたとなれば、驚かれるのも無理はない。左右にいる弥一郎と伊蔵も目を見開いてきよを見ている。

「いえ……えっと……あの……」

口ごもっている間に、源太郎が父に気づいて嬉しそうに迎えた。

「五郎次郎さん、ようこそおいでくださいました！」

「こんにちは、源太郎さん。息子たちがお世話になっております」

「なんの、なんの。ご無事でなによりです。長い川止めがあったと聞いて、気を揉んでおりました」

「ご存じでしたか。でも、幸い一日だけ渡れる日がありましてな。あくる日にはまた川止めになっちまいましたが、なんとか渡ることができました」

「それはようございました。さすがは『菱屋』さん、日頃のおこないが違いますね」

「いやいや、実はまた小雨が降り始めていましたし、川上のほうの空は真っ暗でした。渡れると思わず宿から出ない者も多かったんです。ですが、一か八かだと思って行ってみたら、目の前で川止めが解かれまして」

「え、水の具合は大丈夫でしたか？」

「嵩《かさ》も勢いもそれなりにありました。でも、また川止めになったら困るってことで大急ぎで渡りました」

なんて危ないことをするのよ！　ときよは叫びそうになる。とはいえ、相手は父親だ。しかも父がちゃんとときよを気にかけてくれていたと知ったのは江戸に来てからのことで、逢坂にいた時分は、厄介者としか思われていないと信じていた。おかげで親しく口をきいた覚えがない。そんな間柄の上に、長年会っていなかった相手に言い放つわけにもいかず、きよは言葉をぐっと呑み込んだ。

だが、呑み込みきれない男がひとり……早足に近づいてきた清五郎だった。

「なんでそんな無茶をするんだよ！」

まず父に気づいたのはきよ、それから源太郎だった。どうやら清五郎は、入口に背を向けていたせいで気づくのが遅れたらしい。弟のことだから、それもきっと気に入らなかったに違いないが、それ以上に父の無謀なおこないに耐えかねたのだろう。

大声を上げた後、清五郎は父親に詰め寄った。

「川止めが解かれるか解かれないかのうちなんて、危ないに決まってるじゃねえか！しかも、空が真っ暗だったら川上では大雨に違いねえ。一気に水嵩《みずかさ》が増して、呑まれちまったらどうするつもりだったんだよ！」

いきり立つ清五郎に、父は平然と返す。

「誰かと思ったら清五郎か。ずいぶん老《ふ》けたな」

老けたと言うなら、それは父のほうだろう。年はどっこいどっこいのはずだが、父は源太郎より三つ四つ、どうかしたら五つぐらい年上に見える。やはり今なお『千川』の主《あるじ》を務める源太郎と、隠居の父では見てくれにも差が出てしまうのか。はたまた旅の疲れの影響か……

そんなことを思っている間にも、清五郎は父に言い返す。さすがは末っ子、心配からとはいえ、思いの丈をぶちまけられるのは羨《うらや》ましい限りだった。

「老《ふ》けたとか言わないでくれ、大人になったんだよ！　それより……」

「そううるさく言うな。川上で降った雨が下まで流れてくるには時がかかる。ちゃんと見極めて渡ったんだから支障はない」

「おとっつぁんが川の玄人《くろうと》だったとは知らなかったよ！」

「まあまあ……とにかく無事だったんだからよかったじゃないか」

そこで源太郎が間に入り、親子の言い合いは終わりになった。

「五郎次郎さん、なにはともあれ、一休みしてください。ささ、こちらへ」

だが源太郎に促《うなが》されても、父は座敷に上がろうとしない。疲れているはずなのに……と思いながらふと見ると、父の足は泥にまみれている。雨は上がっているとはいえ、道はまだ乾いていない。父は座敷を汚すのを気にしたのだろう。

幸い、昼飯時を過ぎて客もまばらだし、注文された料理はすべて出し終えている。今なら板場を離れても支障ないかも……ということで、きよは弥一郎に声をかけた。

「板長さん、すみませんが、ちょっと裏に入ってもかまいませんか？」

「かまわないが……なにか足りないものでもあったか？」

「いえ、足濯《あしすす》ぎを……」

「ああ、そうか。それは気づかなかった。行っていいぞ」

「ありがとうございます。では……」

きよが軽く頭を下げて立ち上がろうとすると、反対隣の伊蔵が声をかけてきた。

「通路のへっついで湯を沸かしてあるから、使っていいよ」

「え……？」

なにかに使うつもりで沸かしていたに違いないのに、と戸惑うきよに、伊蔵はにっこり笑って言った。

「青菜を茹でるつもりだったが、たっぷりあるから多少使ってもかまわねえ。青菜は今すぐじゃなくていいし、減った分は水を足しておいてくれればいい」

「それがいい。疲れた足には水より湯のほうがずっといい」

弥一郎からもすすめられ、きよはありがたく湯を使わせてもらうことにした。板場の話が聞こえたのか、とらがへっついを回って来てくれる。

「あたしがやるわ」

「いえ、それは私が……」

「でも……」

「おきよに任せなよ。おきよだって、おとっつぁんの世話がしたかろう」

「なるほど、それもそうね」

伊蔵の言葉にあっさり頷き、父のところに行ったとらは笠と荷物を受け取って言う。

「今、足濯《あしすす》ぎを支度してますから」

父はほっとしたように答えた。

「助かります。正直、こんな足じゃ上がるわけにはいかないと思ってました」

「足濯ぎか！　これは気がつかなかった！」

源太郎が申し訳なさそうに言うが、『千川』は宿ではないのだから、足濯ぎの用意がないのは当たり前で詫びることではなかった。さらに源太郎は、とらを褒める。

「さすがはおとら。よく気づいたな」

「あたしじゃありません。おきよちゃんです」

「おきよ……」

そこで父が板場に目を向けた。まじまじと見られて照れくさくなり、逃げるように裏に入る。通路のへっついには、伊蔵の言うとおり大鍋がかかっている。蓋を取って覗き込むと、湯がぐらぐらと沸いていた。

奥から持ってきた盥《たらい》に湯を移し、水を足す。疲れた足には少し熱いぐらいが心地よい。少しずつ足しながら湯加減を見ていると、父がやってきた。

「今持っていきます」

「いやいや、ただでさえ料理茶屋で足を洗うのは憚《はばか》られる。せめて裏で、と源太郎さんにお願いしたんだよ。おまえたちの顔が早く見たくて、まっすぐに来てしまった。こんなことなら、いったん宿に入って身ぎれいにしてから来るんだったよ」

その言葉に、きよは父に会えた喜びが一気に萎《しぼ》んでいく気がした。

父が宿を取るつもりだなんて考えてもいなかった。当然、自分たちの長屋に来てくれるものだと思っていたのだ。

だが、そんな気持ちも告げられないまま、きよは隅にある腰掛けを取りに行く。

きよがすすめた腰掛けに、父は「よっこらしょ」と声を出して座った。

足元に盥を持っていって草鞋《わらじ》を脱ぐ手伝いをする。初めて触れた父の足は、思ったより固く締まっている。この年で逢坂から江戸まで歩けたのも頷ける足だった。

「ありがとよ」

足を濯ぎ終え、父は生き返ったような顔で店に戻っていった。盥を片付け、大鍋に減った水を足してきよも板場に戻る。まっすぐにここに来たと言っていたから、父は昼飯を食べていないはずだ。是非とも『千川』の料理を味わってもらいたい。なにより、食い道楽の父がどんな反応を示すか、気になってならなかった。

早速、源太郎が声をかける。

「ではさっぱりなさったところで、なにをご用意しましょう？　今日はとびきりの鰹《かつお》が入ってますんで、鰹飯などいかがでしょう？」

「鰹は好物です。だが、とびきりの鰹となると刺身も捨てがたい」

「なるほど……では、両方ってことでいかがです？」

「いやいや、刺身はやっぱり白飯でいただきたい。なにせ江戸の米の旨さは堪《こた》えられないですし。それとなにか汁を……」

「――わかりました。では、鰹の刺身と白飯と汁ってことで、酒はどうします？　熱いやつを一本付けましょうか？」

源太郎に訊かれ、父はあっさり首を横に振る。子どもらが働いている目の前で昼酒でもないでしょう、と笑う顔に思いやりが溢《あふ》れていた。

板場に入るようになってから、きよが一番に励んだのは魚の下ろし方だった。弥一郎がやっているのを見たり、伊蔵に手ほどきを受けたりで、今では鰯《いわし》や鯖《さば》なら難なく捌《さば》ける。だが、さすがに鰹、しかも刺身となったらきよの手には負えない。負えないというよりも、しくじったときに取り返しがつかないということで、伊蔵ですら鰹や鯛《たい》には手を出さない。大きな魚を捌くのは板長である弥一郎の仕事だった。

今日のきよの受け持ちは鰹飯である。どうせなら自分の料理を食べてほしい気持ちはあったが、父が刺身を食べたいのであれば諦めるしかないだろう。

そのとき、弥一郎の小さなため息が聞こえた。

「どうしました？」

「いやなに……『菱屋』さんにおまえの料理を食ってもらおうと思ってたんだが、さすがにまだ刺身を引かせるわけにはいかねえ。これじゃあ、腕試しもへったくれも……」

「え？」

「おっといけねえ、口が滑った……」

弥一郎が珍しく慌てた様子で言う。聞かなかったことにしてくれ、と言われても、さすがに無理な相談だった。

「あの……どういうことなんですか？」

「俺としたことが、やらかしちまった……」

弥一郎はちらりと座敷に目をやった。源太郎と父が板場を気にするふうがないのを確かめたあと、話し始める。

「今回『菱屋』さんが江戸に来たのは、おまえを連れ戻すためなんだ」

「連れ戻す⁉ いったいどうしてそんなことに……」

「実は、うちの親父が文《ふみ》に余計なことを書きやがってな……」

『菱屋』に文を送るときは、預かっている姉弟の様子を知らせるのが常になっている。父は姉弟、とりわけきよを気にしていることもあって、料理修業の進み具合もかなり詳しく書き送っていたそうだ。源太郎は常々、料理修業そのものはつつがなく進んでいるものの、きよの気の持ちようが心配でならないと書いていたという。

「気の持ちよう？」

「ああ。技量はちゃんと上がっているのに、どうにも自信ってものがついてこねえ。口に出すことは減ったものの『私なんか』が透けて見える。それが心配だって……」

「そうですか……。でも、それと腕試しにどういうかかわりが？」

「『菱屋』さんは、てめえの力量が信じられねえ料理人が、店の役に立つわけがない、迷惑にならねえよう逢坂に連れ戻す、って……」

「え……」

二の句が継げないとはこのことだ。まさか、父がそんな魂胆で江戸に来たなんて考えもしなかった。

　弥一郎が後ろめたそうに言う。

「『菱屋』さんからの文を読んで、親父も慌てて『心配ご無用。しっかり店の役には立っている』って文を返したらしい。だが、どうにも了見《りょうけん》してもらえなくて、とうとう連れ戻しに来ちまった……もう、詫びる言葉もねえよ」

「そんな！　板長さんは悪くないです」

「いや、おきよの心構えが心配だってのは、俺も思ってたことなんだ。考えが揃っちまったからこそ、うちの親父も文に認《したた》めた。おまえを連れ戻されないためには、『菱屋』さんを唸らせるような料理を出すしかねえ。それならってんで、親父が鰹《かつお》飯をすすめる算段になってたんだよ」

「鰹飯なら私の受け持ちですものね……でも、おとっつぁんは刺身を選んだ……」

「そういうことだ。このままじゃあ……」

　そこで弥一郎は、言葉を切った。

　続く言葉が『逢坂に連れ戻される』であることは、容易に想像できた。辛そうな顔つきから、弥一郎もきよが連れ戻されては困ると思っていることが確信できる。

　しきりに豆腐の工夫を褒め立て、胸を張れと言ったのも、父にきよの自信のない姿を見せまいという気遣いからだったのだろう。

「そうだったんですか……」

「本当にすまん。だが、おとっつぁんを了見《りょうけん》させるには、おまえが気張るしかねえ」

力のこもった目できよを見たあと、弥一郎は伊蔵に声をかけた。

「伊蔵、今日の汁はおまえの受け持ちだが、『菱屋』さんのはおきよに任せろ」

「へーい」

「それとおきよ、こいつも頼む」

そこで弥一郎は刺身を盛ろうとしていた手を止め、皿をきよに渡した。

「おまえに刺身を引かせるわけにはいかないが、盛り付けなら任せられる」

「盛り付けですか？」

「どんなに旨い料理でも、盛り付け次第で不味《まず》そうに見えてしまう。逆に多少難ありでも盛り付けがうまくいけば、ひと味上がったように見える。疎《おろそ》かにされがちだが、盛り付けってのはそれぐらい大事なんだ」

「そんな大切な仕事を私に？」

「おとっつぁんに修業の成果を見てもらうのに格好だろう」

弥一郎はにやりと笑って、糸切り大根や青紫蘇《あおじそ》といったあしらいを入れた平笊《ひらざる》を回してくる。ついでに大根おろしが入った鉢も……おそらく薬味として添えろということだろう。だが、父は確か鰹《かつお》の刺身に大根おろしは使わない。大根おろしの鉢だけ返し、代わりに皿に伏せてあった猪口《ちょこ》に手を伸ばした。

「こっちを使わせてもらいます」

「おとっつぁんは辛子《からし》好きか」

「はい。鮪《まぐろ》には大根おろしですが、鰹は辛子に限るって」

「わかる。俺も鰹には辛子だ」

「それと……お皿を変えてもいいですか？」

先ほど渡されたのは、刺身ならこれと決まった鶯茶《うぐいすちゃ》の角皿だった。平目《ひらめ》や鯛《たい》といった白身の魚はよく映《は》えるが、鮪や鰹のような赤身は色が沈むので糸切り大根を敷かなければならない。だが、糸切り大根はあくまでも飾りとして食べ残す客も多い。残った糸切り大根は捨てるしかなく、そのたびにもったいないと思っていた。

赤身の刺身のときは違う皿を試してみたい。皿の色を変えれば、糸切り大根を敷き詰めなくてもいい。使う量を減らしてうまく盛り付けられれば、無駄が減って儲《もう》けに通じる。そんな試みも相手が父なら許されるのではないか、ときよは考えたのである。

皿を変えたいという言葉に意表を突かれたようだったが、それでも弥一郎は好きな皿を使えと言ってくれた。

言い出す前から目当ての皿は決まっている。器がずらりと並んでいる棚から取り出したのは、小指の爪半分ほどの線で渦巻きを描いた丸皿。地はほんの少し灰色がまじった白、赤身の魚にはもってこいの色だった。

「飛《と》び鉋《かんな》、しかも丸皿ときたか……」

弥一郎によると、これは飛び鉋という模様で筑前《ちくぜん》の窯で焼かれた皿らしい。船で運ばれてきた貴重な品だと聞いて、きよはぎょっとした。

「そんな大事なお皿なんですか！　じゃあ、ほかのを……」

慌てて別の皿を探そうとするきよに、弥一郎は笑って言った。

「かまわねえ。皿なんざ、使ってこそだ」

「じゃあ……」

安心して、それでも皿をまな板にそっとのせる。

『千川』で刺身に使っている角皿より小振りなのでのせられる量は減るが、むしろ好都合だ。なにせ母からの文《ふみ》によると、父は五十を過ぎて食欲が落ちつつあるのに食い道楽がやめられず、あれもこれも食べたいのにすぐに腹が満ちてしまう、と嘆いてばかりだそうだ。一皿の量が減ればその分ほかの料理を楽しめるに違いない。

　糸切り大根を小さく盛り、もたれかけるように大葉を置く。その大葉に重ねて刺身を並べる。そこにまた大葉を半分ほど重ねてもう一列刺身、手前に辛子《からし》、糸切り大根の脇にはわかめと千切りにした茗荷《みょうが》をのせてみた。

　独活《うど》か茗荷のどちらにしようか迷ったけれど、確か父は茗荷が大好物だ。そのまま醤油で食べてもいいし、汁に入れるのも乙《おつ》ということで茗荷にした。なにより飛び鉋の皿には、真っ白な独活よりも薄紫の茗荷のほうが合う。

　あれこれ考えながら、それでも刺身が傷《いた》まないよう大急ぎで盛り付ける。出来上がった皿を見て、弥一郎が大きく頷いた。

「おきよらしい、柔らかい感じの盛り付けだな」

「おかしくありませんか？」

「ぜんぜん。上品でいい。白い皿は赤身の刺身がきれいに見える。今度から鮪《まぐろ》や鰹《かつお》には白を使うことにしよう」

　ほっとする間もなく、汁を拵《こしら》え始める。父は空腹に違いない。とにかく急がなければ、ときよは手を動かし続けた。

「上がったぞ！」

弥一郎の声で、源太郎が皿を盆にのせる。白飯と刺身、香の物はすでに盆の上、あとは汁をのせて運ぶばかりだった。

「これは……眼福」

運ばれた刺身を見て、父が驚きの声を上げた。さらに歓呼の声が続く。

「納豆汁か！」

すかさず源太郎が訊ねる。

「お好きですか？」

「納豆汁は大好物です。いや、これは嬉しい」

父はさっそく汁を啜《すす》り始めた。

そのまま父の反応を窺《うかが》っていたかったけれど、立て続けに客が入ってきてしまった。子どもたちが働いているのに、と酒を控えてくれた父のためにもしっかり勤めなければ、ときよは背筋を伸ばす。その思いに応えるように、常連ふたり組が暖簾《のれん》をくぐってきた。

「『おきよの五色素麺《そうめん》』をくれ！　玉子たっぷりでな」

「豪勢だな。こちとら同じ素麺でも雨続きのせいで玉子抜きしか食えねえってのに」

「なに言ってんだ。俺は大工、おまえは屋根職人。雨で稼げねえのは同じだぜ。だが、しみったれてたって仕方ねえ。ここはひとつ玉子で景気づけだ！」

「なるほど、じゃあ俺も玉子入りで！」

座敷に上がりながらふたり組が注文を飛ばす。仕事の段取りのせいか、昼飯が遅くなったらしい。続いて入ってきて父の近くに座ったのは、四十前後の女。ふたり組と同じく常連で、こちらは近くの長屋に住む生花《いけばな》の師匠である。

注文を取りに行った源太郎が、板場に来て言う。

「おきよ、お師匠さんが褒めてたよ。刺身の盛り付けがきれいだって！」

源太郎が鼻の穴を膨らませた。やけに嬉しそうだと思ったら、普段なら汁と飯、あるいは素麺といった軽いものしか頼まないお師匠さんが、刺身を注文してくれたという。父に出された刺身の皿を見て、同じものが欲しい、ついでにお酒も一本……と言ったそうだ。きれいに花を生《い》けるのが生業《なりわい》のお師匠さんに褒められるなんて大したものだ、と源太郎も大いに褒めてくれた。

だが、嬉しいのは嬉しいが、きよが気になるのはお師匠さんより父のほうだった。

「あの……旦那さん、父はなんて……？」

「もちろん、五郎次郎さんも褒めてたよ。おきよが盛り付けましたって言ったら、きよは昔から、器の選び方やあしらいがうまいのか、盛り付けが粋《いき》だった、江戸に来てからさらに腕を上げたみたいだ、って目尻を下げっぱなし。納豆汁も滅法旨《めっぽう》かったってさ。思ったより『千川』さんのお役に立ってるみたいで安心しました、だってよ」

「よかった……」

「これで、逢坂に連れ戻される心配はなくなったかな」

弥一郎の言葉に、源太郎がぎょっとする。おきよに言っちまったのかい……とこぼしたあと、申し訳なさそうに言った。

「すまなかった。俺が要らぬことを言ったばっかりに、おとっつぁんに長旅をさせちまった。にしても……大したもんだよ、五郎次郎さんは」

俺は息子の彦之助《ひこのすけ》の様子が気になりながらも、京まで見に行く気にはなれなかった。妻のさとは一度見てきてくれと何度も頼んできたが、腰を上げようとしなかった。しかも、路銀をごまかして迷惑をかけたというのに、文《ふみ》で詫びただけで済ませた。親としての心構えが足りないのかもしれない、と源太郎は言う。

どう言葉を返すべきか悩むきよの代わりに、弥一郎が答えてくれた。

「あちらさんは隠居、親父はいまだ『千川』の主《あるじ》、同じようにはいくまいって」

「そ、そうです。親としての心構えとはかかわりありません」

「そうだな……暇さえあれば、俺も京に詫びに行った。そう思っておくことにする。俺と五郎次郎さんは、昔から似た者同士だったからな」

苦笑しつつ、源太郎は客のほうに戻っていく。

『昔から似た者同士』という言葉に首を傾げたものの、注文はどんどんたまっていく。今は料理を出すのが先だった。


鰹《かつお》の刺身と納豆汁がよほど気に入ったのか、はたまた空腹過ぎたのか、父は白飯をおかわりまでしてきれいに平らげた。

客はそれなりの数だったが、遅い昼飯を食べに来た者ばかりで長居はせず、満席になることもなかった。主のすすめもあって、父が食べ終わったあともゆっくり休むことができたのはなによりだった。

それでも、さすがに一刻《いっとき》（二時間）もいれば十分、これ以上は迷惑と思ったのだろう。父はゆっくり立ち上がると、板場の近くまで来て源太郎に声をかけた。

「お邪魔しました。俺はこれで……」

「え、もう？　きよも清五郎もまだ……」

おそらく源太郎は、父がきよたちの家に泊まると思っているのだろう。姉弟は仕事中だし、ひとりで戻っても仕方がないと考えているに違いない。

その証《あかし》に、申し訳なさそうな言葉が続く。

「里から親父さんが来てくれるなんて滅多にあることじゃない。早帰りさせてやりたいのは山々ですが、これから忙しくなる時分で……」

「とんでもねえ話ですよ、源太郎さん。こんなにゆっくりさせてもらっただけでもありがたい。子どもたちの働きぶりも確かめられたし、あとはどこか宿を探して……」

「宿？　おきよたちのところじゃなくて？」

「なに言ってんだい、おとっつぁん！　うちに泊まればいいじゃねえか！」

源太郎の声を聞きつけて、清五郎もすっ飛んできた。きよは、父がそう決めたのなら仕方がないと思っていたが、弟は納得できないのだろう。

「せっかくだが、長屋は狭いだろう？　布団だって……」

「狭いったって、ひとりぐらいなんとでもなる。布団なんぞ俺のを使えばいい」

「俺のって……おまえはどうするんだ？」

「俺は平気だよ。冬の最中《さなか》じゃあるまいし、そこらでごろ寝したって風邪なんて引かねえさ」

「そうもいかねえだろう。お勤めに障《さわ》りがあっちゃなんねえ」

「だってよう……。それじゃあ、せっかく来てくれたのにろくに話もできねえ……」

清五郎は下唇を噛みしめている。

子どものころ、悔しかったり思いどおりにならなかったりしたとき、よくこんなふうにしていた。おそらく父の布団を用意しなかったことを悔いているのだろう。無理もない。江戸に来てから、きよたちを泊まりで訪《おとな》う者はひとりもいなかった。実家にいたころですら、人の布団の心配などしたことがなかったのだから、清五郎が思いつかなくて当然、むしろきよの怠《おこた》りと言えた。

「ごめんなさい、おとっつぁん。それに、清五郎も……。私が損料屋《そんりょうや》に借りておくべきだった……」

損料屋はありとあらゆる道具を貸してくれる。布団だって借りられるはずだ。自分たちは勤めがあるから無理にしても、隣のよねに頼めば代わりに行ってくれたかもしれない。こんなに清五郎が父と過ごしたがっているとわかっていたら頼んでおいたのに……と思ってもあとの祭りだった。

「損料屋か……。今から行ってみるかな……」

父が苦笑いで言う。

息子がこんなふうに唇を噛む姿は見たくないのだろう。それが夜の間だけでも一緒に過ごしたいという思いからだとわかっていれば、甘くなるのも無理はない。

「ではこの足で……」

「ちょっと待ってください」

そこで踵《きびす》を返そうとした父を呼び止めたのは、弥一郎だった。

先ほどから清五郎と父の会話を聞きながら難しい顔をしていたが、もしや窘《たしな》められるのだろうか。勤めに障《さわ》りが出るから父親には宿に泊まってもらえ、などと……

そんなきよの心配をよそに、弥一郎は源太郎に訊ねた。

「うちに余分な布団はなかったか？」

「ねえはずだ。少し前まであるにはあったが、彦之助が戻ってきたから今はあいつが使ってるし……」

「いや、それじゃねえ。いつだったか布団を打ち直したときに、間に合わせで誂《あつら》えたやつ。最初はそれこそ損料屋に借りようって話だったが、奉公人の分まで順繰りに打ち直すから長くかかる。損料も馬鹿にならねえし、それぐらいなら買っちまえって……。あれってどうなった？」

「そういやそんなこともあったな……。処分した覚えはねえから、まだあるはずだ。よし、訊いてこよう。五郎次郎さん、ちょいと待っててくだせえ」

そう言い残し、源太郎は店を出ていった。そのまま裏の家に行って、さとに訊ねるのだろう。

　程なく、源太郎が戻ってきて嬉しそうに言う。

「あった、あった、ありましたぜ、五郎次郎さん！　これで損料屋に行かなくて済むし、今夜からでも長屋で寝られます。いや、よかったよかった」

「いや、でも、お借りするのは……」

「なにを言ってるんですか。どうせ使ってない布団です。なんなら長屋じゃなくてうちに泊まってもらってもいいんですが、それじゃあ清五郎が合点《がてん》しない。多少狭くても親子水入らずで過ごしてくださいな」

「本当にいいんですか？　じゃあ……お言葉に甘えますかな……」

「どうぞどうぞ。今、うちのやつに大風呂敷に包ませてますんで」

「ありがとうございます！」

　父が深々と頭を下げた。清五郎も大喜びで言う。

「旦那さん、本当にありがとうございます！」

「いやいや、とにかく使える布団があってよかった」

　源太郎の言葉で布団の話は終わり、あとは長屋に運ぶだけとなった。

　父は自分が担いでいくと言うが、いくら休んだあとといってもまだまだ疲れは残っている。さすがに布団を背負わせるわけにはいかない、と思ったのか、清五郎が言った。

「おとっつぁん、俺が帰りに背負っていくよ」

「布団ぐらい持てるさ」

「いやいや、やめたほうがいい。どうせ寝るときにしか使わねえんだから、夜になってもかまわねえだろ？」

「じゃあ任せようかな……」

そう言いつつも、父はまだためらっている。仕事帰りの息子に布団まで運ばせたくないのだろう。その時、戸口に男がぬっと現れた。誰かと思えば彦之助、しかも大きな風呂敷包みを背負っている。

「おとっつぁん、布団の支度が調《ととの》ったぜ。これ、おきよのとこに持っていけばいいんだよな？」

「そうか、おまえがいたな。じゃあ、ひとつ頼まれてくれ」

ほっとした様子の源太郎に、慌てて清五郎が言う。

「平気ですって。俺が帰りに……」

「いやいや。天気がまた崩れかけてる。ものが布団だけに濡れたらことだ。今のうちに運んだほうがいい」

彦之助の言葉で、みんなが一斉に外に目をやる。確かに、今にも降り出しそうな空の色だった。

「そうか、雨は面倒だな……」

「ってことで、ちょっくら運んでくるよ。俺が行けば道案内もできるし。『菱屋』さんは、孫兵衛長屋《まごべえながや》をご存じないでしょう？」

「道を教えてもらおうと思ってましたが、一緒に行ってもらえるなら助かります」

手間を取らせて申し訳ない、と父は頭を下げた。

「頭なんて下げねえでくだせえ」

彦之助が目を白黒させながら言う。

『菱屋』は逢坂ではそれなりの大店《おおだな》だ。その主《あるじ》が若造相手にこんなふうに頭を下げるのが珍しいのだろう。さらに続ける。

「俺はせっかく修業先を世話してもらいながら逃げ出して、『菱屋』さんの顔に泥を塗った男です。どれだけ詫びても詫びきれねえ。布団ぐらい運ばせてくだせえ」

「ああ、じゃああんたが彦之助さんか……。話は娘から聞いてますよ」

『娘』という言葉に、彦之助がきよを見た。だが、きよは父への文《ふみ》に彦之助のことを書いたことはない。この場合の『娘』はきよではなく姉、彦之助が修業に行った京の料理茶屋『七嘉《なか》』に嫁入りしたせいのことだろう。

「せいが文《ふみ》で委細を知らせてきました。あの店なら、と思って紹介したのですが、とんだことになってしまいまして。先日せいの亭主からも、申し訳なかったと連絡がありましたよ」

「そうでしたか……」

「亭主は『千川』の息子は筋がいいって褒めてました。あんなことがあったのだから、店に戻すわけにはいかないし、本人も戻りたくないだろうが、なんとか修業は続けてほしいとありました。かなり買っていたようですよ」

「ご亭主はできたお方ですな……」

彦之助は兄弟子たちに虐《いじ》められ、江戸に使いに出されたのをいいことにそのまま家に戻ってきた。おまけに路銀にまで手を付けたというのに、なんと寛容な……と源太郎はしきりにありがたがる。

どうやら姉の夫は思ったよりいい人らしい。きよは密かに、彦之助は姉を慕っているのではないかと思っている。もしその憶測が当たっているとしたら彦之助の心情は複雑かもしれない。いや、案外せいが幸せに暮らせそうなことに安心するだろうか……

いずれにしても彦之助はそれには触れず、軽く会釈《えしゃく》して父を促《うなが》した。

「じゃ、『菱屋』さん、そろそろ出かけましょう」

「はい、お世話になります」

かくしてふたりは孫兵衛長屋に向けて歩き出す。孫兵衛長屋の大家は信心深く、頻繁に富岡八幡宮にお参りしているせいか、界隈《かいわい》の店をよく知っている。『千川』についても昔からの馴染《なじ》みで、その縁もあってきよと清五郎は孫兵衛長屋に住むことになった。彦之助はここで生まれ育ったし、『千川』の息子でもある。大家だって顔ぐらい覚えているだろう。布団を担いでいったところで、怪しまれることもない。大家は気のいい人だから、父を隣のよね親子にも紹介してくれるはずだ。きよたちが家に戻るまで、安心して過ごせるに違いない。

七つ（午後四時）の鐘が聞こえてきた。

夏場だからまだまだ明るいが、雨が降り出せば、外仕事の職人たちが早上がりしてやってくるかもしれない。父が着いたあと、いつになく客がたくさん来たせいで作り置きしてあった料理が足りなくなりそうだ。夜に備えて仕込み直さねばならない。

――ありがとう旦那さん、板長さん、それに彦之助さん。おかげでおとっつぁんのことを気にかけずに仕事に励める……

深く感謝しつつ、きよはへっついの前に戻る。さっそく弥一郎が声をかけてきた。

「おきよ、鰹《かつお》の刺身に茗荷《みょうが》を添えるのはいい考えだった。白い皿に映《は》えるし、おとっつぁんも残さず食ってくれた。夜の客にも使いたいから、もっと刻んでおいてくれ」

「はーい」

ふとした思いつきを褒められ、きよはますます嬉しくなる。父も褒めてくれたそうだし、清五郎もきびきび動き回っていた。

源太郎の言うとおり、ふたりが働く様子を目の当《ま》たりにし、父も少しは安心してくれたのではないか。そうであってほしい、と思いながら、きよは薄紫の茗荷をまな板の上にのせた。


勤めを終えた帰り道、清五郎は途中で道を折れようとしなかった。いつもならここできよと別れて湯屋に行くのに、と不思議に思って声をかける。

「あら、湯屋に寄らないの？」

「湯屋はあとでおとっつぁんと一緒に行く。すっかり遅くなっちまったし、おとっつぁん、さぞや腹を減らしてるだろうから」

「そうね、じゃあ急ぎましょう」

足を速め、大急ぎで家に戻る。引き戸を開けると、そこには昼間よりずいぶん顔色が良くなった父の姿があった。おかえり、と迎えられ、清五郎が元気よく答える。

「ただいま、おとっつぁん！　遅くなって済まなかった！」

「なんの。うまい昼飯で腹はいっぱいになったし、布団を運んでもらったおかげでしっかり昼寝ができた。生き返ったような気がするよ」

「そうかい、そうかい。それでも昼飯を食ってからもうずいぶんになる。さぞ腹が減っただろう。旦那さんは、少し早めに上がっていいって言ってくれたんだけど……」

そう言いながら、清五郎はきよを見る。恨めしげなのは、きよが、せっかくすすめられた早上がりを断ったからに違いない。

「ごめんなさい。おとっつぁんが待ってるのはわかってたんだけど、日が暮れてからやけに忙しくなっちゃって……」

父が孫兵衛長屋に向かったあと、しばらく客足が止まっていた。雨で早上がりする職人たちを見込んで仕込みに励んだのに、空振りだったか……と落胆したのもつかの間、暮れ六つ（午後六時）過ぎから一気に客が増えた。どうやら、職人たちは湯屋を済ませてさっぱりしてから『千川』にやってきたらしい。

しかも、今日に限ってどの客もやけに健啖《けんたん》で注文はひっきりなし。お運びは言うまでもなく、板場もてんてこ舞い。いくら源太郎にすすめられても、自分たちだけが抜け出すことなんてできるわけがなかった。

「商売繁盛はけっこうなことだ。それに、親が来てるからって勤めを疎《おろそ》かにするようなやつは願い下げだ。おまえたちがそんな輩《やから》じゃなくてよかったよ」

「よかった……そう言ってくれて」

思わず安堵の息が漏れる。

実は仕事を続けながらも、父が勝手のわからぬ部屋で居心地の悪い思いをしているのではないか、あるいは主《あるじ》の心遣いを無にしたのか、と叱られるのではないかと心配していたのだ。だが、よく考えれば、大店《おおだな》の主である父が勤めを疎かにする奉公人を許すはずがなかった。

「まったく……姉ちゃんは根っからの働き者だからな。ま、おとっつぁん譲りかもしれねえけど」

「俺だけじゃねえ。おまえたちの母親だって働き者だ。だからこそ、おまえの兄や姉たちも働き者になったし、連れ合いだって怠《なま》け者はひとりもいない。唯一の例外がおまえだった」

「ちぇ……どうせ俺は姉ちゃんみたいな芯からの働き者じゃねえよ」

逢坂にいたころは、習い事も家の手伝いも怠けてばかりだったと清五郎は項垂《うなだ》れた。

そんな弟を見ていられず、きよは口を開いた。

「でも、江戸に来てからずいぶん変わったじゃない。一生懸命奉公してるし、考えだって前よりずっとしっかりしてきたわ」

「でもさ、今も、早上がりを断った姉ちゃんを恨みに思うぐらいだから、怠け心は消えちゃいねえんだよ」

「怠け心なんて誰にだってあるわよ。それを表に出さずに頑張ることが大事。清五郎はちゃんとできてるから大丈夫」

「そうかな……」

そこで清五郎は、心配そうに父を見た。

きよは源太郎から父の言葉を伝えられたが、清五郎は聞いていない。おそらく、父が自分の働きぶりをどう思ったのか確かめたいのだろう。

父が、くすりと笑って言った。

「おまえも立派になったよ。客の様子に目が行き届いてるし、なにか言われたときの返事もいい。おまえは声が通るから、板場も聞き取りやすいだろう。ついでに……」

そこで父は言葉を止め、一瞬考えたあと、思い切ったように続けた。

「こんなことを言うのは自惚《うぬぼ》れさせるようでためらわれるが、客の評判は悪くないと思うそ」

「それは姉ちゃんの話だろ？　俺は別に……」

「おきよの料理は言うまでもない。だが、おまえも負けず劣らず大したもんだ。客の案内も、注文取りも料理を運ぶ様《さま》にも危なげがない。それに、おまえを目当てに『千川』に来る客もいるんじゃないのか？」

「俺目当ての客？」

「ああ、俺のあとから入ってきた女がいただろ？」

「もしかして、お花のお師匠さん？」

「ああ、お花をやってる人か。どうりで盛り付けを気にしたはずだ……。あの女、ずっとおまえを目で追ってたぞ」

「うへえ……」

清五郎は、どうせならもっと若い娘がいい、などと嘆く。きよは思わず、弟のおでこをぴしゃりと叩いてしまった。

「失礼なことを言うんじゃありません！　あんなちゃんとした人に見初《みそ》められるなんてありがたいじゃないの」

とたんに父が噴き出した。

「二十一にもなって、まだおきよにおでこを張られてるのか。がきのころからちっとも変わってねえ。店での様子を見て、こいつもしっかり働くようになった、いよいよ『菱屋』の働き者の血が現れてきたって喜んだのによ」

「子どもだろうが大人だろうが、姉ちゃんはいつまでも姉ちゃんだし、ときどきおっかなくなるのも変わんねえよ！」

「まあな。俺もそんなおきよだからこそ、おまえを任せた。おきよならおまえの世話をしっかりしてくれる、間違ったことをやらかしてもちゃんと叱ってくれるってな」

「はいはい、しっかり叱られてますよ！　今俺があるのは姉ちゃんのおかげ」

「ならよかった。いずれにしても、おまえもおきよもしっかりやってる。半端なことをしてたら源太郎さんに顔向けできねえ、って心配しながら来たが、安心したよ」

「あの……おとっつぁん……」

恐る恐る切り出したきよを、父は怪訝《けげん》そうに見た。

「どうした？」

「おとっつぁんは、私たちを連れ戻しに来たって本当？」

「……聞いちまったのか」

「ええ。板長さんから……」

「連れ戻すって……俺も？」

「おまえじゃなくて、おきよの話だ。でもまあ……そこはおまえたちのおっかさん——おたねの深謀遠慮《しんぼうえんりょ》ってやつかもしれねえ」

「どういうことだい？」

清五郎の素《す》っ頓狂《とんきょう》な声に、父は苦笑いで答えた。

「まさかおまえがこんなにしっかりしてるとは思ってなかったからな。おきよを連れ戻したら一緒に帰ってくる、とでも思ったんだろ」

「いやいや、それはねえよ。だって、俺は侍の子相手に悶着を起こして江戸に逃げてきたんだぜ？　下手に戻ってあの侍親子に見つかったら、それこそ酷い目にあわされちまう」

酷い目どころか、命すら危ないと清五郎は言うし、きよもそのとおりだと思う。だが父によると、事情が変わったらしい。

「あの侍親子、国元に帰ったんだ。帰ったと言うより帰された」

「帰された？　どういうことだい？」

「もともと理不尽な物言いをする連中だった。それは俺たち町人を下に見てのことだとばかり思っていたが、どうやら侍同士でも同じで、問題ばかり起こしていたらしい。挙げ句の果てに、言いがかりをつけては金をせびり始めて、これ以上蔵屋敷にはおいておけないってことで役を解かれたそうだ」

「ひええ……とんでもねえな」

「だろ？　ま、そんなわけであいつらはもう逢坂にはいない。おまえたちが戻っても大丈夫ってわけだ。まあ、おたねは心配もさることながら、寂しいんだろうな」

　長女のせいはとっくに嫁入りしたし、長男で『菱屋』の主《あるじ》の清太郎《せいたろう》は所帯を持った。番頭を務める清三郎《せいざぶろう》も近々嫁を取るという。子どもが次々と一人前になっていくのは嬉しい半面、残った子が気にかかる。あの侍親子はもういないし、離れたところで心配しているぐらいなら、いっそ呼び戻せばいい、とたねは考えたらしい。

「うーん、おっかさんらしいと言えばらしいけど、それって姉ちゃんはどうなるの？」

　きよは双子の片割れ、忌《い》み子《ご》として生まれ、隠されて育てられてきた。清五郎はきよが逢坂に戻ったらどうなるのかが気になるのだろう。

「おたねは、元どおりでいいじゃないかって……」

「元どおり、家から一切出ずに隠れて暮らせってこと？　それってあんまりじゃねえか！　こうやって外を知ったあとであんな暮らしに戻るのは酷すぎる！」

「だから、それはおたねの考えだよ」

父が宥《なだ》めるように言うが、清五郎の勢いは止まらない。

「なにより、姉ちゃんは料理修業のまっただ中。いや、もう料理人として身を立ててるんだぜ？　今逢坂に戻られたら『千川』だって困る」

『千川』は本当に困るんだろうか……という疑問が頭を過《よぎ》る。元々いなかった人間、しかも店に出ていたのは一年ほどのことだ。きよがいなくなって、いきなり商《あきな》いが後ろ向きになったりしないはずだ。

知らず知らずのうちに俯《うつむ》いていた。そんなきよに、父が窘《たしな》めるように言う。

「おきよ、そんなふうに俯くから源太郎さんも、あの板長さんも気にかけるし、俺だって心配になる。家にいたころのおまえしか知らなければなおさらだ」

「家にいたころ……」

「ああ。人の目から隠れるのが習《なら》い性《しょう》になってた。育ちを考えたら仕方ねえが……」

「そういや、そうだったな。姉ちゃんは、おとっつぁんの前でもなんかおどおどしてた」

「だからこそ、そんなんで客の前に出られるのかって心配になったんだ。でもまあ、今日の様子なら大丈夫だろう」

妙に得心している様子の父に、きよは思わず訊ねた。

「今日の様子ならって？」

「鰹《かつお》の刺身に大根おろしじゃなくて辛子《からし》を添えたところも、汁の実を逢坂ではなかなか食えねえ納豆にしたのも、青菜をたっぷり入れたのも、全部俺の好みを入れてのこと。普段からさぞや客の好みを考えて料理をしてるんだろう」

「それはまあ……」

「それだけじゃない。なんて言うかな……目が違う。家にいたころとは段違いだ。おきよは育ちのせいか、年よりもずっと落ち着いていたし、気配りもあった。人、ものを問わず周りをよく見てもいた。それでもなお、ただ聡《さと》いとしか思わなかった。だが今は違う。目に力が入った。おそらく、これからの道、目指すところを見つけたからだろう」

「だよな！　俺もそう思う！　そりゃあ確かに、板長さんや旦那さんの前では心配そうな顔をするときもあるが、客の前に出るとぴしっとするんだ。客のためになる、客に喜んでもらえるとなったら、板長さんにだって言い返しそうだ。なにより、姉ちゃんには江戸の水が合ってるし、逢坂に戻るなんてあり得ねえ」

「でも清五郎、そう言うあんたは？」

　自分はここにいたい。江戸に来てから食べ物への気遣いが足りずに一度身体を壊した身としては、水が合っているかどうかは怪しいとは思うものの、江戸、そして『千川』こそが自分の居場所だと感じる。

だが、清五郎は違う。何せ『千川』では奉公人だが、『菱屋』では主《あるじ》の弟なのだ。いずれ番頭にだってなれるかもしれないし、周りの扱いも全然違うだろう。

「あんたは戻ったらいいよ。そのほうがおっかさんも喜ぶ。大丈夫、『千川』の皆さんはとても良くしてくれるし、長屋の人たちだって悪い人なんていない。私ひとりでもなんとかなるわ」

「馬鹿言ってんじゃねえ！　姉ちゃんは俺のために江戸まで来てくれた。散々世話になって、面倒もかけ倒したのに、あの侍親子がいなくなったからって姉ちゃんをひとりにして帰れるかよ！　俺はそんな恩知らずじゃねえ！」

「いいのよ、そんなことは……あんたが戻りたいなら、気にせず逢坂に……」

「戻りたくなんてねえよ。逢坂でもときどき店に出てたけど、しくじったところでこっぴどく叱られることなんてなかった。兄ちゃんたちは俺には甘かったし、周りにしても主の弟を叱りつけたりしねえ。俺はそれをいいことに、いい加減なことばかりやってた。当然、当てになんかされるわけがねえ」

「当てにされたかったの？　てっきり、あんたは気儘《きまま》に過ごしたいんだとばかり……」

「そりゃあがきのころなら気儘は楽しいさ。でも、いつまでもそんなじゃいられねえ。自分の口ぐらい自分で養わなくてどうする。ちゃんと自分なりの役目を果たして給金をもらう。それができてこそ一人前だし、そのためには江戸、いや『千川』を離れるわけにいかねえんだよ！」

「よく言った！」

清五郎の言葉に、父が膝を打った。

「本当に大人になった。おまえも、ようやく働くことの大事さがわかってきたんだな」

「遅まきながら、だけどな」

「じゃあ……あんたも一緒に江戸に残ってくれるの？」

「残ってやるっていうのはあんまりにも恩着せがましい。本当は、俺も江戸にいたいだけ。おっかさんには気の毒だけど……」

おそらく母は、清五郎の帰りを待ちわびているだろう。もちろん、きよのことも待っていてくれるにちがいない。それがわかっていても、戻りたくない。自分たちの暮らしはここにある、という確信があった。

「おたねのことは気にかけるな。子どもなんざ、いつかは巣立つものだし、そうでなくては困る。なあに、清太郎は所帯を持ったし、清三郎だって近々祝言《しゅうげん》。そのうち赤子だって生まれるはずだ。孫の世話で忙しくなれば、おまえたちのことを気にかける暇はなくなる」

「それはそれでちょいと寂しいなあ……。目に入れても痛くない息子と孫……どっちに軍配が上がるかねえ……」

「あんた、赤ん坊と張り合う気なの？　赤ん坊には太刀打ちできないに決まってるじゃない」

「残念無念……おっかさん、俺を忘れねえでくれよぉ……」

清五郎は最後の最後で、甘ったれの末っ子としか思えない言葉を吐く。やっぱり清五郎は清五郎よね、と呆れたところできよは我に返った。

「ごめんなさい。おとっつぁん、お腹が空いたわよね？」

「おとっつぁんだけじゃなくて、俺も腹ぺこだよ。手伝うからさっさと飯にしよう」

「ありがと。じゃあ、あんたはお膳の用意をしてね」

「ほいよ」

軽い返事で奥に向かった清五郎は、箱膳を運ぼうとして手を止めた。

「こいつは困った……姉ちゃん、おとっつぁんの分がねえ」

「あ……」

布団を忘れていたのだから当然、膳の用意もない。やむを得ない。自分の分を使ってもらおうと思っていると、父が自分の前に箱膳を置いた。驚いて訊ねると、日暮れ前に彦之助が届けてくれたものだという。

「彦之助さんが？」

「ああ。布団がないぐらいだから、膳も一式ないだろう。いらねえかもしれないが、ついでだからって……」

「ついで？　でも布団は昼のうちに運んじまったじゃねえか。なんのついでだ？」

「実は、飯を届けてくれたんだ。店は大忙し、もしかしたらおきよたちの帰りが遅くなるかもしれねえ。空きっ腹は辛いだろうからってさ」

「飯だと？　どんな？」

「田麩《でんぶ》をまぜ込んだ握り飯。近頃『千川』で人気なんだってな。今は俺が引き受けてますが、もともとはおきよの考案、おきよの味付けです、って……」

旨かったよ、と父は嬉しそうに言う。一方、清五郎はきょろきょろとあたりを見回す。

「それって残っちゃいねえのか？　あ、こいつだな！」

清五郎が、上がり框《かまち》の脇に置いてあった風呂敷包みを見つけて歓声を上げる。大きさや形から見て、重箱が入っているらしい。少々小振りながらも二段、いや三段重ねだろう。

「残ってるよ。こんなにあっては食い切れるわけがない。それに、どうせならおまえたちと一緒にと思って、ひとつだけにしておいた」

うっかり食べたらあまりに旨くて、我慢するのが大変だった。いっそひとつかふたつしかなかったら、食い切ってしまえたのに、と父は苦笑いで言う。

「どうせおまえたちもくたくたで帰ってくるだろうから、晩飯をこいつで済ませられるようにって言ってたよ」

「本当だ。たっぷり入ってる。あ、お菜まで……。俺は青菜はあんまり好きじゃねえが、姉ちゃんは大喜びだ」

三人でも十分な数の握り飯と小松菜の胡麻和《ごまあ》え、脇には香の物も入っている。朝作った味噌汁を添えれば立派な、いや普段からは考えられないほど贅沢な晩飯となる。

今日父が着くとは思っていなかったため、夕飯だってろくな用意がない。心の中で詫びながら、明日こそは……と思っていたのだ。それだけに、彦之助の気遣いが身に染みた。

「今度会ったら彦之助さんにしっかり礼を言わなきゃ。ってことで、ありがたくいただこうぜ！　味噌汁はちょいと足りねえけど、三人でわけっこしよう」

そう言うと、清五郎が冷えた味噌汁を三つに注ぎ分け、遅い夕食が始まった。


翌日、井戸端でよねに会った。

いつもどおりに礼を言って七輪《しちりん》を返すと、よねは明るい笑顔を見せた。

「おとっつぁんがおいでなんだね。楽しそうでなによりだ」

「ありがとうございます。あ、遅くまでうるさくしてすみませんでした！」

ただでさえ帰ったのが遅かったのに、それから彦之助が届けてくれた握り飯の話で盛り上がり、そのあともふたりの『千川』での修業ぶり、逢坂の家族や京の姉の様子などで話が弾んだ。

とりわけ清五郎は楽しそうで、ついつい声が大きくなっていたような気がする。自分たちは話に夢中だったけれど、隣のよねやはないにはさぞや迷惑だったことだろう。

ところが、申し訳なさに詫びるきよに、よねは大笑いだった。

「なに言ってんだい。久しぶりの親子水入らずじゃないか。賑やかなのは当たり前、あんまり静かだと、親子仲を心配しちまうよ」

「それはそうなんですけど、やっぱり……」

「そんなことで気を揉むんじゃないよ。うちだってしょっちゅう騒いでる。おまけにこっちは親子喧嘩だ。女が高い声できゃんきゃん言い合ってるのに比べれば、おきよちゃんたちの話し声ぐらいなんてこたあない。それにおとっつぁん、あんたたちの部屋に着くなり、挨拶に来てくれた」

「ああ、やっぱり……大家さんと一緒に？」

「ああ。大家さんが、この人はおきよちゃんたちのおとっつぁんだよ、ってさ」

よねによると、彦之助はまっすぐ大家のところに行き、三人揃って孫兵衛長屋に来たそうだ。まずきよたちの部屋に布団を置き、そのあと隣のよねに父を紹介してくれたという。思ったとおりとはいえ、なんともありがたい話だった。

「そうそう、お土産《みやげ》におこしまでもらっちまったよ」

「ああ、『岩おこし』ですね」

「それそれ。そう言ってた」

さっそく食べてみたところ、甘くて生姜《しょうが》や胡麻の風味がなんとも言えなかった、とよねは言う。どうやら逢坂名物のお菓子を気に入ってくれたようだ。

おとっつぁんによろしく伝えておくれ、と言ったあと、よねは鍋に削り節を入れる。手元には油揚げもあるから味噌汁に仕立てるのだろう。長々と話していては邪魔になるし、なによりきよが作った味噌汁も冷めてしまう。清五郎に任せていてきた飯も炊きあがるころだ、ということで、きよは部屋に戻ることにした。

「姉ちゃん、飯は炊けてるぜ。さっさと飯にしよう！」

引き戸を開けるなり、清五郎が声をかけてくる。あまりにも元気な声だったため、父を起こしてしまう、と心配になったが、父はとっくに起きていて、布団もきちんと片付けられていた。せめてゆっくり寝てもらおうと、そっと井戸端に出ていったというのに、これでは台無しだ。

「おとっつぁん、ごめんなさい。ばたばたうるさかったわよね。これじゃあ朝寝もできやしない」

「心配いらねえよ。昨日は昼寝だってしてたし、夜もぐっすり眠れた。これでも朝寝したほうだ」

いつもは日の出の前に起きている。今日も目は覚めていたが、清五郎やきよを起こしては気の毒と思って、そのまま横になっていたそうだ。

「勤めに遅れるようなら声をかけようと思っていたが、おきよはちゃんと起きた。それどころか清五郎まで起き出して、飯を炊き始めたのには驚いたよ。まさか江戸に来て、息子が炊いた飯をご馳走になろうとは……」

「ああ、そうか。兄ちゃんたちは飯なんて炊かねえもんな」

からからと笑いながら、清五郎は釜の蓋を取って飯をまぜる。炊き加減も、蒸らし具合もちょうどいい、ぴかぴかの白飯だった。

「ほら、おとっつぁん！　息子の炊いた白飯だ！」

どたばたと父のところに行き、膳に茶碗をのせる。脇には佃煮《つくだに》の入った皿を添える。

これは、清五郎が蕎麦《そば》の屋台に寄ったときに、通りかかった振売《ふりうり》が佃煮が売れずに困っていたのを気の毒に思って求めて以来、気に入って買い続けているものだ。日によって、昆布だったり小魚だったりするが、いずれもほどよい塩気で飯が進む。味噌汁と炊きたての飯と佃煮、それで一日働く元気がもらえた。

「ありがとよ。では、早速……」

父はまず飯を一口、追うように味噌汁を含む。そして、じっくり味わったあと、驚いたように言った。

「飯はほのかに甘いし、この味噌汁ときたら……。俺は鰹出汁《かつおだし》も嫌いじゃないが、生臭いのに当たってうんざりすることがある。この味噌汁は香りも塩梅《あんばい》も抜群だし、生臭さは微塵もねえ」

「そりゃそうだよ。姉ちゃんは玄人《くろうと》だぜ。生臭い味噌汁なんて出すわけねえ」

「玄人なんて言わないで。まだまだ修業中なんだから」

「いやいや、いっぱしの料理屋でも生臭い出汁が出てくるときがある。立派なもんだ」

「おおかた、ちゃんと煮立たないうちに削り節を入れちゃったんでしょう。でも、おかしな話よね。昆布は煮立てちゃ台無しになるし、鰹は煮立てなきゃ生臭くなる」

同じ出汁なのに、こんなにもやり方が違うなんて、と首を傾げるきよに、父は大きく頷いた。

「まったくだな。そういう食材の質をひとつひとつ見極めて覚えなきゃならない。料理の道は大変だ」

「どの道も大変だ」

「確かに。俺も若い時分は大変よ。楽な修業なんてないわ」

「そういや、おとっつぁんの若い時分ってどんなだったんだい？　やっぱりどこかに修業に行ったとか？」

「そうか、話したことがなかったな……」

清太郎や清三郎には話したことがあるが、清五郎にはそのうちと思っているうちに、逢坂を出ることになってしまった。せいは母親から聞いたと思うが、おまえは聞かなかったのか、と訊ねられ、きよは首を左右に振った。

「聞いたことないわ……」

「そうか。たぶんおたねも、せいはいつか嫁に行くだろうし、嫁ぎ先で親の素性も説明できないようでは困ると思ったのかもしれない。でもおまえは……」

「まあ、知らなくても支障ないわよね」

周りはもちろん、きよ自身も、嫁入りどころか家の外に出ることすら考えていなかった。心なしか、父の表情に申し訳なさそうな色が滲《にじ》んだような気がする。慌ててきよは付け加えた。

「別に教えてもらえなかったことも、そのわけも不満に思ってたわけじゃないわ。確かにあのころの私にはどうでもいいことだったもの。でも、今はちょっと気になるっていうか……」

「そうか……なにが起こるかわからないものだな」

「ってことで、教えておくれよ、おとっつぁん。あ、ただし手短に。俺たち、出かけなきゃなんねえし！」

清五郎の明るい声で、父の話が始まった。

「俺はもともとは江戸の油屋の生まれでな。ま、油屋と言っても『菱屋』みたいな問屋じゃなくて、問屋から江戸に送られた油を売りさばくための出油屋《であぶらや》だ。しかも俺は五男坊、いずれは外に出なきゃならねえってわかってたから、そりゃあ、一生懸命仕事を覚えた」

「一生懸命？　外に出るなら同じ仕事をするとは限らねえのに？」

別の仕事に就いてしまえば、油について学んだことが無駄になる。それぐらいなら、さっさとよそに修業に行ったほうが手っ取り早かったのではないか、と清五郎は言う。

だが、それは短慮というものだ、と父は笑った。

「覚えたのは、油についてだけじゃなく、商《あきな》い全般についてだ。俺は職人よりは商人になりたかったし、いずれ店を持ちたいとも思ってた。となると、商いの事情を心得てるに越したことはない。それに、励んでいれば誰かの目に留まってうちの婿に……なんて話がこねえかなあ、って下心もあった」

娘しかいない店の主《あるじ》が、婿を取って跡を取らせるというのはよくある話だ。となると怠《なま》け者より働き者、知識がない者よりある者のほうがいいに決まっている。あわよくば誰かの目に留まって……とまで目論《もくろ》んだそうだ。

「俺の狙いはあながち的外れってわけでもなかった。その証に、ちゃんと『菱屋』に入れたし、源太郎さんって知り合いもできた。おかげでおまえたちも引き受けてもらえた」

めでたしめでたしだ、と父はひとりで悦《えつ》に入《い》る。

これには清五郎はきょとんとするし、それまで黙って聞いていたきよも、さすがに口を挟まずにいられなくなってしまった。

「ちょっと待っておとっつぁん。さすがに端折《はしょ》りすぎよ。それだけじゃ、どうやって『菱屋』に入って、どうやって『千川』の旦那さんと出会ったのかさっぱりわからないわ」

「そりゃそうだな」

あはは……と豪快に笑って父は話を足した。

それによると、当時父の実家に油を送っていたのが『菱屋』で、『菱屋』には息子どころか娘もいなかった。あまりに子どもが生まれないため、何度も嫁を変えてみたが、それでも授からない。もらい子でも引き取ればいいようなものだが、どうせなら赤ん坊から育てたいと拘《こだわ》った挙げ句、年を取り過ぎて赤ん坊からでは間に合わないことになってしまった。やむなく大人を養子にしようということで、すでに油の仕事に馴染《なじ》んでいた父に白羽の矢が立ったという。

「ほかにも出油屋《であぶらや》はいくつもあったが、店に残しているのは長男と次男ぐらいまでで、養子にもらってそのまま跡継ぎにできそうなのは稀《まれ》だ。俺みたいに真面目で利口な男なんて、ほかにいやしなかったのさ」

「真面目で利口って自分で言わないでくれよ」

「俺じゃなくて、おとっつぁん……ああ、これは生みの親じゃなくて俺をもらってくれた『菱屋』のおとっつぁんのことだが、そのおとっつぁんが言ったんだ。五男なのに、こんなに真面目に家業に励むなんて素晴らしい。おまけに利口だ、ってさ」

「目論見《もくろみ》どおりってわけか」

「そういうことだ。おまけに、もう許嫁《いいなずけ》もいたから、見たこともないへちゃむくれを押しつけられる必要もなかった」

「へちゃむくれって……ひでえな、おとっつぁん」

「そうは言っても、おまえが女に人気なのは、見てくれの良さのおかげでもある。俺の嫁がへちゃむくれだったら、とてもじゃないがこうはいかなかったぜ？」

「それだと、俺が見てくれだけの男みたいに聞こえるじゃねえか！　俺の気立てを気に入ってくれる女だって……」

「その気立てもおっかさん譲りだろう。俺みたいにただ頑固で厳しいだけだったら、女なんて寄りつきゃしねえ」

「寄りつきゃしねえ、か……。そういや俺、聞いたことがあるぜ。おっかさんは根負けしたんだってさ。江戸で生まれ育ったし、逢坂になんて行きたくなかったけど、おとっつぁんがあんまり嫁に来てくれ、来てくれってうるさいから」

清五郎にぶっちゃけられ、父は頬を真っ赤に染める。これも、見たことがない、きよの知らない父の姿だった。

「そんな話はどうでもいい。とにかく俺は江戸で勤めに励んだおかげで『菱屋』の目に留まって逢坂に行った。身につけたことを生かして商《あきな》いを広げ、今の『菱屋』にしたんだ。てめえで言うのはなんだが、俺はよくやったほうだと思うぜ」

「そうだったのね……でも、おとっつぁん、それなら江戸の出油屋はどうなったの？

今でも商《あきな》いをしているの？」

父は五男だったから逢坂の『菱屋』の養子になった。だが、実家が営んでいた店はどうなったのだろう。もしも今でも商いを続けているとしたら、なぜ清五郎と自分をその店に預けなかったのか。

そんなきよの問いに、父は一瞬口ごもり、そのあと盛大なため息とともに語った。

「実家の出油屋《であぶらや》は……兄貴が賭博で潰しちまった。面白半分で手を出したら、うっかり儲《もう》かっちまった。だがそのうち……よくある話さ」

少しの金で膨大な儲けを得た父の長兄は、味を占めて賭場に入り浸るようになった。使う金が増え、そのうち負けが込むようになり、店の金にまで手を付けるようになったそうだ。

「賭場に嵌《は》められたんだろうな……。うまいことやって儲けさせ、大がかりに遊び出したところで取り返し始める。店の金で負けてはそこでやめるわけにもいかねえ。なんとか穴を埋めねえとって、血眼《ちまなこ》になって賭場に入り浸る。元金欲しさに座頭金《ざとうがね》やら烏金《からすがね》やら渡り歩き、最後は尻の毛まで抜かれちまった」

「座頭金はまだしも、烏金はまずすぎる。とんでもねえ高利貸しなんだろ？」

一日限りの金貸しで、借りた翌朝烏が鳴くまでに返さねばならないとか、烏がかあ……

と鳴くごとに利子が増えていくとかで『烏金』と呼ばれている。一時しのぎのつもりで借りた金の利子がかさみ、にっちもさっちもいかなくなって夜逃げ、あるいは首をくくる者もいると聞く。

清五郎が、恐る恐るといったふうに訊ねる。

「それで……おとっつぁんの兄貴たちは無事に済んだのかい？」

「無事なわけがねえ。主《あるじ》だった一番上の兄貴もほかの兄たちも軒並み行方知れず。どこでどうしているやら……」

「そっか……でも、おとっつぁんは難を逃れられてよかったな。借金取りだってさすがに逢坂までは押しかけてこねえだろ？」

「それがそうでもなかったんだ……」

さすがに兄たちは、逢坂に行った弟のことは隠し通そうとしたようだが、人の口に戸は立てられず、どこかから聞きつけた借金取りたちが逢坂に現れたという。

父が主になったあと『菱屋』の商いは順調に伸び、かなりゆとりがあった。実家の出油屋の株を持っていかれはしたが、おかげで残った借金はさほどでもなかった。ずいぶん肩身の狭い思いをしたし、隠居していた先代夫婦にもたっぷり嫌みを言われたけれど、なんとか払うことができたのだそうだ。

「そっか……それは大変だったなあ……。それでも兄さん連中は音沙汰なし？」

「ああ。ま、これも定めってやつだろう。俺は俺でやってくしかねえ、って腹をくった。それに、あのときは兄貴たちの店のせいで難儀した客の手当てのほうが大事だった。仲買の株を買って店を始めたのがとんでもないやつでな。油の値段は吊り上げる、客の扱いはぞんざい……文句があるならよそから買えと言わんばかり。鞍替えしたくても出《で》油屋《あぶらや》の数は限られるし、江戸に送られてくる油の量だって決まってる。そう簡単に、今日からうちにも売ってくれ、とはならねえ」

「仲買がその有様じゃ、油が使えなくて困る人が出てきちゃったんじゃない？」

仲買は問屋から油を買って売りさばく。その油を売ってもらえなくて困るのは、実際に使っている人たちだ。

とりわけ『千川』のような料理茶屋は、料理だけではなく、日が暮れてからも商《あきな》いをするために行灯油《あんどんあぶら》をたくさん使う。きよとしても、油の大事さは身に染みていた。

きよの懸念に、父は頷いた。

「そのとおり。それで困っちまった客が、俺のところにやってきた。油問屋ならなんとかできるんじゃねえか、ってさ。それが源太郎さんだった」

「旦那さんが⁉」

「ああ。出油屋の縁続き、しかも借金の片も付けたとなったら、客の相談にも乗ってくれるかもしれねえって思ったんだろう。それでも実に誠実で、礼儀正しくてな。不出来な兄貴たちのせいで迷惑を被ったってのに、なんとか助けてくれって頭を下げた。自分だけじゃねえ、あの出油屋の客、特に店をやってる連中が難儀してるんだって……」

みんな逢坂に直談判に行きたくても、日はかかるし路銀も馬鹿にならない。そう簡単に行ける場所ではない、となったとき、名乗り出たのが源太郎だったそうだ。

「油がなくて一番困るのは料理茶屋だ。だから俺が行ってくる、って言ったんだってさ。俺が思うに、源太郎さんはそこまで困っちゃいなかっただろうに……」

「そうなの？　でも、油がなきゃ料理はできないし、行灯なしでは商いもできないわ」

「それはそうだ。ただ、『千川』は儲《もう》かってる店だ。多少値上がりしたって油を買うことはできたはず。利が薄くなるには違いねえが、逢坂までの路銀を考えたら、来ないほうがよっぽどましだ。無事に帰れるとは限らねえしな」

「そう言われりゃそうだな……ってことは、旦那さんは仲間のために危ない仕事を引き受けたってことか」

「俺は、なんていい男なんだ、なんとかしてこの人の役に立ちたいって思った。それで、知恵を絞った挙げ句、思いついたのが地廻《じまわ》り油だ」

当時、江戸で使われていた油の大半は下り油、つまり逢坂から船で送られる油だった。油は暮らしになくてはならないもの、ということで、お上《かみ》は油を確保するために、扱う店はもちろん、作り方、量についても厳しい決まりを作り、背《そむ》くことは許さなかった。一方でお上は江戸近辺での油作りにも力を入れたため、房総《ぼうそう》で作られた菜種油が江戸に入ってくるようになっていた。それが地廻り油だ。

「下り油では勝手はできねえが、地廻り油ならなんとかなるかもしれねえ、ってんで、八方手を尽くしてな。ようやく源太郎さんの期待に応えることができたってわけだ」

「そっか。おとっつぁんと旦那さんの縁はそこから始まったってことだな」

「そうだ。源太郎さんは、俺たちは逃げようと思えば逃げられる苦労を引き受けちまうとこがそっくり、似た者同士だから気が合うはずだって言ってくれてな。かれこれ三十年も前の話、それ以来の仲だよ」

きよはようやく合点《がてん》がいった。前に源太郎が言っていた『昔から似た者同士』とはそういう意味だったのか……

一方、清五郎も意外そうに言う。

「旦那さんもそのころには店の主《あるじ》だったたってことだよな。ふたりとも若いのにすげえなあ……」

考えてみれば当時の父も源太郎も、今のきよとどっこいどっこいの年だ。その年で自分の店を持っているなんて確かにすごいことだった。

ただただ感心しているきよと清五郎に、父は発破《はっぱ》をかけるように言う。

「俺と源太郎さんの繋がりはそんな具合だ。おまえたちも、源太郎さんをがっかりさせねえようお勤めに励んでくれよ。おっといけねえ、手短にって言われたのに、すっかり話し込んじまった。おまえたちはそろそろ出かけなきゃならねえ頃合いじゃねえのか？」

「そうだった！」

残っていた飯を掻き込み、大急ぎで膳を片付ける。このあと、父はどうするのだろう、と気にかかったが、今はそれどころではない。子どもではないし、父にしてみれば久しぶりの江戸だ。時を潰す手立てはいくらでもあるだろう。ただ、昼飯のことだけは伝えておかねば……ときよは口を開いた。

「おとっつぁん、ご飯はたくさん炊いておいたし、水屋簞笥《みずやだんす》に香の物や佃煮《つくだに》もあるから、好きに食べて……あ、味噌汁も……」

「心配いらねえ。もうしばらくしたら俺も出かける。飯も外で食うさ」

「そう。じゃあ、気をつけて」

「おう。ふたりともしっかり励むんだぞ」

「合点承知の助《がってんしょうちのすけ》！」

清五郎がおどけた台詞《せりふ》を投げ、ふたりは長屋を出る。

今日、父はどんなふうに過ごすのだろう。どこに行ってなにを食べるのだろう。どうか、楽しい一日でありますように……

そんなことを思いながら、きよは足早に『千川』を目指した。


十日ほど江戸で過ごしたあと、父は東海道《とうかいどう》を下っていった。

その間、毎日のように出かけては、取引先やかつての仲間と会い、話に花が咲いたのか、ときにはきよたちよりも帰宅が遅い日もあった。

父が江戸に来るのは十年ぶりらしいので、会いたい人や見たいものが目白押しだったのだろう。中にはもう冥途《めいど》に渡った人もいたそうで、よけいに会えるうちに、という思いが募《つの》ったに違いない。

いずれにしても、きよの願ったとおり、楽しい日々だったようで、逢坂に向けて出発するときは、大層名残《なごり》惜しそうだった。

「じゃあな、清五郎、おきよ。達者で暮らすんだぞ」

「おとっつぁんも。おっかさんや兄さんたちによろしく伝えてくれよな」

「ああ。おまえが土産《みやげ》を用意するほど気が利く男になったって知ったら、みんなびっくりするぞ」

「それぐらいして立派にやってるってとこを示さねえと、おっかさんは了見《りょうけん》してくれねえだろ？」

「まあな。ひとりで逢坂に戻ったら、なんで連れ帰らなかった、って文句を言われそうだ。いっそ、ずっとこっちにいて、おまえたちを説得してるふりを続けてえぐらいだぜ」

「いくら店は兄さんに任せてるといっても、それじゃあおっかさんも気が気じゃないわ」

「確かにな。まあ、十日も経ったし、そろそろ潮時だ。ずっと江戸にいたいのは山々だが、おまえたちにも面倒をかける。なにより、逢坂の水が恋しくなってきた」

　不思議なものだ、と父は小さく笑う。

　江戸に生まれ、江戸で育った。養子に行ってからしばらくは、水にも食べ物にも苦労した。だがそれも、一年二年と経つうちにすっかり馴染み、今では逢坂こそが自分の居場所だと感じる。久しぶりに来た江戸は、所詮『旅先』でしかない、と言うのだ。

　清五郎が、首を傾げながら返した。

「そうは言っても、おとっつぁん、言葉だけは逢坂に染まってねえよな？　旦那さんが不思議がってたぜ。あんなに長い間逢坂で暮らしてるのに、なんで言葉だけは江戸のまんまなんだって」

「おそらく、おたねも江戸の生まれで、ずっと江戸の言葉をしゃべってたからだろうな」

「そっか……おっかさんも……」

母は、父に引っ張られて逢坂に行き、『菱屋』の夫婦養子となった。見ず知らずの逢坂で、会ったこともない夫婦の子になったのだから、よほど父のことが好きだったのだろう。そして、それでもなお捨てることなく江戸の言葉を使い続けているのは、生まれ育った江戸への思い入れの深さゆえに違いない。

「そういや、俺も『千川』でびっくりされたな。はじめこそ逢坂の言葉だったけど、あっという間に江戸の言葉に馴染んじまったって……」

清五郎の言葉に、父が頷く。

「『菱屋』の奉公人たちも、がきのころにうちに来た連中は江戸の言葉を使う。おまえたちも江戸の言葉は聞き慣れているからこそ、あっさり馴染んだんだろう」

「かもな」

「ともかく、これ以上留守にできねえ。帰るとするよ」

「わかった。じゃあ、帰り道もくれぐれも気をつけて」

「おう！」

こうして父は帰っていった。

次にいつ会えるのかもわからない別れは切ない。それでも父と一緒に逢坂に戻る気にはなれなかった。そんな自分に、これは一人前になった証、おとっつぁんやおっかさんをがっかりさせないように、しっかり生きていこう、と言い聞かせるきよだった。

賄^{まかな}い談義

賄い談義

（賄＝まかな）

水無月《みなづき》に入って半月ほどが過ぎたころ、『千川』に与力の上田がやってきた。

上田は、乾物屋にぶどう豆を買いに行った清五郎が、うっかりぶつかったことをきっかけに『千川』に出入りするようになった。今では、きよが作る料理を大いに気に入り、与力とは思えぬ腰の軽さで通ってくる。心付けをはずんでくれるし、時には同僚の神崎《かんざき》と一緒に現れては、大いに飲み食いしていくので、源太郎は上田が来るとほくほく顔になる。きよの困り事を解決してくれたのも一度や二度ではなく、母親のりょうもあわせて、とても頼りになる人たちだった。

とはいえ、このところ忙しかったのか、上田が『千川』に来たのは一月《ひとつき》、いや二月《ふたつき》ぶりぐらいで、『千川』一同は懐かしさと嬉しさが入り交じったような笑顔で迎えた。

「上田様、お元気でいらっしゃいましたか！」

「おう。元気、元気。年のわりに元気すぎて、思いもかけぬお役目を押しつけられて難儀したわ」

「思いもかけぬ、と申しますと？」

上田は相変わらずの大声で、戸口に立っているというのに、話の中身は板場まで筒抜けだ。源太郎は興味津々で訊ねているが、『お役目』についてそんなに大っぴらに話していいものか、と心配になる。

だが、上田の言う『お役目』は奉行所で申しつけられたものではなく家でのこと、つまりいつもの『おふくろ様のお達し』だった。

「おりょう様のお達しとなると、断りづらいでしょうなあ……」

「そうなのじゃ。我ながら情けないとは思うものの、この年になってもおふくろ様には頭が上がらぬ」

――へえ……情けないとは思ってたんだ……

せっせと手を動かしながら聞いていたきよは、少々意外だった。てっきり、おふくろ様の言うとおりにするのは当たり前、親孝行のうちと考えているのではないかと思っていた。

上田はなおも、首筋を掻きながら続ける。

「女房を亡くしてから、息子たちのことで手を借りっぱなし。その分、わしができることはなんなりと……というふうになっておる」

「そうでしたか……」

上田家にはりょう以外に女はいない。きよは会ったことはないが、上田には息子がふたりいると聞いているから、一度は妻帯したはず。今はいないのだから、なんとなく亡くなったのだろうな、とは思っていたが、やはり……という感じだった。

「奥様は早くに亡くなられたのですか？」

源太郎の問いに、上田はしばらく宙を睨んで考えたあと、ぽつりと答えた。

「下の息子が生まれてすぐだったから、十年になる」

その間、ひとりで子を育ててきたのか。りょうの手を借りながらとはいえ、さぞや大変だったに違いない。

「後添《のちぞ》えはお考えにならなかったのですか？」

源太郎が訊ねる。

「考えなかった。しばらく乳母《うば》だけは置いていたが……。まあ、下手なのをもらって、子どもたちに辛く当たられても困るしな……」

「さようでございますか。では、おりょう様も？」

「ああ。おふくろ様もそれでいいと言ってくれた。おふくろ様にしてみれば、連れ合いを亡くした者同士、助け合っていこうということだったんだろう」

「それなら、持ちつ持たれつで悪いことではないでしょう」

「まあな。だが、端からしたら少々やり過ぎに見えることもあるようだ」

女房がいればただの親孝行で済んだだろうに、と上田は苦笑する。確かに、夫婦とひとり者では、周りの目が違うということはあるのかもしれない。

力のある与力でなに不自由なく見えるけれど、この人はこの人なりに苦労を抱えているのだな……と思うと、上田がより近しい人に思えてくる。

――私にできることなどわずかだけれど、幸いおふたりとも私の料理を気に入ってくれているみたいだ。腕を磨いて、もっともっと美味しいものを食べてもらおう……

きよがそんなことを思っている間に、話は上田の『お役目』に移っていった。

「それで、おりょう様からどんなお役目を？」

「嘉祥《かじょう》の儀《ぎ》に使う菓子を揃えて参れ、と」

「嘉祥の儀……そういえばもうじきですな。なんでも暑気払いに殿様から十六種類の菓子を賜《たまわ》るとか……」

「暑気払いは大いにけっこうだが、どうも納得がいかぬ」

そもそも嘉祥の儀は宮中でおこなわれていた儀式である。当時の天皇が朝廷に白い亀が献上されたのを瑞祥《ずいしょう》として改元し、十六種類の菓子を配ったことに由来すると聞いた。そこまで白い亀が嬉しいか。亀なのに白なんて気味が悪いではないか。そもそも亀なんぞ欲しくもないが、どうしてもとあらば、黒とか灰色の見慣れた亀のほうがずっといい。百歩譲って元号を変えて菓子を配るにしても、十六種類はやり過ぎではないか、と上田は文句を連ねる。これには源太郎も大笑いだった。

「確かに真っ白な亀は少々気味が悪いですな。十六種類の菓子はやり過ぎというのも納得です」

「であろう？ そんな気まぐれなことをするから、後々真似する者が出てきて苦労する。実際に上様から賜《たまわ》れるのは大名ぐらいで、わしらのような下っ端は蚊帳《かや》の外だ。だからこそ、おふくろ様が気の毒がって、菓子を買い揃えて家の者や手下に配ろうなどと言い出す」

「ははあ……そういうわけでしたか……。さすがはおりょう様。なんともお優しい」

「母上がお優しいのは間違いないが、菓子を買いに行かされるのはわしだ。たまったものではない」

相変わらず不満顔ながらも、源太郎に促《うなが》され、上田はようやく座敷に上がった。

「まあまあ、とりあえずなにか召し上がってご機嫌を直してください。お遣いはそのあとてもよろしいのでしょう？」

「そうじゃな。まず腹ごしらえをしてからだな」

源太郎が差し出した品書きを見た上田は、そこでやっと笑みを浮かべた。

「素麺《そうめん》か……今日も蒸すから、冷えた麺を啜《すす》り込むのはたまらないだろうな。いや待てよ、この『梅飯』というのは？」

「『梅が香《うめがこう》』をたっぷりのせた飯です。飯のほうには大葉の千切りをまぜ込んでありますから一緒に食うと爽やかで、暑さも吹っ飛びますよ」

『梅が香』は刻んだするめと梅干し、削り鰹《がつお》、粉山椒《こさんしょう》を合わせて、醤油と酒で煮つけたものだ。

『梅が枝田麩《うめがえでんぶ》』という名も持つが、『千川』では鰤《ぶり》のあらを使った田麩を出しているので、間違いを避けるために『梅が香』と呼んでいた。

「『梅が香』を使った『梅飯』か。なんとも旨そうな……よし、それにしよう」

「承知しました！　上田様に『梅飯』一丁！」

源太郎の一際《ひときわ》大きな声が板場に注文を知らせる。すぐに伊蔵が大葉をまぜた飯を盛り、『梅が香』をたっぷりのせた。

「今日も『梅飯』が人気だな。さすがはおきよだ」

「私の手柄じゃありません。『梅飯』は彦之助さんのおかげで生まれた品書きです」

ここははっきりさせておかねば、ときよは伊蔵に言い返す。だが、伊蔵は相手にもしてくれない。

「いやいや、どう考えてもおきよだろ。彦さんは、板場が朝っぱらから総出で梅仕事をするのを見て、そんなにたくさん漬けてどうするんだ、物置に梅干しが残ってるのに、って言っただけなんだから」

「彦之助さんだけが物置に梅干しがあることを覚えてたんです。だから彦之助さんの手柄です」

実のところ、板場に入っている料理人は三人が三人とも、今ある大甕《おおがめ》で梅干しはおしまいだと思っていた。なんやかんやで客が増え、梅干しを使うことも多くなったから、今年はもっと漬けようということで、梅をたくさん買い込んだのである。

ところが、いざ梅仕事を始めたところに彦之助がやってきた。灰汁《あく》抜きのために水に浸してあった梅を見て、どうしてこんなに漬けるのだと訊ねる。

弥一郎が、今年は梅干しをたくさん使った、昨年と同じでは足りなくなりそうだから、と説明したところ、彦之助は首を傾げながら言ったのだ。

「梅干しなら庭の物置にもあるよな。あれはどうする気だい？」

「え……物置？　あれって……」

そこで弥一郎は、早足で店を出ていく。彦之助の言う『物置』とは、おそらく源太郎たちの住まいの庭にある小屋のことだろう。なぜそんなところに……と思ってついていくと、確かに物置の奥に梅干しの甕があった。しかもひとつではなく三つ、どうやら中身も入っているらしい。

「やっちまった……」

甕を確かめた弥一郎は、ぴしゃりと己の額を打った。怪訝《けげん》そうに彦之助が訊ねる。

「え、兄貴、ここに甕があることを知らなかったのか？」

「あるのは知ってたが、とっくに空にしたとばかり思ってた。なにせ、相当前のものだし……」

「相当前？」

「ああ、確か八年ぐらい経つんじゃねえかな。あの年は生《な》り年だったのか、ずいぶん梅が安かった。梅干しなんざ腐るもんじゃねえ、ってんで親父がたくさん買い込んで総がかりで漬けたんだよ。今日みたいにな」

漬けたはいいが、仕舞う場所がない。普段使っている甕なら収まり場所も決まっているが、その年は甕まで買い足した。やむなく家の庭にある小屋に持っていくことにした――それからかれこれ八年だ、と弥一郎は語った。

「それきり忘れちまってたのかい……親父はともかく、兄貴まで惚《ぼ》け出したか……」

「親父はともかく、とはご挨拶だな！」

後ろからいきなり声がした。声の主は源太郎だ。主《あるじ》は家で帳面付けをしていたはずだが、庭が急に賑やかになったため、何事かと見に来たに違いない。

「おや、聞こえちまったのかい。こいつはしくじった！」

しくじったと言いつつも、彦之助はまったく悪びれない。清五郎にも似たところがあるが、さすが末っ子というところだろう。

「まったくおまえは……。まあいい、なにを騒いでいるんだ？」

「親父、すまねえ。やらかしちまった。ここに梅干しをしまったのを忘れてた、っていうより、もう使い切ったと勘違いしてた」

「お……？　ああ、そうか、そうだったな！　だがまあ、前にも言ったが梅干しは腐るものじゃない。いくらあっても困りはしねえよ」

むしろ味が馴染んでまろやかになる、と源太郎は平然としている。だが、弥一郎の心配はほかにあった。

「このところ梅干しを使うことが増えた。今年は多めに仕込もうと思って、ここにある甕の分まで合わせて梅を買っちまった。これ以上甕を買い足す気にはなれねえし、重ねられるもんじゃねえから、置き場にも困る」

「梅干しの甕ぐらい、どこにでも置けるだろ？」

「それでまた忘れるのか？　まあ、それはどこかに書き付けておくにしても、さすがにこんなにあっちゃ使い切れねえ」

「そうか。確かにけっこうな量を買ったもんなあ……」

昨日納められた梅の量を思い出したのか、源太郎は小さくため息をついた。そして、しばらく考えたあと、ぽんと手を打つ。

「なあに、悩むことはねえ。梅が余ってるなら、梅をたくさん使う料理を出せばいい。うちには懐刀《ふところがたな》がいるしな！」

懐刀って？　ときよは首を傾げた。だがふと気づくと、弥一郎と彦之助、そして一緒についてきた伊蔵までもがきよを見ている。どうやらみんなして『懐刀』はきよのことだと思っているらしい。だめ押しのように源太郎が言う。

「おきよ、なんぞ策はねえか？」

「策と言われましても……」

答えつつ、蓋を取って中を覗き込む。薄茶色にほんのり桃色が混ざった色合いで、いつも使っている濃い紅色ではなかった。

「ああ、これ白漬けなんですね」

「そうか……それで思い出した！　山ほど漬けたはいいが、途中で赤紫蘇《あかじそ》が足りなくなったんだ。あとで足そうと思ってたが、なんやかんやで買いそびれてるうちに赤紫蘇の時期が過ぎちまった。白漬けは見栄《みば》えがしねえからなあ……」

『千川』ではもっぱら赤紫蘇で染めた梅干しを使っているため、なんとなく使いそびれたまま忘れてしまったのだろう、と源太郎は苦笑した。

「今更染めるわけにもいきませんし、煮魚や下味に使うしかありませんね。でもこんなにあっては……あ、『梅が香』を作ればいいのかも……」

「『梅が香』か……あれなら色はなくてもいいな。田麩《でんぶ》と似たようなものだが、夏の暑いときは梅干しを使った『梅が香』のほうがいいかもしれない」

「なにより、梅干しを入れると傷《いた》みにくくなります」

「違いねえ。魚の田麩は暑くなるとちょいと心配だものな」

田麩を作り始めた当初は鰤《ぶり》のあらを使っていたが、鰤は冬の魚なので今は鰹《かつお》のあらを使っている。そのせいか、少し売上が落ちた。

鰹は旨い魚だが、人気なのはやはり刺身だ。火を通すとどうしても固くなってしまい、鰤との差はあきらかだ。そもそも鰹は足が早い魚なので扱いに気を遣ううえに、作った田麩も夏場は傷みやすくなる。隠し味に梅干しを入れるという手もあるが、それならいっそ削り節と梅干しを合わせて作る『梅が香』でいいではないか。生の身でも削り節でも鰹は鰹だ、というのがきよの考えだった。

「鰹は鰹……そりゃそうだな。じゃあ、夏の間は『田麩』の代わりに『梅が香』を売ろう。握り飯と丼の両方で」

「少し甘めに味を付けて、その分、ご飯には塩を少しと大葉をまぜたらいいと思います」

「色合いもきれいだし、味も上がるな。よし、それで行こう」

かくして冬から人気だった田麩は『梅飯』に置き換えられた。

蒸し暑くてじっとりと汗が滲《にじ》むような日、晴れ上がって流れる汗が止まらない日、いずれも『梅飯』がよく売れる。おそらく梅干しの酸味と塩気を身体が求めているのだろう。冬に人気だった田麩の売り上げを、『梅飯』が補っている形だった。

そんな経緯を思い出していると、伊蔵が呆れた顔で言った。

「つまり、『梅が香』を思いついたのはおきよだろ？　どこにどれだけ梅干しが残っていようが、甕の中にあるだけじゃ売り物にはならねえ。おきよの手柄に決まってる」

「でも……」

「そうやって、自分を低く見るのはやめろ。おきよがそんなだと、俺まで大したことねえと思われちまう」

「え……？」

「包丁の腕ならいまのところは負けちゃいねえが、この先はわからない。おきよは真面目だから、せっせと修業を積んだら追いつかれるのは請け合い。そもそも料理の工夫じゃ太刀打ちできねえ。そのおきよが、私なんて……ってうじうじしてたら、俺はどうなるんだって話だよ」

勘弁してくれ、と伊蔵は笑った。

「そのとおり。おきよはうちの懐刀《ふところがたな》、とはいえずっと懐に入ってることもねえ。表に出て斬りまくってくれてもかまわねえよ」

「板長さん、さすがに斬りまくりは……」

きよがぎょっとしている間にも座敷から歓声が聞こえてくる。『梅飯』は『梅が香』さえできていれば手間のかからない料理なので、とっくに上田のもとに運ばれていた。

「これはいい！　冬の鰤《ぶり》の田麩《でんぶ》もよかったが、暑くなってくると梅干しの酸味がたまらぬ。季節の移りかわりとともに品書きも移る。さすがは『千川』。それでこそ深川にこの店あり、の料理茶屋というものだ」

「お褒めにあずかり光栄です」

源太郎がにこにこしている。あれはきっと心付けを期待しているな、なんて伊蔵が囁《ささや》いてくる。

いずれにしても、評価は低いよりも高いほうがいいに決まっている。

『千川』だけではなく、己が己に下す評価ももっと上げて、晴れ晴れと仕事に励まなければ……と思うきよだった。

「うむ、旨かった。また寄せてもらう」

『梅飯』がよほど気に入ったのか、上田は来たときよりもずっと機嫌が良さそうに出ていった。源太郎から何軒か小さな菓子屋を聞いたから、この足で向かうのだろう。

「おりょう様も相変わらずだなあ……奉公人や上田様の手下への気遣いはたっぷりだが、その分上田様が苦労なさる」

見送った源太郎が、気の毒そうに言う。だが、弥一郎はそれこそがあのおふくろ様の狙いではないかと返した。もちろん、源太郎は怪訝《けげん》な顔だ。

「狙いって、なにが？」

「そうやって、手下たちのために苦労をさせることさ。与力様の手下と言えば、普段はお役目のために一生懸命走り回ってるんだろ？　たまには同じような思いをして、手下の苦労を知れってことじゃねえのか？」

「なんと！　だが、言われてみればおりょう様の考えそうなことだ……」

「だろ？　意外に厳しいおふくろ様だぜ」

からからと弥一郎は笑う。さらに、振り返って裏の家のほうに目をやりながら言う。

「おりょう様には確かひとりしか子はなかったはず。猫かわいがりでもおかしくねえのに、大したものだ。うちのおふくろも、少しおりょう様みたいならよかったのに……」

「……まあな」

源太郎と弥一郎は苦笑いを浮かべている。おそらく、甘やかして育てた挙げ句、奉公先に迷惑をかけた彦之助のことを考えているのだろう。

けれど、きよに言わせれば、このふたりこそ彦之助に対して厳しすぎる。子どもの我《わ》が儘《まま》は仕方がないし、修業先だった『七嘉』での出来事についても、兄弟子に虐《いじ》められた末のこと。実の息子であり、弟でもあるのだから、もう少し寛容になっていいのではないかと思ってしまう。

それに、最近、彦之助はずいぶん行いを正した。きよたちの父のために、布団を運んでくれたばかりか、家に戻ってからわざわざ箱膳や夕飯を届けに来てくれた。田麩《でんぶ》はずっと彦之助に任せていたし、今『梅が香』を作っているのも彼だ。裏の家で、ひとりで作っているのだから、怠《なま》けようと思えば怠けられるだろうに、毎日きちんと同じ時刻に仕事を始め、同じように仕上げて届けに来る。なんとも真面目な仕事ぶりで、源太郎や弥一郎がこんなふうに苦笑いするのは理不尽だとすら思うのだ。おそらくこのふたりには、まだまだ昔の彦之助の印象が強すぎるのだろうけれど……

——なんて気の毒な彦之助さん……。でも、昔のしくじりを取り戻すってそれぐらい大変なことなのかもしれないわね。

そんなことを思っているところに、彦之助がやってきた。

江戸に戻った当初、体調を崩したきよのかわりに店に入った彦之助は、自分勝手な仕事ぶりで弥一郎や客から散々文句を言われた挙げ句、店に出入禁止を申し渡された。だがそれも、田麩作りを任された時点で許され、店に出入りすることができるようになっている。とはいえ、来るのは作った田麩や『梅が香』を届けに来るときぐらいだ。そんな彦之助が、わざわざ店に入ってくるのは珍しい。心配そうに源太郎が訊ねた。

「どうした、彦之助。なにかまずいことでもあったか？」

「いや、もう少ししたら梅を干さなきゃならないはずだが、今年は相当な量を漬けたようだし、場所はあるのかなと思って」

「ああ、土用干《どようぼ》しか。もうそんな時季か……」

年を取るたびに、一年が短くなっていくのはどうした具合だろう？　と嘆きつつ、源太郎は考え込むような顔をする。

梅干しは塩に漬けたあと、お日様の光に当てて作る。土用の強い日差しはもってこいで、梅をからりとさせてくれるし、塩の尖った味わいが和らぐ。その上、赤紫蘇《あかじそ》を使わない白漬けであっても、干すことでほんのり桃色になるのだ。

「毎年縁側に並べてたが、言われてみると収まりきれねえ量だな……。庭に蓙《ござ》でも敷くか」

「地べたに蓙ってのはちょいと憚《はばか》られやしねえか？　このあたりには犬猫も多い。うっかりひっくり返されたら困るだろう？」

「まあなあ……じゃあどうしたら？」

「なんなら、庭に台でも作ろうか？」

「台？」

「ああ。少し高さを付けて簡単な囲いをしとけば安心かな、と。この間、梅干しの甕を探したとき、物置の奥のほうに板やら杭やらも入ってた。あれを使っていいなら……」

「ああ、あれはあの物置小屋を建てたときの余りだ。使ってくれていいぜ」

「じゃあ決まりだ」

「すまねえな」

「なあに、こちとら暇を持てあましてるんだ。それぐらい朝飯前だぜ」

そう言うと、彦之助は口笛を吹きつつ踵《きびす》を返した。

彦之助は板場に入れないなりに、自分ができることを探して『千川』の役に立とうと一生懸命だ。京から戻ったばかりのときは、なんて意地の悪い男だろう、旦那さんや板長さんと同じ血が流れているなんて信じられない、と思ったものだが、やはり血は争えない。性根は父や兄同様、親切で真面目な人だった。

「まずは物置から板を出して……あ、その前に……」

呟きながら店を出ようとしていた彦之助は、そこで足を止めて振り返った。

「親父、今日は店が忙しくなるんだろ？」

「ああ。今日は十五日、富岡さんの縁日だからな。そうでなくては困る」

「じゃあ、飯を食ってる暇もねえだろ。食ってるって言うか、客に出す以外の食い物を作る暇が」

「まあな。でもまあ、朝のうちに握り飯をこさえておくからなんとかなる」

「握り飯って言っても、ただの塩にぎりだろ？　それじゃあ力も出やしねえ。俺がなにか拵《こしら》えてやるよ」

昼は間に合わねえが、夕飯は届けに来る、と言い置いて、今度こそ彦之助は出ていった。

「なんか、あいつ……変わったな」

弥一郎がぽつりと呟いた。そして、隣にいるきよを見て言う。

「おきよが頑張ってるのを見て、負けちゃいられねえって思ったのかな」

「……そうかもしれません。本当はここ、彦之助さんがいるべき場所でしょうし」

「だから、そんなふうに言うんじゃねえって！　俺も親父もそんな気はさらさらねえ」

「知ってます。でも、それは今のこと、先のことはわかりません。だから私も負けないように頑張ります」

自分が店でいつもどおりの料理ばかりしている間に、裏では彦之助が新しい工夫、新しい料理を考えているかもしれない。そう思うと、材料を刻んだり味を付けたりといった作業のどれひとつとして疎《おろそ》かにできない。なにをするにしても、もっと工夫できることはないか、味を上げる術《すべ》はないか、考え続けている。彦之助は、きよを姉弟子と呼んだけれど、きよにとって彦之助は格好の競い相手だった。

せっせと手を動かしながら話すきよに、弥一郎は大きく頷いた。

「それはいいことだ。確かに、うっかりしたら席を取られるかもしれねえって気持ちは、腕を上げるのに役立つ。おまえだけじゃなく、伊蔵にとってもな」

「そうそう、おきよよりも俺のほうがずっと危ねえ。うかうかしてらんねえ」

「みんなして競い合いながら腕を上げていく。『千川』にとってこれ以上のことはない。だが俺は、おきよが板場にしがみつく気になってくれたのがなにより嬉しい」

弥一郎はひどく満足そうだ。

しがみつくというのは聞こえが悪いけれど、実のところそんな気分だ。ただ、彦之助のこれからについて気になることも確かで、姿を見かけるたびに、なんとかみんながうまくいく術はないのかと思う。そんな中でも彦之助がふて腐れることなく、自分なりの仕事を見つけてくれるのは救いだった。


「適当につまんでくれ」

そう言いながら彦之助が置いたのは重箱だった。

さっそく開けてみると、握り飯、青菜の海苔《のり》巻き、香の物、なにやら団子のようなものまで入っている。色から察するに鰯《いわし》を使ったつみれだろう。ただ焼いたり煮たりするのではなく団子にして串に刺してある。さらに驚いたのは、料理ごとに分けるのではなく、ひとつの段にすべての料理が盛り合わされ、弁当のようになっていたことだ。

重箱は三段のものがふたつ届けられ、すべてに同じ料理が詰められている。おそらく、店で働いている六人に一段ずつということだろう。

「こいつはいい！　手元に置けば合間を見てつまみ食いできるぜ！」

板場を離れることなく、ちょっとした隙に腹を満たせる、と伊蔵は大喜びするし、清五郎は清五郎で歓声を上げる。

「俺や姉ちゃんの分まであるのか！　俺たちは通いだから、飯は家で食うってのに……」

ありがとう、と深々と頭を下げられ、彦之助は照れくさそうに言う。

「ついでだよ、ついで！　四人分ならどうしたって三段重をふたつ使う。それなら六人でも同じことだ」

同じわけがない。四人分と六人分では大違いだ。握り飯ひとつとっても、ひとり分は三つで四人なら十二で済むのに、六人なら十八も握らなければならないのだ。それに、どうしても六段の重を使い切りたいなら、残りの二段は彦之助自身と母親のさとの分にすればいい。わざわざ通いの奉公人に振る舞う必要はなかった。

清五郎もそれに気づいたのか、ひどく残念そうに言う。

「いや……やっぱりこれは彦之助さんとおかみさんの分にしたほうがいい」

「俺とおっかさんの分は別にあるから大丈夫だ。せっかく作ったんだから、つべこべ言わずに食ってくれ。これならてめえの分が決まってるから食いっぱぐれねえし、食い切れなければ持ち帰ればいいさ！」

「おい、彦之助！　うちは奉公人を食いっぱぐれさせたことなんてねえぞ！」

「そいつはすまねえ……」

弥一郎の叱声に彦之助は驚くほど素直に謝った。しかも、なにやら奥歯を噛みしめているように見える。その辛そうな面持ちを見て、きよははっとした。

彦之助は、修業先で兄弟子たちに虐《いじ》められたと聞いた。おそらく食いっぱぐれたのは自分、兄弟子たちの嫌がらせのひとつだったのだろう。その辛い経験がひとりひとりの量が決まった弁当を作らせたに違いない。

心の奥底の棘《とげ》――懸命に忘れようと努めているものが、ふとしたことで痛みを生む。なんとも切ない話だった。

「ありがとうございます、彦之助さん。弟は食いしん坊だし、家に帰り着くころにはお腹が空きすぎて機嫌が悪くなってることまであるんです。ものすごく助かります！」

「姉ちゃん、そりゃねえよ。俺は腹が減ったからって機嫌なんて悪くならねえよ！」

大慌てで打ち消す清五郎、ぷっと噴き出す伊蔵……それを見た彦之助の表情も明るくなる。もちろん、清五郎はそんなことで機嫌を悪くしたりしない。わかっていてもあえてそう言ったのは、ただただ彦之助に笑ってほしかったからだ。

「ごめんね、清五郎。機嫌が悪くなるのはあんたじゃなくて、あんたの腹の虫だったわね。盛大に鳴き立ててうるさくても、あんたの責任じゃないのよね！」

「そりゃそうだ。本人の思いにかかわりなく鳴くんだから手の打ちようがねえ。そうそう、段によって握り飯の数を変えてあるから、合うものを選ぶがいいさ」

言われて見ると、確かに握り飯の数が違う。どれも一口で収まるほど小さな俵形だが、九つ入りのものが三つ、七つ入りがひとつ、五つ入りがふたつある。

「なるほど……九つ入りのが俺と伊蔵と清五郎、七つのが親父、五つが女衆ってわけだ」

なんとも気が利いている、と弥一郎に褒められ、彦之助は鼻の下を人差し指で擦った。

「『千川』の板長様に褒められるとは！　いやあ、俺もなかなか……」

「調子に乗るな。だが、助かった。ありがとよ、また頼むかもしれねえ」

「おう。こんなのでいいなら、いつでも作るぜ」

得意満面で彦之助は去っていく。先ほどちらりと覗いたら、梅干し用の台もできつつあった。台を作りながらこんな弁当も拵《こしら》えるとは、彦之助はかなりの手練《てだ》れだ。ますます負けていられない、ときよは気を引き締め、へっついに鍋をかける。きよには、弥一郎や伊蔵ほどゆとりがない。それにせっかく彦之助が丹精込めて作ってくれたのだから、しっかり味わいたい。そのふたつの思いから、賄《まかな》いは持ち帰ることにした。

「その団子、滅法《めっぽう》旨かったぜ」

きよの膳にのっている重箱を見ながら、清五郎が言う。

自分は店にいる間にすっかり食べ尽くした上に、帰ったら帰ったで今朝の残りの飯に味噌汁をかけて食べている。にもかかわらず、ひどく羨《うらや》ましそうなのは、それほど旨かったからだろう。

「あら、これ、団子にした上で塩焼きにしてあるのね」

「みたいだな。たぶん、鉄鍋で焦がして塩を振ったんだろうな。鰯《いわし》の団子なんて鍋にするか、汁に入れるかぐらいだと思ってたが、こういうやり方もあるんだ」

「汁物をこんなふうにお重に詰めるのは難しいし、味醂《みりん》と醤油で煮付けるのはありきたり、ってことで工夫したんでしょうね」

「すげえよなあ……こんなの初めて食ったよ」

鰯を団子にして塩で焼くなんて考えもしなかった。だが、鰯は値打ちで気軽に使える食材だし、塩焼きは人気料理のひとつだ。団子にして塩で焼いたものが美味しくないわけがない。しかも団子ならつなぎが入っているので、冷めても身が硬くなることも縮むこともない。まさに弁当向きの料理だった。

「私も初めて……。それに、茹でた青菜を海苔《のり》巻きにするってすごい工夫」

「俺、青菜はそんなに好きじゃねえけど、出汁《だし》醤油が青菜ばかりか海苔《のり》にもほのかに滲《し》みて格別だ」

「これならぱくっと食べちゃえるしね。本当に勉強になるわ」

「この間おとっつぁんが来たときも、弁当を届けてくれたっけ。あの人、本当に料理が好きなんだな……っていうより、人に食わせるのが好きなのかもな」

「人に？」

「そう。でなけりゃ、『千川』の連中ならまだしも、わざわざうちのおとっつぁんの飯の心配までしねえだろ。もしかしたら周りのやつらがちゃんと食ってるか心配でしょうがねえのかもな。米も食え、魚も食え、青菜も食えってさ」

「それは……すごくありがたいことね」

「ああいう人がひとりいると助かるよな」

からからと笑ったあと、清五郎は両手を合わせてご馳走様の仕草をした。いつの間にかお櫃《ひつ》も味噌汁が入っていた鍋も空っぽだった。

「お店でも食べてきたっていうのに、あんたは本当によく食べるわね」

「しっかり食ってしっかり働く、いいことだろ？」

にやりと笑って言ったあと、清五郎はさらに呟いた。

「いっそ彦之助さんが賄《まかな》いを引き受けてくれねえもんかな……」

「どうして？」

「だってさ、これまでは、帰るのが遅くなるからって食わずに帰ってたし、近頃は忙しすぎて間に合わせみたいな賄いばっかりで羨《うらや》ましくもなかった。でも、今日みたいなのなら俺も食いてえ。その上、重箱なら蓋もできるし、持ち帰ることもできる。姉ちゃんだって、家に帰ってから支度しなくて済むから楽だし。そう思わねえか？」

清五郎に訊ねられ、思わず頷く。

今までは朝の残りの味噌汁と飯、あとは香の物か佃煮《つくだに》がせいぜいだった。こんなに美味しい夕飯を自分で作らずに食べられるのはありがたいに決まっている。

しっかり頷いたきよを見て、清五郎が言う。

「俺、旦那さんに頼んでみようかな……」

「そんなに彦之助さんの料理が気に入ったの？」

「気に入ったのはもちろんだけど、あの人のこれからとか思ったらさ……やっぱり決まった役割があったほうがいいかなって」

「それが賄い作りってこと？」

「うん。あの人が本当に料理を作りたい、誰かに食べさせたいと思っているなら、賄い作りは打ってつけだ。なにより、客に出すわけじゃねえから『千川』の味を気にせず好きに作れる。ただし、本当に彦之助さんがそうしたいなら、だけど」

「そうね……まずそれを確かめるところからね。それにしても、あんたがそんなに彦之助さんのことを考えるとは思わなかったわ」

『千川』に戻ったばかりのころ、彦之助は散々きよに嫌がらせをした。清五郎はそれを知って、彦之助を目の敵《かたき》にしていたのに、わざわざ主《あるじ》に進言しようとするなんて、ときよは驚いてしまった。

そんなきよに、清五郎は小さくため息をついて答えた。

「だってさ……似てるじゃん。俺とあの人。やらかし具合がそっくりだ。あの人がうまくいくなら俺も……って気がするんだよ」

「そっか……『やらかした』のも一緒、そのあと頑張ってるのも一緒、ね」

「うん、まあ……姉ちゃんにおんぶにだっこの俺とあの人とじゃ段違いかもしれねえけど」

「それはどうかしら。彦之助さんだって相当おかみさんに世話をかけてたみたいよ？」

「確かに。俺は姉ちゃんで、あっちはおっかさん、か。どっちにしても威張れたもんじゃねえ」

「大丈夫、おかみさんも前よりは彦之助さんのすることに口出ししなくなったみたいだし、あんただって近頃ずいぶん立派になった。私、頼りにしてるのよ？」

「え、そう？　そいつは嬉しい」

えへへ……と清五郎は指で鼻の下を擦る。そういえば、今日、彦之助も同じ仕草をしていた。清五郎の言うとおり、ふたりには似たところがある。清五郎が、あの人がうまくいくなら俺も……と考えるのも道理だった。

「じゃあ、明日にでも彦之助さんの気持ちを確かめて……ってこれ、俺には無理だな」

ろくに口もきいたことがないのに、いきなりそんな話はできない、と清五郎は少し上目遣いにきよを見る。きよは思わず、噴き出しそうになった。

「さっき褒めたばっかりなのに……。でも、あんたの気持ちはわからないでもないわ。彦之助さんのためでもあるし、私が訊いてみる」

彦之助は朝一番で『梅が香』を作っている。少し早く出て、店に入る前に裏の家に寄れば話ができる。勝手口からそっと入れば、源太郎たちに気付かれることもなさそうだし、賄《まかな》いのお礼も言えてちょうどいいだろう。

翌日、きよから話を聞いた彦之助は、想像以上の喜びようだった。

清五郎の言ったとおり、彦之助は料理を作ることはもちろんだが、周りに飯にありつけない人がいると気になってならないという。そしてそれは、修業先で自分がひもじい目にあったせいに違いない、と苦笑いした。

「暇を持てあまして梅干しの台を作り始めるぐらいだ。賄《まかな》いを作らせてもらえるなら、こんなに嬉しいことはない。ただ、親父や兄貴がどう言うか……」

「それは、私が話してみます」

「すまねえ……。でもあんた、なんだか頼もしくなったな」

「これでも姉弟子ですから、弟分の面倒はちゃんとみないと」

「そうだったな！　じゃあ、頼むよ」

嬉しそうな彦之助に軽く頭を下げ、きよは店に向かう。家を出たところで源太郎に会ったのはなんとも間のいい話、彦之助に運が向いてきているとしか思えなかった。

「彦之助に賄いを全部任せる？　弥一郎がなんて言うかな……」

『千川』の主《あるじ》は源太郎とはいえ、取り仕切っているのは板長である弥一郎だ。もしかしたらもうあと何年もせずに、源太郎は隠居して弥一郎が主になるかもしれない。源太郎としては、たとえ賄いといえども、弥一郎の考えを疎《おろそ》かにできないのだろう。

「板長さん、反対されると思いますか？」

「どうだろう……。あいつも、板場が忙しくて賄いにまで手が回ってねえのはわかってるだろうからなあ」

「ですよね？　でも板長さんは、賄いを作れないなんて口が裂けても言いません。本当なら賄いなんて私や伊蔵さんの仕事でしょうに、私たちがいっぱいいっぱいなのがわかってるから、なんとか自分で作ろうと躍起《やっき》になってるように見えます」

弥一郎はしっかりした人だから、思うような賄いが作れなければそれだけで不満が募《つの》るし、自分を責めかねない。それならいっそ、誰かに任せたほうがいい。

昨日、弥一郎も源太郎も、彦之助が作った賄いを褒めていた。味や盛り付けは言うまでもなく、鰯《いわし》をつまみやすい団子にしたり、腹具合に合わせて握り飯の数を変えたり、といった気遣いも素晴らしいと言っていた。なにより、実の弟なのだ。任せる相手としては絶好だろう。

「よし、わかった。俺から話してみる。いきなり全部っていうより、しばらくはどうにもならねえ日、たとえば縁日のときだけ任せるほうがいい気もするな。それならどっちの顔も立ちそうだ」

「ああ、それはうまい考えです」

賄いを作る暇すらない忙しさは、店にとってはけっこうなことだけど、働いている者は大変だ。弥一郎のことだから、だからこそそしっかりした賄いを……と考えているだろうに実《じつ》が伴わない。商売なのだから優先すべきは客、とわかっていても、どこかで申し訳なさを感じているに違いない。

そんな日だけでも彦之助に任せられれば、弥一郎もほっとできることだろう。

とはいえ、本来板場でなんとかしなければならない賄いを、全部人に任せるにはためらいが残る。彦之助だって、いきなり毎日というのは大変なはずだ。縁日だけ、というのは、どちらにとってもいい考えに思えた。

そのあと、源太郎ときよは揃って店に行き、弥一郎と話した。

賄いを彦之助に任せてはどうか、と源太郎に言われた弥一郎は、最初こそ難しい顔になったものの、縁日だけと聞いてほっとしたように言った。

「縁日だけならかまわねえ……いや、是非とも頼みたい。忙しくて精を付けなきゃならねえ日に限って賄いが貧相で、みんなにすまねえと思ってたんだ。昨日みたいな賄いを作ってもらえるのは、正直ありがてえ」

「だよな。じゃあ、これから縁日のときだけは彦之助に頼むことにしよう。縁日限りの『彦之助弁当』だ」

「『彦之助弁当』か……そりゃあいいな！　おっと、おきよ、どうした？」

知らず知らずのうちにため息を漏らしたのだろう。弥一郎が、心配そうにきよを見た。

「いえ……ちょっと羨《うらや》ましくて……」

「別に羨ましがらなくていいだろう。『彦之助弁当』は、昨日同様おまえと清五郎の分も作らせる。店で食っていってもいいし、持ち帰ってもいい」

きよや清五郎だって縁日で忙しいのは同じだ。仲間はずれにするわけがない、と弥一郎は笑う。源太郎も、呆れながら言った。

「なんで自分たちは蚊帳《かや》の外だと思うかな。それに彦之助は放っておいたって、おきよの分まで用意するに決まってる。『七嘉』の件で、ずいぶん恩を感じてるからな」

「恩……ですか？」

「ああ。なにせあいつが今、普通に暮らせてるのは、おきよの姉さんが『七嘉』であったことを知らせてくれたからだ。あいつが酷い目にあってたって知らなきゃ、俺たちは今でもあいつのことを出来損ないみたいに思ってただろう」

「そのとおり。親父や俺から冷たい目で見られて、延々と居心地の悪い思いをしてたはずだ。そうならずに済んだのは、おきよが文《ふみ》を送ってくれたおかげ。それで恩義も感じないほどの人でなしじゃねえってことだ」

「些細なことなのに……」

「その些細なことがあいつを救った。誰がどう思おうがそれが本当なんだよ。だから、遠慮なく食ってくれ……っていうより、賄《まかな》いなんだから食って当然だ」

「じゃあ、ありがたくいただくことにします」

ぺこりと頭を下げ、戻したところで少し離れたところにいた清五郎と目が合った。にこにこしているところを見ると、話が聞こえていたのだろう。店を開ける前に、と座敷を掃いていたとらも、胡瓜《きゅうり》を薄切りにしていた伊蔵もひどく嬉しそうだ。

縁日が来れば彦之助が賄いを作ってくれる。昨日みたいな『弁当』を……へとへとになっても、旨いもので精を付けることができる。奉公人たちにとってこれまで忙しくて大変なばかりだった縁日が、楽しみに変わる。弥一郎は、ろくな賄いが作れないと悔いる必要がなくなるし、彦之助にはまたひとつ決まった役割が増える。

三方良し、とはこのことだった。

とらが目を輝かせて言う。

「『彦之助弁当』って名前もいいですよね。昨日の鰯《いわし》の団子、すごく美味しかった。今度はどんなものを入れてくれるんでしょう?」

「握り飯だって食いやすい大きさだった上に、たくさんあって腹一杯になったし。青菜も旨かった。縁日は月に三回、今から次が待ち遠しいぜ!」

伊蔵はあと何日だ？　と指を折り始める。とらは、次はかまぼこや玉子焼きも入れてくれないかしら、なんて言い出し、花見じゃないんだから、と清五郎に笑われる。たとえ花見じゃなくても、玉子やかまぼこは贅沢すぎる。そんな賄いを出していたら、あっという間に店が潰れてしまう。

伊蔵も同じことを思ったのだろう。窘《たしな》めるようにとらに言った。

「おとらさん、賄いに玉子焼きはねえよ。かまぼこだって……」

「いやだ、そんなのわかってる。ただの戯《ざ》れ言《ごと》よ」

「なんだ、戯れ言か」

ふう、と息を吐いた伊蔵をみんなして笑う。

その一方で、きよはここに彦之助がいなくてよかったと思う。もしも彦之助が、心底人に食べさせるのが好き、かつ食べて喜ぶ人を見るのが好きだったとしたら、たとえ賄いでも玉子焼きやかまぼこを使いかねない。

弥一郎や源太郎がよく思わないかもしれないし、その結果、せっかくうまくいき始めた家族に溝ができることになったらどうしよう、という不安が頭をもたげる。

――どうか、あの人が見当違いに頑張りすぎませんように。賄いの分《ぶ》を超えて張り込んだりしませんように……

はしゃぐ清五郎や伊蔵、そしてとらを見ながら、きよは秘かに祈っていた。

水無月《みなづき》も終わりに近づいた二十八日、朝から『千川』は大忙しだった。だが、これまでと違って店の者たち、とりわけ奉公人は大張り切りだ。

なんと言っても縁日の日には『彦之助弁当』が出る。前のときは思いがけないご褒美のようなものだったが、今日はあらかじめわかっている。それに元々作ることが決まっているのだから、さらに趣向を凝らした弁当になっているはず、と期待を高めていた。

清五郎ととらの話し声が聞こえてくる。

「弁当はやっぱり夜だよな？」

「どうかしら？　前は夜だったけど、あれは彦之助さんが賄《まかな》いを作るって言い出したのが昼を過ぎてからだったからじゃない？」

「そうか……縁日の賄いを任せるってことなら、昼もあの人が作ってくれるのかもしれねえ。さすがに続けて弁当ってこたあねえだろうが、握り飯だけってことも……おっと」

そこで清五郎が言葉を切った。目を上げると、源太郎が入ってくるのが見えた。朝から姿が見えなかったが、おそらく少しでも手隙《てす》きのうちに、と家で帳面でもつけていたのだろう。清五郎はさすがにこれまでの賄いに不満があったかのような言葉を聞かれるのはまずいと考えたに違いない。慌ててとらが言う。

「握り飯だけでも全然かまわないんだけどね。板長さんの握り飯、ものすごく美味しいし！」

「そ、そうだよな！　しっかり握ってあるように見えて、口に入れるとほろりと崩れる。米だって全然潰れてねえし……」

「うんうん。なにより塩加減が抜群なのよね！」

しきりに弥一郎の握り飯を褒めるふたりに、源太郎は苦笑しながら言った。

「そんなおべっかを使う必要はねえ。彦之助が賄いを引き受けてくれて、一番喜んでるのは弥一郎だ。いつも、ろくな賄いを食わせられなくて申し訳ねえって言ってたからな。彦之助が助けてくれるなら御の字だ。それに、握り飯を十五も二十も握ってるぐらいなら、客に出す料理を作ったほうがいいに決まってる」

「そりゃそうだ。なんてったって儲《もう》けに繋がるし！」

「そういうこと。それと、彦之助は朝から台所で大忙しだ。昼もそこそこのものが食えそうだぜ」

「ほんとですか！　うわあ、嬉しい！　これは頑張らないと！」

「おいおい、おとらの頑張りは賄い次第なのか？」

「え？　いえいえ、そんなことは」

そう言ったあと、とらは板場に近づいてくる。少し前に通した注文の品ができたのに気づいて、取りに来たのだろう。

悪戯《いたずら》を企《たくら》む子どものような目で、弥一郎が言う。

「ありがとよ。俺の握り飯を褒めてくれて」

「うわー板長さん、聞こえてたんですか！」

「聞こえるに決まってる。清五郎もおとらも、上田様ぐらい声が通るからな」

「え、与力様並？　これじゃあ、うっかりしたことは言えませんねえ」

「うっかりもなにも……まあいい、客が待ってる。さっさと運んでくれ」

「はーい！」

ことさら声を張り、とらは小鉢や皿を盆にのせる。そのあと、朝一番でお参りを済ませた客がどんどん入ってきて、無駄話をする暇はなくなった。

届けられた重箱の蓋を取るなり、伊蔵が歓声を上げた。

「ひゃあ！　いなり寿司だ！」

ちなみに今は九つ（正午）の鐘が鳴ったばかり。いつもなら、昼飯を食べに来る客の波が落ち着く九つ半（午後一時）から八つ（午後二時）の間に賄《まかな》いを食べるが、縁日は大雨でも降らない限り客が途切れない。それならいつ食べても同じこと、ということで彦之助は昼になるなり届けに来てくれたのだろう。なにより、いなり寿司はつまみ食いできるから時を選ばない。一口で入るように小さめに作ってあるのは、この前の握り飯と同じだった。

横目で確かめた弥一郎も、嬉しそうに言う。

「いなり寿司はいつぶりだろう……。いなり寿司なんざ、芝居にでも行かねえかぎり食わねえからな」

「俺は芝居なんて行ったことありませんから、いなり寿司はずっと前に屋台で買ったのが最初で最後です」

「伊蔵はいなり寿司が好きなのか？」

「いなりに限らず、寿司は全部好きです。でも、なかなか食えなくて」

値が張る上に店や屋台に買いに行くしかない。奉公をしている身では難しい、と伊蔵は嘆く。

「そうか……だったらもっと早く賄いで出してやればよかった」

「いやいや、そんな贅沢は……」

「さすがに魚を使った寿司は無理だが、いなりなら贅沢ってほどでもねえ。さほど忙しくない日なら……」

「あの……その『さほど忙しくない日』っていうのが、近頃あんまりないような……」

それまでふたりはきよの頭越しに話をしていた。真ん中できよが上げた声に、弥一郎と伊蔵は顔を見合わせる。一瞬ののち、盛大に笑いこけた。

「もっともだ。新しい品書きがどんどん増えてるせいか、客も増える一方。縁日みたいに、ろくに飯も食えねえってことはないまでも、油揚げを煮たり酢飯を作ったりする暇はなさそうだ」

「だからこその彦之助さん登場。ありがてえありがてえ、ってことで、食っていいですか？」

「ああ、客に見つからねえようにだけは気を配ってくれ」

やむを得ないとはいえ、食べながら料理するなんて褒められることではない。客がいる座敷からは見えづらいにしても、目敏《めざと》い客がいるかもしれない。

味見をしているふりでさっと口に入れろ、と弥一郎は指南した。さらに板場に入らない者たちの分は奥に続く通路の端にある二口のへっついの脇に置く。そこなら、料理を取りに来たり、下げた器を奥の洗い場に運んだりするついでにつまみ食いができるからだろう。

　伊蔵が早速ひとつ口に放り込む。売られているいなり寿司はどうかすると子どもの握り拳ぐらいの大きさがあって、とてもじゃないけれど一口には頬張れない。だが、彦之助のいなり寿司は一口の大きさにしてあるので、難なく食べられる。

「旨いなあ……中にひじきや人参の煮たのが入ってる。ああ、黒ごまもまぜてあるのか。歯触りがいいし、力がつきそうだな」

　伊蔵の言葉に堪《こら》えきれなくなったのか、素早くひとつ口に入れた弥一郎が呻く。

「ただの酢飯じゃなくて具入り。しかもひじきも人参もしっかり煮含めてある。大きさだって見事に揃えて……やるな、あいつ」

　握り飯にしても寿司にしても、同じ形、同じ大きさに仕上げるのは簡単そうに見えて難しい。大きければまだごまかしようがあるが、小さければ小さいほど形を整えづらくなるのだ。

「おきよも食ってみるといい」

　ひとりだけ手を伸ばさないきよに気づいて、伊蔵がすすめてくれた。それでもためらっている様子を見て、弥一郎が言う。

「おきよ、奥に今朝届いた芋があるはずだ。仕込んだ分が足りなくなりそうだから、洗って剝《む》いてきてくれ」

大急ぎでな、と言いながら素早く小皿にいなり寿司を移す。前のときも、きよが店で食べられず持ち帰ったことを覚えていて、仕込みがてら奥で食べてこい、ということらしい。なんとも嬉しい気遣いだった。

「ありがとうございます！」

小皿を受け取り、奥へと急ぐ。

洗い場に着くなりひとつ頰張ってみると、口の中に醬油の塩辛さ、そして十分な甘みが広がった。

――本当に美味しい！　でもこれ、もしかして……

小皿の上のいなりをまじまじと見る。思ったよりも照りが出ていない油揚げに、とらが玉子焼きやかまぼこの話をしたときに覚えた不安がさらに増すのを感じた。

行儀が悪いには違いないが、ここなら誰の目にも留まらない。それをいいことに、きよは口を動かしながら芋を洗う。芋を剝いては水を張った桶に落とし、またひとつ頰張る。五つ盛られていたいなりが残りひとつになるころには、きよの不安は頂点に達していた。

芋は剝き終わり、板場に運ぶばかりになった。最後に残ったいなりをひっくり返し、油揚げの合わせ目を開く。出てきた酢飯から慎重に人参をつまみ上げ、それだけを味わう。しっかりと甘い。半ば予想どおりの結果なのに、きよは動揺を隠せなかった。

――彦之助さんはきっと、みんなが疲れてるはずだからって甘みを強くしてくれたんだわ。ありがたい気遣いだけど、さすがにこれは……

主《あるじ》や板長は気づいているのだろうか。常であれば気づかぬはずがないが、この忙《せわ》しさの中のつまみ食いでは、旨いか不味《まず》いかの判断は下せても、細かな味付けにまで気を回すことはできないかもしれない。

どうかそうであってほしい、と願いつつ、きよは板場に戻った。


その日、『千川』は千客万来、いつもの縁日と比べても倍近い客の数だった。

おそらく水無月《みなづき》にしてはよく晴れたせいで、水気がまとわりつくような空気の重さもなく、出かけやすい日だったのが幸いしたのだろう。

ともあれ、朝から晩まで客は途切れず、ひとりが頼む料理もいつもより多かったせいで、休む暇はほとんどなかった。もしも彦之助に賄《まかな》いを頼んでいなければ、みんなして腹の虫を騒がせっぱなし、へとへとになって客への応対もおざなりになっていたかもしれない。昼飯と夕飯だけではなく、おやつまで差し入れてくれたことは、ただただありがたかった。清五郎など、俺は一生あの人についていくぜ、なんて言い出すし、とらはとらで、なんなら私は嫁に行く、などと言って、周囲を呆れさせていた。

もちろん、とらのことだから戯《ざ》れ言《ごと》に決まっているだろうけれど、それほど彦之助の料理と気遣いに感じ入ったのだろう。

きよはといえば、料理そのものはありがたいと思いつつも、細かな部分が気になってならない。いなりで感じた不安は、おやつとして出された羊羹《ようかん》にも通じていた。

煮た小豆を漉《こ》さずに寒天で固めただけの素朴なものではあったが、甘みは十分で疲れが溶けていくようだった。前回同様家に持ち帰り、帰宅するなり食べてみた夕飯の煮物も同様……背中をいやな汗が流れていく。

これは初回の大盤振る舞い、次からはきっと……と信じて臨んだ文月《ふみづき》最初の縁日も、半ばの縁日も味付けが変わることはなかった。おそらく彦之助は、今後もこの味付けを貫くつもりに違いない。

しかも、使っている材料もどんどんよくなっていく。最初のとき、鰯《いわし》団子が入っていたことに驚かされた。特別なことでもない限り賄《まかな》い、特に夕飯に魚がつくことなどなかったからだ。とはいえ鰯は値打ちだし、もともと残っていたものを傷《いた》む前に、と使ったのかもしれないと考えた。

だが水無月末の縁日のときは鰹《かつお》の角煮、文月初めの縁日では鯵《あじ》の南蛮漬けが入っていたから、これからも魚を使うつもりに違いない。このままいくと、もしかしたら平目《ひらめ》や鯛《たい》を使う日が来るかもしれない。

　清五郎ととらは大喜びだったけれど、きよは気が気ではなかったし、文月初めには伊蔵も眉を寄せるようになった。きっと、きよと同じ心配をし始めたのだろう。

　そして文月半ばの縁日、夕飯として届いた『彦之助弁当』を見た伊蔵は、心配そのものの目できよを見た。幸か不幸か、弥一郎は馴染みの客に呼ばれて座敷に行ったばかり。内緒話には打ってつけの状況だった。

「これはちょいとやり過ぎじゃねえかな……」

「伊蔵さんもそう思います？　私もそれが初めから気になってて……」

「初めから？　でも、最初は鰯《いわし》の団子だったよな？　鰯ぐらいいいだろ」

「魚なんて贅沢じゃないですか。でも、もっと気になったのは次のときです」

「次は……いなりか？」

「はい。あれはさすがに……」

「いやいや、油揚げなんざ安いもんだろ。具入りだったにしても、ひじきに人参、あとはせいぜい胡麻《ごま》だったよな？　手はかかってるが、贅沢とまでは……」

「伊蔵さん、甘みが気になりませんでしたか？」

そこで伊蔵は、少し遠くを見るような目で考えたあと、きよに向き直って言った。

「そういや、しっかり甘かったな。おかげで疲れが吹っ飛んだ。それがなにか？」

「あの甘み、たぶん味醂《みりん》じゃありませんよ」

「味醂じゃねえ？　だとしたら飴《あめ》か？」

きよがきんつばを作ったとき、甘みを出すのに水飴を使った。彦之助も同じように水飴を使ったのではないか、と伊蔵は言う。だが、きよはそうとは思えなかった。

「飴にしては照りが足りません。おそらく砂糖を使ってます。しかも、具を煮るときにも……」

「砂糖⁉　……そういやあの羊羹《ようかん》も、びっくりするほど甘かった。前におきよが作ってくれたきんつばとは段違いの甘さだった」

全部に砂糖を使っているとしたら、とんでもない贅沢だ。夕飯に魚を付けるとか付けないとかの話ではない、と伊蔵は目を丸くした。

「でも、砂糖は奥に仕舞ってあるだろ？　彦さんが取りに来たことなんてねえよな？」

「家にあったか、もしかしたら彦之助さんが自分で買ってきたのかもしれません。でも砂糖は値が張ります。彦之助さんがそんなにお金を持ってるとは思えませんし、一度だけならともかく、ずっとは続かないし……」

「そもそも賄《まかな》いのかかりだからなあ……。彦さんが青物屋やら魚屋やらに注文した分もまとめて『千川』に回ってくるだろうな。砂糖もたぶん同じだ」

　賄いは彦之助が家の台所で作る。店の仕入れと一緒にしていないとしたら、材料の調達はさとに任されているのかもしれない。だからこそ、鰹《かつお》や鯵《あじ》も買えるし、砂糖も手に入れられる。あるいは彦之助は、さとから金をもらって砂糖を買いに行っているのかもしれない。

「旦那さんたちは、気づいているでしょうか……」

「半々じゃねえかな」

　青物や魚なら、どんなものを使ったのかは一目瞭然だ。だが、味付けに使うもの、とりわけ甘みとなるとわかりづらい、と伊蔵は言う。源太郎も弥一郎も、奉公人が賄いをちゃんと食べているかは気にしているが、自分たちとなると怪しいものだ。夕飯のように弁当としてそれぞれに仕立ててあるものですら、少しつまんで伊蔵や清五郎が物足りなさそうにしていれば回してしまうこともある。

「ほんのぽっちり、しかも仕事に気を取られながら食ってたら、気づかねえかもしれない。年の瀬になってびっくり、とかにならなきゃいいが……」

　支払いは年の瀬にまとめてというのが習《なら》いだ。これまで残り物で作っていた賄いのために、新たな仕入れが発生し、しかも砂糖まで入っているとなると支払いは跳ね上がる。砂糖の金をさとが出していたとしても、今まで以上に金がかかっていることに違いはない。せっかく儲《もう》けが増えても、これでは台無しだ、と伊蔵はため息をついた。

「まだ始めたばかりだから意気込んでるのかもしれねえ。俺たちに旨いものを食わせてやりたいって彦さんの気持ちもありがてえし、もうしばらく様子見かなあ……」

ちょうどそこに弥一郎が戻ってきて、伊蔵ときよの内緒話は終わった。

文月《ふみづき》の縁日はあと一回、十三日後だ。なんとか彦之助の勝手な大盤振る舞いが終わりますように、と祈っているうちに日が過ぎていった。

そして迎えた文月最後の縁日、昼の賄《まかな》いで出されたのは細巻き寿司だった。

以前の豆いなり同様、一口で頬張りやすい上に、切り口に覗く具は干瓢《かんぴょう》、椎茸の甘煮、胡瓜《きゅうり》などと種類も豊富。海苔《のり》の代わりに玉子焼きを使った玉子巻きが入っていなかったことに胸を撫で下ろしたのもつかの間、具には相変わらず砂糖が使われていたし、海苔も干瓢も上等、よく見ると穴子《あなご》が入ったものまであった。これでは夜の賄いはどうなることか……

「伊蔵さん……」

戸惑いながらかけた声に、伊蔵はそっと頷いた。

「今日も旨えよな……旨すぎるぐらい旨え……だがなあ、さすがにこれは……」

干瓢巻きをぽいっと口に入れ、じっくり味わったあと、伊蔵も辛そうに言う。前にきよに言われ、今回じっくり噛みしめたことで、甘みの元は確かに砂糖だとわかったのだろう。

「混んできたな……ふたりとも気張ってくれよ！」

「あ、はい！」

弥一郎の声で、慌ててきよと伊蔵は手を動かす。

いつの間にか昼九つ（正午）を過ぎ、さっきまでいくつか空いていた座敷は満席。外には席が空くのを待っている客までいるらしい。無駄口を叩いている暇はなかった。

「おきよ、椎茸を煮てくれ。伊蔵は油揚げを炙《あぶ》れ、大急ぎだ！」

弥一郎は、後ろに置いていた籠を手元に引き寄せながら声をかける。布巾が掛けられているが、中には卵が入っているはずだ。

溶き卵を鉄鍋に薄く広げて湯気にあてる。それが『おきよの五色素麺《そうめん》』の玉子だ。焼くのではなく蒸すことで焦げ目がつかず、口当たりも柔らかになる。

素麺にのせているのは大した量ではないけれど、あるとないとでは大違い。今日は暑いせいか素麺がよく出る。椎茸の甘煮や油揚げが足りなくなるばかりか、普段なら昼にはあまり出ない玉子をのせたものもよく売れている。さっぱりしたものを食べたいが、暑さに負けぬよう精も付けたいと考える客が多かったのだろう。おかげで朝のうちに仕込んだ玉子もなくなりかけていた。

小さめの丼を取り出し、籠の布巾を取った弥一郎は、そこで怪訝《けげん》な顔になった。

「これしかねえのか……？」

「え……？」

「今朝、玉子を蒸したのはおきよだったな。いつもよりたくさん使ったのか？」

「いいえ。いつもと同じで八つ使いました」

「いくつ残ってた？」

「朝は確か……六つでした」

「六つ……おかしいな。昨日の夜は十六あったはずだ。朝、八つ使ったのなら八つ残ってるはずなのに……」

なにかほかのものに使ったか、と訊ねられても、伊蔵もきよも首を横に振るばかり。弥一郎に言われもしないのに、卵など使うわけがなかった。

「蛇でも忍び込んだのかな……」

弥一郎の口からそんな呟きがもれた。

料理茶屋の板場に忍び込んで卵を丸呑みにしていく蛇など考えたくもない。真面目な顔のままだからわかりにくいが、これはきっと弥一郎特有の冗談だ、と判断し、曖昧《あいまい》に笑いながら、鍋に入れた出汁《だし》に醤油や味醂《みりん》、酒を足していく。朝作った椎茸の甘煮がなくなるまでには煮上がることだろう。

それにしても気になるのは、卵の行方だ。まさか、蛇ではなく源太郎が忍び込んで飲んでしまったか……と考えかけて、きよはぎょっとした。

――ちょっと待って、このお寿司……

巻き寿司は、重箱に入れて届けられた。それぞれの段にひとり分ずつ盛り付けてある。昼なのに『彦之助弁当』は珍しい、と思っていたが、その中に切り口を上に向けず、寝かせて盛り付けられたものがいくつかあった。

椎茸を煮ている鍋の陰に隠れて、寝かされている巻き寿司を起こしてみる。案《あん》の定《じょう》、切り口に覗くのは鮮やかな黄色、つまりこれは玉子焼きを芯にした巻き寿司だった。

「やべえな……」

横目できよの仕草を見ていた伊蔵が呟く。きっと伊蔵も、なくなった卵の行方に気づいたのだろう。

「しかも彦さん、あざとい……」

「あざとい？」

「ああ、旦那さんや板長さんのと俺たちのじゃ、盛りが違う」

「盛り……？」

そっと弥一郎の分を見ると、重箱には伊蔵や清五郎のものと同じぐらいの数が入れられているけれど、どれも切り口を上にしてある。数は少ないものの、源太郎の分も同じだ。寝かせた巻き寿司が入っているのは、奉公人に配られた重箱だけだった。

芯に使うのであれば玉子焼きで巻いた寿司ほどは目立たないし、そもそも横に寝かせれば切り口は見えない。さらに干瓢《かんぴょう》巻きの脇に隠すように置いたのは、さすがに贅沢すぎると気が引けたのか、単に奉公人たちを驚かせたかったのか――きよには後者にしか思えなかった。なぜなら、届けに来た彦之助はまさに得意満面だったからだ。

「たっぷり食ってくんな！」

そんな言葉といつものちょっと人を食ったような笑みで、彦之助は板場の三人に弁当を配った。あのとき、いつもよりほんの少し間がかかったのは、いつもなら同じ大盛りを弥一郎と伊蔵のところに置くだけで済むのに、今日は玉子の寿司が入ったのと入っていないのを間違えないよう置かなければならなかったからに違いない。

いくら奉公人にご馳走を食べさせたいといっても、店から卵を持ち出すのは明らかにやり過ぎだ。その上、源太郎や弥一郎には気づかれないよう、ふたりの弁当には入れないなんて、伊蔵じゃなくても『あざとい』としか言いようがなかった。

――彦之助さん、なんてことを……。気持ちは本当にありがたいけれど、これではせっかく取り戻しつつある信用が台無しだわ……

やむを得ない。彦之助に賄《まかな》いを作ってもらおうと進言したのは自分だ。やり過ぎを止める責任も自分にある。きよは、仕事が終わり次第、彦之助と話す決意を固めた。けれど、その決意は結果として手遅れ、彦之助のおこないは夜の賄いで源太郎、そして弥一郎の知るところとなってしまった。

「あの野郎！」

源太郎が毒づいた。

源太郎は最後まで残った客を見送り、店の中に戻ってきたところだった。

近頃、きよと清五郎は縁日の日に限っていつもより遅くまで店に残るようになった。『彦之助弁当』が出るようになってから、家に戻って飯の支度をせずに済むので、その分働《ま》くことにした。今日はとりわけ忙しく、店を閉めるまで居残ったおかげで、ことの顛末《てんまつ》を目の当たりにすることとなったのである。

へっついの火の始末をしながら、弥一郎が訊ねる。

「なんでえ親父、あの野郎ってのは？　今のはかなりの馴染みだし、金払いもいい客じゃねえか」

「あの野郎ってのは客のことじゃねえ。彦之助のことだ！」

「彦之助？　あいつ、なんかしでかしたのか？」

「ああ、しでかしたともさ！　とんでもねえ話だ！」

「まあ、落ち着けって。とりあえず弁当でも食おうぜ。親父もまだ手を付けてねえだろ」

昼からあと、客はどんどん増えていった。それでも奉公人たちは暇を見つけて賄《まかな》いを食べたが、主《あるじ》親子はそうはいかなかった。なんとか奉公人たちを休ませるために働き続け、ふたりの弁当は今なお手つかずだった。

「弁当か……まず、こいつを確かめてからだな」

そう言うと、源太郎は重箱の中身をじっくり眺める。今日の夜の『彦之助弁当』は梅干しを刻んでまぜ込んだ握り飯と小さく切った魚の南蛮漬け、茄子田楽《なすでんがく》だ。いずれも一口で食べやすい大きさに作られ、盛り付けも美しい。もちろん味も上々だった。むしろ上々すぎて、きよはまたため息を漏らさずにいられなかった。

不安が募《つの》るあまり、いつもなら持ち帰る弁当を店で食べた。

梅干しの握り飯はいい。暑い日に作り置きしても傷《いた》む心配がないし、ほどよい酸味が疲れをとかしてくれる。問題は南蛮漬けの魚、そして田楽に使われた味噌だった。

忙しさの間を縫うようにして口に入れた南蛮漬けは、酢と醤油の分量もきよの好みにぴったりで甘さも控えめだった。どうやら今日は砂糖ではなく味醂《みりん》を使ったらしい。

ところが、ほっとしたのもつかの間、魚の正体に気づいた。舌触りのよい白身で、一瞬鯛《たい》では？　とうろたえかけたもののよく味わってみると鯛特有の脂《あぶら》や甘みはない。漬けだれの味でわかりづらい中、丹念に舌で探った挙げ句、鱸《すずき》と知れた。

鯛は魚の中で一番とされているが、鱸とて負けてはいない。鰯《いわし》や鯖《さば》に比べれば別格、平目《ひらめ》や鰈《かれい》よりも上に位置づけられる魚なのだ。賄いに登場していいわけがない。

さらに田楽味噌は、きよにとってひどく懐かしい――つまり、上方《かみがた》で使われている甘みが強い白味噌だった。あえて茄子の皮目を見せて盛り付けてあり、濃い紫に薄茶色の味噌がよく映《は》えていたが、上方から運ばれてくるものだから当然、値が張る。

ここまでくるともはや暴走、どうあっても彦之助を捕まえて話をせねばと思っていた矢先の出来事に、きよは動悸が止まらなくなった。

店にはもう客はいない。上がり框《かまち》にどっかと腰掛け、源太郎は南蛮漬けを口に入れる。続いて茄子田楽も食べたあと、目をぎゅっと瞑《つぶ》って天井を見上げた。

「畜生……」

思わずといったふうに漏れた言葉に、弥一郎が目を見張った。

「どうしたんだ、親父。そんなに不味《まず》いのか？」

「不味かねえよ！　ただ、こんなことを続けられたら、早晩うちは左前《ひだりまえ》だ！」

おまえも食ってみろ、と言われて魚と茄子《なす》を食べた弥一郎も沈痛な声を上げた。

「旨い……だが、鱸に白味噌はさすがに……」

「おまえたちを蔑《ないがし》ろにしてえわけじゃない。だが、賄《まかな》いには賄いにふさわしい材料がある。世の中には分《ぶ》ってものがあるんじゃねえのか？」

「親父の言うとおりだ。店で仕入れたもののろくに売れなくて、このままじゃ傷《いた》んじまうってのなら話は別だが、ここ二、三日鱸は使ってねえし、味噌なんて傷むもんじゃない」

「だろ？　あいつ、賄いに使う魚や青菜を別に注文してやがった。そればかりじゃねえ、味噌や醤油、砂糖までな！」

「砂糖？」

怪訝《けげん》な顔で聞き返した弥一郎に、源太郎は呆れたように言う。

「おまえ、気づいてなかったのか？　そんななまくら舌じゃあ、うちの板長は任せられねえな」

「馬鹿言ってんじゃねえよ。砂糖を使ってることぐらい気づいてた。ただ、俺は親父が許したもんだとばかり……」

「俺はおまえが許したと思ってた！　魚も青物もいいものを使ってるし、はじめのうちは、ご祝儀みたいなものかと思って見逃してきた。だが、あんまり続くんでそろそろ釘を刺さなきゃならんと思ってたところだ」

「それは俺も同じだよ。親父に断って使ってると思ったから、まあいいかって……」

源太郎と弥一郎は、揃ってとても悔しそうにしている。

源太郎は、板場のことは弥一郎に任せているから賄いの材料も弥一郎が承知していると思ったのだろうし、弥一郎は弥一郎で、どういう材料を使うかは源太郎の算盤《そろばん》次第で、当然彦之助は源太郎の許しを得ていると考えていた。

きよは、もしかしたら砂糖を使っていることに気づいていないのでは、と思ったけれど、そんなわけがなかった。ふたりともちゃんと気づいていたのに、相手が許したものだと信じてなにも言わなかっただけなのだ。

「だが親父、なんでいきなりそんなことを……？」

源太郎が怒り心頭の様子になったのは、最後の客が帰っていったあとだ。しかも、見送りに行くまでは普段と変わりなかったのに、戻ってくるなり怒り出した。おそらくあの客からなにか聞かされたのだろう。

弥一郎の問いに、源太郎は苦虫を噛みつぶしたような顔で言った。

「なにを言ってるんだ、弥一郎。あの客の生業《なりわい》を忘れちまったのか?」

「生業……あっ、そうか!」

奉公人たちが固唾《かたず》を呑んで見守る中、弥一郎は額をぴしゃりと打った。

「あれは生薬屋《きぐすりや》じゃねえか!」

「そういうことだ。あの男とは古くからの付き合いだが、商《あきな》いの上では大してかかわりなかった。だが、今日に限ってやけに礼を言いやがる。何事かと思ったら、このところ続けて砂糖の注文があったって言うじゃねえか」

「なるほど……。うちは俺と彦はもちろん、親父もおふくろも元気だし、これまで生薬屋とは無縁だった。それこそごくたまに砂糖を買うぐらいだったよな。それがちょっとの間に二度三度と続けば、礼のひとつも言わなきゃ罰《ばち》が当たるってもんだ」

「やけに上機嫌で入ってきやがったし、いつもより料理も値が張るものを頼んだ。おまけに滅多に呑まねえ酒まで……それもそのはずだよな」

ろくでもねえ、と源太郎が吐き捨てる。完全に八つ当たりだが、それほど腹立たしいのだろう。弥一郎は弥一郎で、もっと早く確かめればよかった、と悔いる。

だが、源太郎と弥一郎以上に、きよは自分を責めていた。

――これでは、せっかく上がりかけた彦之助さんへの評価も地の底だ。なんとかやめてくれますように、と祈ってばかりじゃなく、ちゃんと止めるべきだった……

後悔先に立たず、とはこのことだ。

「やっぱりあいつはよそに奉公に出すべきだな。よそで働かせて、給金で砂糖代を返してもらう！」

「親父、そこまでやらなくても……。砂糖を使ったのはやり過ぎだが、あいつはきっと旨いものを作りたい一心だったんだろう。作ってくれた賄《まかな》いはどれも滅法《めっぽう》旨かったじゃねえか」

「いい材料を使えば、旨いものができるのは当たり前だ。客に出せないような余り物、どうかすれば捨てちまうようなものを、工夫して旨くするのが腕じゃねえか！　俺は、それをせずにいい材料だけを揃えて使おうって魂胆が許せねえ」

料理人の風上にも置けねえ、心得違いも甚《はなは》だしい、と再び源太郎は吐き捨てた。さすがにこれには、ぐうの音《ね》も出ない。まさに彦之助のやり方は大間違いだった。

「あいつは料理人としては下の下、奉公に出すにしても鍋、釜、包丁とは縁のねえ仕事をやらせるしかねえ。いっそ生薬屋の小僧にでもさせるか、それなら大好きな砂糖をふんだんに商《あきな》えるぜ」

源太郎は皮肉たっぷりに言い放った。

そのあとも、源太郎は彦之助を悪し様《あざま》に言い続けた。弥一郎はなんとか庇おうとする気配はあったものの、あまりにも源太郎が高ぶっていたためか途中から頷くだけになってしまった。きっと、今はなにを言っても火に油を注ぐだけだと思ったのだろう。

いたたまれなくなって、きよはそっと店を出た。もちろん、清五郎も一緒だ。すぐについてきたところを見ると、清五郎も同じ思いだったようだ。後片付けまで終わっていたから差し支えないはずだ。

「大変なことになっちまったな……俺が余計なことを言ったばっかりに……」

「あんたのせいじゃないわよ。それを言うなら、私にも罪はあるわ。実際に旦那さんたちにすすめたのは私だもの」

「でもよう……あ！」

清五郎の声で、きよは弟の視線を追う。そこには、前掛けをつけた彦之助がいた。手《て》燭《しょく》と小さな桶を持っているから、蔵に味噌でも取りに来たのだろう。

「彦之助さん！」

ふたりに気づかずに蔵に入りかけた彦之助を呼び止め、きよは小走りに近づいた。

「お、おきよと清五郎じゃねえか。ずいぶん遅いな」

「賄《まかな》いを用意してもらえるようになったので、縁日は店を閉めるまでいることにしたんです。それより！」

「なんだい、そんな血相を変えて。もしや弁当が旨くなかったか？」

「お弁当はとっても美味しかったです。でも……」

「ちょい待ち！　彦之助さん、こっちへ。姉ちゃんも！」

　そこで清五郎は、彦之助を蔵の脇に引っ張っていく。なるほど……ときよもついていく。蔵は店と家の間にあるから、立ち話をしていたら目につく。ここなら蔵の陰になるから源太郎や弥一郎が家に戻るときに見つかることはないだろう。

「なんだよ、姉弟揃って……」

　彦之助が怪訝《けげん》そうに言う。とにかくことの成り行きを伝えなければならない。源太郎はいつになく激高しているし、彦之助には短気なところがありそうだ。いきなり叱りつけられたら、売り言葉に買い言葉で大げんかが始まりかねないし、そのまま縁切りなんてことになったら目も当てられない。

　とはいえ、彦之助にだって料理人としての誇りがあるだろう。それを傷つけることなく話すのは難しい……と迷っているうちに、清五郎が話し始めた。

「あのな、俺たちに旨いものを食わせてやろうって気持ちはものすごくありがてえ。でも、いくらなんでも砂糖や卵は贅沢すぎる。旦那さんだって、賄《まかな》いには賄いの分《ぶ》がある、って怒ってた。しかも旦那さんにも板長さんにも断りなしってのは酷すぎる」

「は……？　なんだよ賄いの分って。親父はそんなけちくさいことを言ってるのか？　日頃から、『千川』があるのはみんながしっかり働いてくれるおかげだって言ってたのはでまかせだったのかよ！」

「でまかせじゃねえよ。いつだって旦那さんは俺たちに気を配ってくれてる。姉ちゃんの身が立つように板場に入れてくれたのも、俺と姉ちゃんが通いにしてもらえてるのも、全部旦那さんの気遣いだ」

「それってあんたたちじゃなくて、あんたたちのおとっつぁんに気を遣ってるんだろ？　昔世話になったって聞いたぞ」

「まったくないとは言えねえが、俺たちだけじゃなくて、伊蔵さんだっておとらさんだって十分大事にしてもらってる。さもなきゃ、奉公人に飯を食わせるために自分たちが働きづめになったりしねえ。よその店じゃ、考えられねえことだよ！」

「だったらなんで賄いの分なんて言い出すんだよ。このところ儲《もう》けだって増えたんだろ？　だったら少しぐらい奢《おご》ってもいいじゃねえか！」

ふたりの声がだんだん大きくなっていく。これでは店まで聞こえかねない。

「ふたりとも声が大きいわ。そんな声を出さなくても話はできるでしょう？」

清五郎がはっとして言う。

「そうだ……これじゃあ、裏に引っ張ってきた意味がねえ」

「そのとおり。彦之助さん、とにかく旦那さんは怒ってらっしゃる。でもそれは、賄いの分云々《うんぬん》じゃないの。どっちかって言うと、料理人の心構えが足りないって話よ」

「料理人の心構え？」

「いい材料を使えば美味しくなるのは当たり前。売り物にできない半端な材料で美味しく作るのが腕。工夫もせずにいい材料を使うなんて、心構えが足りない証だって……」

「……畜生。俺は別に工夫がいやだったわけじゃねえのに……」

いきなり勢いが失せ、嘆くような口ぶりになった彦之助に、きよと清五郎は顔を見合わせた。

「どういうこと？　彦之助さん、なにか思うところがあったのなら、聞かせてくれないかしら？」

「俺は修業の成果を見てもらいたかった。『七嘉』の味を知ってほしかったんだ。『七嘉』は古くからある料理茶屋で京でも指折りだ。板場の虐《いじ》めは褒められたもんじゃねえけど、みんな腕は確かなんだ。だからこそ俺も、できるだけ我慢して味を覚えようって……」

そのあと彦之助は、頬をゆがめるように嗤《わら》った。

「とどのつまりは逃げ出しちまったけど……それでもあの店で修業できたことはよかったと思ってる。上方《かみがた》の味の基本は身につけたつもりだ。だから、賄《まかな》いはもっぱら『七嘉』の味で作った。いくら兄貴や伊蔵が江戸の料理人とはいえ、本物の上方の味を知っておいて損はねえって……」

「じゃあ……『彦之助弁当』は『七嘉』の味ってこと？」

「そっくりそのままってわけにはいかなかったが、いなり寿司に使った油揚げも、巻き寿司の具も『七嘉』と同じ味付けだし、南蛮漬けに鱸《すずき》を使うのも同じ。実は、はじめに作った鰯《いわし》の団子も『七嘉』で売ってるものなんだ」

そういう意味で工夫していないと言われれば、何も言えないだろう。だが、彦之助には、工夫を認められるよりも先に伝えたいことがあったのだ。

「もしかして……『七嘉』さんでは普段からお砂糖を使ってるんですか？」

「ああ……当たり前に使ってる。もともと値の張る店だから、砂糖を使っても引き合うんだろうな。鱸や卵も……」

「それで砂糖を使ったんですね。『七嘉』の味を出したくて……。でも私は、やっぱりやり過ぎだと思います」

「そうかもしれない。だがこれだけはわかってくれ。俺は、『七嘉』の料理を知ってほしかった。みんなに、旨い旨いって食ってほしかった。それだけなんだ……。でも、兄貴たちにあらかじめ断りを入れれば、止められる。賄いに砂糖や卵なんて贅沢すぎる。特に卵は見つかったら大目玉だって……」

「だから旦那さんと板長さんのには入れなかった。でも、それって無駄な骨折りだぜ！」

清五郎の言葉に彦之助はきょとんとする。きよは苦笑しつつ続けた。

「実際に食べなくても、数が減ってたらわかります。『七嘉』ではどうだったかわかりませんけど、『千川』では卵は特別です」

「そうそう！　板長さんなら、いくつ使って、いくつ残ってるかぐらい心得てるさ！」

「そうか……兄貴は細けえもんな……」

「ご挨拶だな、彦之助」

後ろからかけられた言葉に、三人が三人とも首を竦《すく》めた。振り返るまでもなく、弥一郎の声だった。

「い、板長さん、これは……」

あたふたするきよを宥《なだ》めるように、弥一郎は言った。

「そんなに慌てなくていい。話は聞かせてもらった」

「だから声が大きいってあれほど……」

きよに呆れ声で言われ、清五郎と彦之助は気まずそうに顔を見合わせる。店に声が届かぬように、姿を見られないように、と蔵の脇に移ったはずなのに、これでは台無しだ。

彦之助が、勢いよく頭を下げて詫びる。

「悪かった！　兄貴は板長だし、次の主《あるじ》は兄貴なんだから、きちんと断りを入れるべきだった」

「そういうことだ。それより、賄《まかな》いのことだが……あれは本当に『七嘉』の味なのか？」

「まったく同じとは言わねえが、ほぼ同じだな」

「同じ味を出すために、砂糖や白味噌を使ったんだな？」

「ああ、味醂《みりん》と砂糖じゃ甘みの質が違うからな。それに卵も使った。勝手なことをしてすまなかった」

玉子焼きを芯にした海苔《のり》巻きは『七嘉』でも人気の品だ、と彦之助は言う。俯《うつむ》き加減になっているのは、さすがに卵はやり過ぎだとわかっているからだろう。

「減ってると思ったら、おまえが使ったのか！　だが、おかしいな……俺のには……」

「奉公人の分だけ。みんな忙しそうだから、なんとか精を付けてもらいたくてさ……」

「そういうわけか……」

弥一郎の彦之助を見る目が、一気に優しくなった。

彦之助の中にも、奉公人を大事にする思いがあると知って嬉しかったのだろう。

「ここでおまえの考えが聞けてよかった。そういえば、今から蔵に入るのか？」

彦之助が手にしている木桶に気づいたのか、弥一郎が訊ねた。こっくり頷いたのを見て、少し考えたあと言う。

「灯りは……あるな。じゃあ、あとで呼びにくるから、それまで蔵にいろ」

「そりゃまたなんで？」

「親父は今ごろ、怒り心頭でおまえを探してるはずだ。俺が先に戻って今の話を伝えておく。なあに、わけを知ったら親父だってよそに奉公させて砂糖代を取り返す、なんてこたあ言わねえさ」

「え……そんな話になってたのか⁉」

「なってた、なってた。おまえが女だったら色町《いろまち》に売り飛ばされる勢いだった」

「勘弁してくれよお……」

情けない顔で嘆く彦之助を残し、弥一郎は家のほうに向かう。

弥一郎が現れたときは肝が冷えたけれど、兄弟で話ができてよかった。弥一郎なら、彦之助の思いを上手に伝えて、源太郎の怒りを静めてくれるに違いない。

「よかったなあ、彦之助さん。命拾いできて。ま、これに懲《こ》りたら次になにかするときはちゃーんと考えて、板長さんなり旦那さんなりに相談するこった」

「なにを偉そうに……」

きよが思わず呟いた言葉に、彦之助が噴き出した。己を嘲《あざけ》るような笑みではなく、心底楽しそうな笑い声に、きよも笑顔になる。

「一時はどうなることかと思いましたが、うまく収まりそうでよかったです」

「ああ、本当に。じゃ、俺はこれで。あんたたちも気をつけて帰りな」

「はい」

そう言うと、彦之助は蔵に入り、きよと清五郎も踵《きびす》を返す。

――知らない味を試してもらいたい……それって、私が逢坂にいたときにやっていたことと同じだ……

料理に楽しみを見いだしたきよのために、父は折り詰めを持って帰ってくれた。一緒に食べようと言っても、家族は皆、外に食べに行けないきよに遠慮して譲ってくれる。きよは、ひとりじめするのが忍びなくて、なんとか同じ味の料理を作ってみんなに食べてもらおうと躍起《やっき》になったものだ。

彦之助の考え方は自分と似ている。

最初こそ、嫌がらせをされて憎いとすら思ったけれど、今では格好の競い相手だし、旨い料理を作るために知恵を出し合いもする。なにかを話していると、そうそう！　と頷きたくなることも多い。それどころか、半分ぐらい聞いただけで、言いたいことの全部がわかってしまうような気さえするのだ。

料理の道を志《こころざ》す者の考えは、やっぱり似ているのかもしれない。これからも、こんなふうに前になったり後ろになったり、時には並んで歩きつつ料理の道を歩んでいきたい。

――道は険しいし、果てしなく遠い。でも、いつか板長さんみたいな立派な料理人になりたい……

そんなことを考えつつ、きよは孫兵衛長屋への道を辿《たど》った。

はなの嫁入り

もうすぐ明け六つ（午前六時）の鐘が鳴るという時分、きよが井戸端で朝飯の支度をしているところに、隣に住むよねがやってきた。

「おはよう、おきよちゃん！」

「おはようございます、およねさん。葉月《はづき》も半ばだっていうのに、まだまだ暑いですね」

「ほんとにね。でも、これぐらい暑いとお祭りにはちょうどいいよ」

「お祭り？　ああ、富岡八幡宮の……そういえばもうすぐですね。でも、暑いとちょうどいいって？」

「おや、ご存じないのかい？」

小鍋を抱えたまま、よねは意外そのものの顔になる。おそらく味噌汁を拵《こしら》えるつもりだろうけれど、よねは三味線《しゃみせん》の師匠だから、朝から奉公に出なければならないわけではない。きよほど時に追われておらず、井戸端話をする暇もたっぷりあるのだろう。

けれど、きよは今日も大忙し。なにより、食いしん坊の弟が朝っぱらから腹が減ったと大騒ぎをしている。どうかすると、味噌汁ができる前に炊きあがった飯を食べ始めかねない勢いだ。幸い、長話が始まりそうな予感にそわそわしているきよに気づいたのか、よねが早口で言った。

「今年の富岡さんは三年に一度の大祭なんだよ。いつも以上に派手に水を撒き散らす。お神輿を担ぐほうも見てるほうもびしょ濡れだから、こんな暑さはもってこいだよ」

「そうなんですか！　三年に一度ってことは、前の大祭は私たちが江戸に来る前ですね。道理で」

「ああ、あんた方が来たのは確か三年前の冬だったから、八幡様のお祭りはとっくに終わってた……ってことで、説明は終わり。さ、お行き」

清ちゃんが待ってるよ、と促《うなが》され、きよは出来上がった味噌汁の鍋を持って立ち上がる。七輪《しちりん》の火の始末はしていないけれど、このままよねが使うから支障ないだろう。

「じゃ、お先に……」

「ああ、またね」

そう言うとよねは水を張った鍋を七輪にかける。きよと同じくふたり分のはずなのに、ずいぶん量が少ないのは、やはり大食らいの清五郎とよねの娘のはなの食べっぷりの違いだろう。それでも自分以外に食べる者がいるというのは、面倒ではあるが励みでもある。よねはお勝手仕事があまり好きではないようだから、もしもはながいなければ、ろくすっぽ煮炊きをしないかもしれない。

家族がいるというのはやはりいいことだ、と考えながら、きよは部屋に戻る。案の定《あんじょう》、中では既に膳が出され、飯まで盛り付け終わった清五郎が待ち構えていた。

「やーっと戻ってきた！　姉ちゃん、もう背中と腹がくっつきそうだぜ！」

「ごめん、ごめん。今よそうからね！」

「出来立ての味噌汁の匂いはたまらねえ。姉ちゃんの味噌汁は冷えても旨えけど、やっぱり出来立ては段違いだ」

飯だって炊き立てだし、と自慢まじりに清五郎が言う。

清五郎がめきめき腕を上げてくれるおかげで、ご飯は一粒一粒がぴかぴかに輝いている。炊き立てはもちろん、冷めたら冷めたで噛みしめると甘みがじんわり広がって堪《こた》えられない。近頃では、きよよりも清五郎のほうが上手だと思うほどだった。

「お、今日は豆腐か！　江戸の豆腐はしっかりしてるから大きめに切っても崩れねえし、味もしっかり吸うからいいよな」

「それが江戸のお豆腐の持ち味ね。近頃は板長さんが上方《かみがた》のお豆腐を拵《こしら》えてくれるし、両方を味わえる私たちは果報者よ」

「豆腐ひとつで果報者……姉ちゃんは大げさだなあ」

清五郎は半ば呆れたように言ったあと、味噌汁の豆腐を箸でつまみ、ぽいっと口に放り込む。もぐもぐと噛んだあと、今度は汁、そして飯……ほれぼれするような食いっぷりだった。

――お豆腐ひとつで果報者は確かに大げさかもしれない。でも、幸せはいくつあっても困らない。どんなに小さくても幸せは幸せ、喜んで損することなんてない。不幸せを探すよりずっといいじゃない……

そんなことを思いながら、きよも大急ぎで飯を食べる。暑さはまだしばらく続きそうだ。江戸には、案外ひとり者が多い。国元からひとりで出てきた侍もいれば、まだ嫁をもらっていない職人もいる。ただでさえ煮炊きなど得意ではない上に、この暑さでは外で済ませたくなる男は多いだろう。

――今日もきっと『千川』は大繁盛ね。さっさと出かけて仕込みにかからなきゃ……

大急ぎで飯を済ませ、膳を片付けて家を出る。富岡八幡宮の大祭ではないが、朝から水でもぶっかけてもらいたくなるような暑さだった。

きよの予想どおり、その日は縁日でもないのに朝から大忙しだった。

分不相応な材料を使ったせいで、危うく親子喧嘩になりそうだった賄《まかな》いの件も、弥一郎や伊蔵にも上方《かみがた》の味を知ってほしい、という彦之助の思いが源太郎に伝わり、無事決着。今では彦之助も『七嘉』と『千川』のいいところ取りをした賄いを作るようになった。さらに、縁日に限らず目が回るほど忙しい日は、彦之助に賄いを任せることも増えてきて、板場は大助かりだ。

今日も彦之助が賄いを作ってくれた。今日のように朝から忙しい日もあるが、時には昼を過ぎてから混み始める日もある。そんなときも彦之助は、ちゃんと見ていて『彦之助弁当』を届けてくれる。

そうやって、毎日客の様子を確かめるのはすごいことだし、賄いを作るにあたって、材料を含めて源太郎や弥一郎に許しを得るようになったのもいいことだ。源太郎や弥一郎は、あらかじめ使う材料がわかってしまうから楽しみが減った、などと嘆いているけれど、きよには勝手な言い分に思える。なにせ、好き放題したらしたで文句を言うのだろうから……

そんなこんなで、今日も出された『彦之助弁当』を抱えて孫兵衛長屋に戻ったきよは、井戸端で人影を見つけた。しゃがみ込んでいるからわかりづらいけれど、月明かりにぼんやり浮かぶ髪の形や身体つきに覚えがあった。ちなみに、清五郎はいつもどおり湯屋に寄ったから、きよひとりだ。

「おはなちゃん？」

声をかけてみると、弾かれたように顔を上げる。目のあたりをごしごし擦っているところを見ると、泣いていたのかもしれない。

「おきよさん……」

「どうしたの、こんな遅くに……おっかさんが心配するわよ」

「おっかさんなんて大っ嫌い！」

思いがけず強い口調で返され、きよは言葉を失う。

どうやら家に戻る気はなさそうだ。いくら家から目と鼻の先の井戸端とはいえ、このままにしておくのはためらわれる。とりあえずわけを訊いたほうがいい、ということで、きよははなを自分たちの部屋に誘う。断られるかも、と思ったが、存外素直についてきたことに安堵した。

家に入り、まず行灯《あんどん》に火を入れる。まぶたが腫れぼったいから、やはり泣いていたに違いない。

「えーっと……おはなちゃん、ご飯は済んだのよね？」

『彦之助弁当』が出たので、店仕舞いまで働いた。おそらく今は宵五つ（午後八時）過ぎだろう。孫兵衛長屋の住人たちの夕ご飯は、たいがい暮れ六つ（午後六時）ごろなので、普段であれば済ませているはずだ。

はながこくりと頷いたのを確かめ、きよは『彦之助弁当』を包んできた風呂敷を脇に置いた。

正直、清五郎ではないがお腹と背中がくっつきそうなぐらい空腹だ。それでも、泣き顔のはなを前に食べる気にはなれない。清五郎は店にいる間に食べてしまったようだが、どうせ湯屋から戻ったら、朝の残りの飯と味噌汁を食べるはず。そのときに一緒に食べることにして、甕《かめ》から水を汲んだ。

「ごめんね、これしかないけど……」

水を入れた湯飲みを渡すと、はなは立ったまま勢いよく呑み始めた。葉月《はづき》の半ばとは思えない暑さは夜に入っても衰えない。おまけにはなは盛大に涙を流していたようなので、相当喉が渇いていたのだろう。

「ありがとう、おきよさん……」

水を飲んだことで、少し落ち着いたらしい。はなは空になった湯飲みをきよに返し、ふう……と息を吐いた。

「突っ立ってるのもなんだし、上がったら？」

落ち着いたとはいえ、はなはまだ自分の家に戻る気にはなれないようだ。もしもきよが声をかけなければ、朝まで井戸端にしゃがんでいたのかと思うと、気の毒でならない。よねもよねだ。若い娘が家を飛び出したのに、そのままにしておくなんて酷すぎる。おそらく、はなが井戸端にいることぐらいは確かめているだろうけれど……

そこまで考えたとき、壁の向こうから音が聞こえてきた。言うまでもなく、よねの部屋からだ。衣擦《きぬず》れの音、草履《ぞうり》を脱ぐ音……いずれも本当に微かだけれど、きよは耳がいいので聞き取ることができた。

——およねさん、家の中からおはなちゃんの様子を窺《うかが》ってたのね。なにかあったら飛び出そうって……

きっとすぐには声をかけづらいほどの大喧嘩だったのだろう。それでも飛び出した我が子を放り出して寝てしまったりはしない、いや、できっこないのが親というもの。おそらくよねも、どうしたものか……と迷いながら、狭い土間をうろうろしていたに違いない。

一方はなは、すすめられて家に上がったものの、自分の家とは反対側の壁にくっつくように腰を下ろす。よねの気配など感じたくもない、といった様子にきよは頭を抱えてしまった。

「それでおはなちゃん、いったいなにがあったの？」

「おっかさん、あたしに嫁に行けって……」

それをきっかけに、またはなの目から涙がこぼれ始める。なるほど……ときよはようやく合点《がてん》がいった。

よねは常々、はなの嫁入りを気にかけている。いつだったか一緒に湯屋に行ったときも、弟から娘の雛人形をねだられながら、そんな金があったらはなの嫁入り支度をする、なんて話しているのを聞いた。

親ひとり子ひとりの暮らしの中で、子の行く末を考えるのは当たり前だし、娘とあらば嫁に行かせるのが一番、取り立てて珍しい話ではなかった。

「おはなちゃんのこれからを気にしてるのよ。およねさんはまだまだお達者だけど、いつかは先立つだろうし、そうなったらおはなちゃんがひとりになっちゃう。お嫁に行くなら早いうちに、って考えたんじゃない？」

「だからってなにも房総なんて……」

「房総？」

「そう。しかも田んぼをいっぱい持ってる本百姓《ほんびゃくしょう》だって！」

「お米を作ってるのね。それなら食べるのに不自由しない。親としては安心よ」

「でも、そんなうちにお嫁に行ったら、あたしも野良仕事をすることになるでしょ？　野良仕事なんてしたことないのに……」

「それはどうかしら……」

油問屋の主《あるじ》の妻だったきよの母も、料理茶屋の『七嘉』に嫁いだ姉も、源太郎の妻も店には出ていない。家の生業《なりわい》とはかかわりなく暮らす嫁もいるのではないか、と言うきよに、はなは大きく首を左右に振った。

「それは商人の話でしょ？　百姓がそれで済むわけがない。田んぼの仕事ってすごく大変なんでしょ？　人手なんていくらあっても足りないんだから、のんびり家にいられるわけがないもの」

「それもそうね……じゃあ、おはなちゃんは野良仕事がいやでお嫁に行きたくないってこと？」

「別にそう言うわけじゃないけど……。見初《みそ》めてもらえたのは嬉しいし……」

「見初められたの!?」

思わず高い声が出た。正直に言えば、なんとも羨《うら》やましい。

きよはもともといない者として育てられたため、嫁入りなんて論外だった。そのまま年を重ねて今では二十四歳、薹《とう》も立ちまくり、行き遅れもいいところなのだ。

すっかり諦めてはいるものの、誰かの嫁入り話を聞くと気持ちがざわざわする。それが年下のはなだというだけでも心が騒ぐのに、見初《みそ》められてなんて羨《うらや》ましすぎる。

「食べるのに困らない家に、見初められてお嫁に行く……すごくいい話だと思うけど」

「だけど、あたしは顔も知らないんだよ？」

「え、そうなの？」

これまたびっくりである。だが、言われてみれば、はなの人柄などまったく知らなくても見初めることはできる。いわゆる岡惚れというやつだろう。だが、いきなり顔も見たことがない相手に嫁げと言われたはなからしたら、文句を言いたくなるのは当たり前だ。

「それにしても……その人、どこでおはなちゃんを見初めたのかしら」

「おっかさんの話だと、川沿いを歩いてるのを見かけたんだって……」

「川沿い……ああ、もしかしたら『下総屋《しもうさや》』さんに出入りしてたのかしら？」

『下総屋』は黒江《くろえ》川沿いにある米問屋である。米を作っている百姓なら、取引があるに違いない。米を納めに来たか、金を受け取りに来たかの折にはなを見かけた、というのはありそうな話だった。

「ああ、そうそう、『下総屋』さんと取引があるって言ってた。たぶん、あたしが右馬《う ま》三郎《さぶろう》さんのところにお遣いに行ったときだと思う」

「右馬三郎さんって？」

聞き慣れない名前に問い返すと、はなはなんだか得意げな顔で答えた。

「右馬三郎さんは三味線《しゃみせん》を作る職人さんよ。そりゃあ腕がよくてね、おっかさんは自分のはもちろん、お弟子さんの三味線だってこの人以外には任せないの」

よねは三味線の師匠だから、自分のものは自分で手入れをするし、迂闊《うかつ》なことはしない。だが、大事な商売道具だけに、年に一度や二度は本職に任せて手入れをする。さらに、弟子がうっかり傷つけたり、弦を切ったりしたときも右馬三郎のところに持っていく。はなが預かって届けたり取りに行ったりすることも少なくないのだそうだ。

「なるほど、それで素性がわかったのね」

三味線は大きいから、抱えて歩いていれば目につく。おそらくその房総の百姓の男も、三味線を頼りに『下総屋』に訊ねたのだろう。この界隈《かいわい》にはそれなりに若い女はいるが、三味線を持って歩く女は珍しい。近くの三味線の師匠を探して、よね、そしてはなを探り当てたに違いない。

「三味線なんて持って歩くんじゃなかった！　そうすれば探り当てられることもなかっ

たのに！」

はなはしきりに後悔している。その上、もうお遣いなんてしない、とまで……

だが、これまでも三味線《しゃみせん》を届けたり取りに行ったりははなの役目だったのだから、急にやめるわけにはいかない。なにより、もう見つかってしまったのだから今更やめたところで意味はなかった。

「ああもう……どうしたらいいんだろ……。おっかさんは、さっさと嫁に行けの一点張りだし……そんなに厄介払いしたいのかしら！」

「厄介払いなんて考えてないと思うわ。だって、今でもおはなちゃんは三味線屋さんにお遣いに行ってるんでしょ？　お掃除や洗濯、ご飯の支度だって手分けしてる。おはなちゃんがお嫁に行ったら全部ひとりでやることになるし、なにより寂しいでしょ」

「ふん、どうだか！　きっと、お嫁にさえやれば、親の仕事は終わりって思ってるよ」

「そんなわけないわ」

はなは生まれてこの方、よねと離れたことがない。だから、よねの気持ちがわからないのかもしれない。きよにしても、一緒に住んでいるときは、どれほど両親が自分を心配してくれているかに気付けなかった。でも家を離れた今、きよには、親の情というものがなんとなくわかっていた。

「親の仕事に終わりなんてない……ううん、仕事じゃなくて心配かな？　手元にいなければいないで、元気にしてるかな、ちゃんと食べてるかなって気にかかる。親ってそういうものじゃないのかしら」

「やだ、おきよさん、親になったこともないのに……それとも、どこかに隠し子でもいるの？」

それこそ逢坂に預けっぱなしとか？　と真顔で訊ねられ、きよは噴き出した。

「ないない。私なんて見初《みそ》めてくれる人もいないし、子どもなんて授かりようがないわ。ただ、私の姉が嫁いだあとも、やっぱりおっかさんは心配してたし、私たちが江戸に来たあとも、ずっとずっと心配してくれてる」

「……そっか。じゃあ、厄介払いは違うか……」

それにしても、とまたはなは大きなため息をつき、口の中で何事か呟く。最初は聞き取れなかったものの、あとのほうで耳に届いた言葉に、きよは思わずはなを見つめる。

確かに、はなは『あたしは孫四郎《まごしろう》さんが……』と言っていた。

孫四郎という男をきよは知らないが、口ぶりからしてはなの想い人のような気がする。『孫』がついているから、長屋の大家の縁続きかもしれないと考えてみたが、大家の息子は三人が三人ともとっくに嫁をもらい、子も二人とか三人いると聞いた。年も四十前後だろうし、さすがにはなが想いを寄せる相手とは思えない。なにより、孫兵衛の息子たちにきよは会ったことがない。おそらく、長屋の住人のほとんどは顔も知らないだろう。

ではいったい……と気になったが、問いただすのも無作法な気がして黙っていると、はなが顔を上げた。

「おきよさんは……」

そこまで言いかけて、続きの言葉を呑み込む。どうやらよほど訊ねづらいことのようだ。なんだろうと首を傾げていると、思い切ったように訊ねた。

「国元のおとっつぁんやおっかさんは、おきよさんの奉公になにも言わないの？　そんなことより早くお嫁に行けとか……」

はなは、きよが『千川』の下働きから料理人になったことを知っている。『千川』は水茶屋ではなく料理茶屋だし、主《あるじ》親子の人柄も噂で耳にしているはずだ。女の奉公先としては悪くはない。だが、下働きと料理人では話が違う。このまま嫁に行かずに修業を続けることについて、逢坂の親は了見《りょうけん》しているのか、と訊ねたいのだろう。

「なにも言われたことはないわ。たぶん、この先どうやって身を立てていくつもりだろうって心配してたんじゃないかしら。料理人修業を始めたことで、むしろ安心してくれたと思う」

だが、はなはまったく腑《ふ》に落ちないようで、唇を尖らせて言う。

「そんなのおかしいわ。だって、この間、おとっつぁんがいらっしゃったときに聞いたけど、おきよさんのうちって、逢坂の大きな油問屋なんだってね。だったら料理人修業……ううん、奉公そのものだって必要ないんじゃないの？」

別段働く必要はない。家にいれば食うには困らないのに、どうしてわざわざ江戸に来て奉公しているのか、とはなは疑問らしい。

孫兵衛長屋に入るときに挨拶はしっかりしたけれど、清五郎が起こした事件についてまでは話していないから、不思議に思うのは当然だろう。かといって弟の事件も、ましてやきよが清五郎と一緒に江戸に出た原因となる忌《い》み子《ご》の話も、近所に振りまきたい話ではない。きよは、慎重に言葉を選びながら答えた。

「お嫁に行くには相手が必要なのよ。私は、江戸に出てきたときにはもうすっかり行き遅れだった。その年になるまで誰からも望まれなかったのよ？　この先だって……」

「ますますおかしい。こんなことを言ったらなんだけど、そんな大店《おおだな》の娘ならそれだけでお嫁に欲しいって人がいるはずよ。それこそ年なんてかかわりなく、じさ……じゃなくて大店と縁続きになりたいってだけで」

途中で呑み込まれた言葉に苦笑する。おそらくはなは、持参金と言いたかったのだろう。だが、さすがに本人を目の前に言うべき言葉ではない。

とはいえ、『持参金』も『大店と縁続きになりたい』もどっこいどっこいだ。いずれにしても、おまけをつけなければ嫁のもらい手がないということに違いはなかった。

それに気づいたのか、はなは慌てて謝った。

「ごめんなさい……あたし、すごく失礼だった……」

「いいのよ。おはなちゃんが不思議……っていうか理屈が通らないって思うのは無理もないわ。おはなちゃんよりうんと年上の私が家を離れて好き勝手してるのに、おはなちゃんはさっさとお嫁に行けって言われちゃうんだものね」

「うん……。ねえ、さっきのおきよさんの話だと、家を離れてるならもっと心配しそうなものなのに、どうしてなにも言われないの？」

「家を離れてても清五郎と一緒だし、ふたりで働いてそれなりに暮らしてるからかもね」

「じゃあ、あたしもおっかさんの手伝いじゃなくて、どこかに奉公すればいいってこと？」

「それはそれで、およねさんが寂しいでしょ」

清五郎ときよを江戸にやったところで、『菱屋』にはまだふたりの兄がいる。長兄の清太郎は嫁をもらったし、いずれは次兄の清三郎も嫁を取る。いずれ孫だって生まれるだろうから、ものすごく寂しいということはないはずだ。

対して、よねとはなはふたりきりだ。きよと清五郎は例外中の例外で、よほどのことがない限り若い奉公人は住み込みになる。となると、よねは本当にひとりぼっちになってしまう。嫁に行くなら諦めもつくが、今更奉公に出るというのは我慢ならないのではないか——きよはそんな気がしてならない。

だが、はなは納得がいかないようで、すぐさま言い返してきた。

「どっちも同じでしょ？　奉公だろうが、お嫁に行こうが、いなくなることに変わりないわ」

「同じじゃないと思う。とりわけ今回は、見初《みそ》められての縁談でしょ？　きっと大事にしてもらえるだろうし、周りの奉公人に虐《いじ》められてるかも……って心配しなきゃならない奉公とは違う」

「見初めてくれたのは確かみたいだけど、相手の人柄までは定かじゃない。本人はともかく、ものすごく意地悪な舅《しゅうと》や姑《しゅうとめ》がいたらどうするの？」

「それは心配ね……」

「でしょ？　どっちも変わらないわよ。どうせなら二親とも知ってる、人柄も間違いないってほうがずっと安心でしょうに」

そこまで聞いて、きよは確信した。

やはりはなには想う相手がいる。さっき口にした『孫四郎』というのが、相手の名前に違いない。今の話を聞く限り、『孫四郎』というのは、はなだけではなくよねも見知った男なのだろう。

――なるほどね……好きな人がいるのに、いきなり縁談を持ち込まれて、しかも頭ごなしにいい話だから嫁に行けって言われたらいやよねえ……

さて、どうしたものか……とはなを見ていると、勢いよく引き戸が開き、清五郎が入ってきた。

「姉ちゃん、ただいま!」

「おかえり、清五郎。湯屋はどうだった?」

「わりと空いてたよ。腹もそんなに減ってなかったし、おかげでのんびり……あれ、おはなちゃん?」

こんな遅くにどうしたんだい? と訊ねられ、はなはもじもじと下を向く。さすがに、よねと喧嘩をして井戸端にしゃがみ込んでいたところをきよに見つかった、とは言いづらいのだろう。

「井戸端で出くわしてね。ひとりで湯屋に行くって言うから、あんたが戻ったら一緒に行こうってことで待ってたのよ」

「へ？　珍しいな、いつもおよねさんと一緒なのに」

「まあ、そういう日もあるわよ。じゃあ、行ってくるわ」

「え……でも、飯……」

清五郎は目敏《めざと》いから、部屋の隅にある風呂敷包みを見て、きよがまだ食べていないことに気づいたに違いない。それでも、なにかわけありと悟ったのか頷いて言った。

「じゃあ、気をつけてな。あ、飯と味噌汁、食ってもいい？」

「あんたのお腹は本当に底なしね。でも、いいわよ。朝の残りだから、あんまり長く置くと傷《いた》んじゃうし」

「ありがてえ！」

放り出すように草履《ぞうり》を脱ぎ、清五郎は壁際に置いてある箱膳を持ち出す。本当は一緒に食べたかったけれど、やむを得ない。よねも心配しているに違いないし、一晩中ここに置いておくわけにもいかない。ということで、きよははなを連れて外に出た。

「あの……おきよさん、あたし湯屋は……支度もないし」

垢《あか》すりも湯札もない、とはなは申し訳なさそうに言う。きよにしてみれば先刻ご承知、清五郎をごまかすために出した言葉なのに、こんなに済まなそうな顔をするなんて、はなはやはり真面目な質《たち》なのだろう。

「わかってるわ。おはなちゃんの家に寄ってから行きましょうね」

「え……」

ぎょっとしたはなを尻目に、きよは隣の引き戸を開けた。

「およねさん、今からおはなちゃんと湯屋に行ってきますから、垢《あか》すりと湯札を寄越してくださいな」

「……そうかい。じゃあ……」

よねはすぐに、垢すりと湯札を渡してくれた。驚きもしなかったところを見ると、壁に張り付いてきよとはなの話を聞いていたに違いない。

家に入りもせず、道で背を向けたままのはなに目をやって、よねは小さくため息をつく。

「よろしく頼むよ、おきよちゃん。おはな、おきよちゃんたちは明日も朝から奉公なんだ。湯屋が済んだら帰ってくるんだよ！」

「……わかってるって！」

そう言うと、はなはつま先で小石をぽんと蹴る。叱られた子どもそのままの姿に、つい笑みが漏れる。こんなふうにしていても、はなは家に戻るきっかけができたのを喜んでいるような気がした。

「さ、行きましょ」

垢すりと湯札をはなに渡し、きよは先に立って歩き始める。湯屋まではすぐだから、話の続きは着いてからにするつもりだった。

ところが、何歩も行かないうちに、はなが口を開いた。

「おきよさんは、今までいい仲になった人はいなかったの？」

「ずいぶん真っ直ぐ訊くのねえ……」

「ごめんなさい。でも、やっぱり気になって」

「そんな人はいなかったわ。私は逢坂にいたときから色恋沙汰には無縁だし、今も……そもそも、こんな年増を相手にしてくれる男なんていないわよ」

二十四と言えば、本当ならとっくに嫁に行って子どもの二人や三人抱いている年だ。ほかに若い娘がいないわけじゃないのだから、わざわざきよを選ぶ理由はない。

だが、はなはすぐさま言い返した。

「でも、おきよさんは優しいし、気配りもあるし、ずいぶんしっかりしてるし、お料理も上手でしょ？　お嫁にもらいたい人はたくさんいそうだけど……」

それを聞いたきよは、思わず笑い出してしまった。ついさっき、大店《おおだな》と縁続きになりたい人なら、とか、持参金付きなら……なんて言っていたのに、今度は人柄を褒め出した。おそらく、さっきの言い様がひどすぎると思ったのだろう。

「ありがと。でも、板場に陣取って料理人をやってるなんて扱いにくいと思うわ。鼻っ柱が強いとか、気難しいって思われるだろうし」

「そうかしら……でも、じゃんじゃん稼いでくれそうじゃない？　髪結《かみゆ》いの亭主とどっこいどっこいだと思う」

「やだ、私の稼ぎをあてにするような男、こっちがお断りよ」

「あはは、そりゃそうね！」

盛大に笑ったあと、はっと気づいてまた顔を曇らせる。誰とも恋仲になったことがないきよには、自分の気持ちをわかってもらえそうにないと思ったようだ。

そこまで話したところで湯屋に到着、ふたりは湯札を示して中に入った。湯殿はいつもどおり薄暗く、打ち明け話にはぴったりだった。

「ねえ……おはなちゃん。おはなちゃんには好きな人がいるんでしょ？　しかも、まだ気持ちを伝えていない人」

「え……」

「好きな人がいるのに、縁談を持ち込まれた。文句の付けようのない相手で、おっかさんは大乗り気。だからといって、まだ夫婦《めおと》約束を交わしてないどころか、片想いでは言うに言えない……そうじゃない？　私は色恋沙汰とは無縁だから大して役には立たないかもしれないけど、話すだけでも話してみない？」

「おきよさん……」

とにかく誰かに胸の内をさらけ出したい——そんな思いがあったのだろう。そこからはなは怒濤《どとう》の勢いで話し始めた。


「なるほど、孫四郎さんってそういう人だったんだ……」

これで話が繋がった、ときよは一息ついた。

はなの話によると、孫四郎というのはよねが頼りにしている右馬三郎のところにいる男らしい。右馬三郎と同じく琴三味線《しゃみせん》師になるべく修業中で、年ははなより三つ上だそうだ。修業に入ってから今年の春で七年、そろそろひとり立ちを……という頃合いだが、今はまだろくな稼ぎもなく、嫁をもらうどころではない。だが、一生懸命修業をしているし、なにより優しい。はなが三味線を届けに行くたびに、夏なら『暑いのに大変だったな』とか、冬は冬で『冷えたろう、火鉢に寄って温まって行きな』とか、声をかけてくれる。

ちょっとした手入れのときは、その場で待って持ち帰るのだが、そんなときは水や湯ばかりか菓子まで出してくれる。最初は右馬三郎の気遣いかと思っていたが、どうやら孫四郎が自分で買った菓子らしい。

そんなに甘いものが好きなのか、と訊いてみたら、さほど甘いものは好きではない、お遣いにくる子どものために買っていると言う。はなは子どもではないが、お遣いに来ていることに変わりはないから……なんて、はにかんだ笑顔で言われて、はなはときめいてしまったそうだ。

「それって、本当は女の人の気を惹きたくて、ってことじゃないの？　琴や三味線《しゃみせん》って女の人が使うことも多いでしょ？」

きよの意地悪な問いに、はなは怒ったように答えた。

「そんなことないわ！　だって、右馬三郎さんのお客さんは男の人のほうが多いの。そりゃあ中には女の人だっているけど、お遣いにくるのは小僧さんばっかり。若い女なんて見たことないもの！」

「そうなんだ……じゃあ、本当に心配りのある人なのね」

「そうよ！　だからこそあたしも……。でも、そんなの言い出せないし……」

子どものために買った菓子を分けてくれるぐらいだから、憎くは思われていないだろう。だが、それはあくまでもはな、いやよねが右馬三郎の得意客だからかもしれない。

ずっと想いを寄せてきたが、本人の気持ちを確かめることはできなかった。そこにこの縁談である。このまま房総に嫁に出されるかもしれないとなったら、いても立ってもいられない。娘の今後を考えるからこそ、とわかっていても、よねの顔すら見ていたくなくて井戸端に……とはなは語った。

「ずっと、ってどれぐらい？」

「もう二年ぐらい……」

「そんなに⁉　よくもまあ……というか、およねさんは全然気づいていないの？」

「たぶん」

それはまたとんだ野暮《やぼ》だ。男親ならまだしも、女親なのに娘が色気づいていることに気づかないとは……ときよは少し呆れてしまった。

だが、よく考えればよねは男勝りの質《たち》だ。はっきり言ってそこらの半端な男より、ずっと気《き》っ風《ぷ》がいい。もともとなのか、ひとりではなを育てているうちにそうなったのかはわからないが、感覚が母親よりも父親に近いのかもしれない。

「で、相手の人も全然？　気取られもしてないの？」

「それはわからない。でも、もし知っててそのままにされてるとしたら、あたし堪《たま》らない……」

「あー……」

そりゃそうよね、と頷くきよに、くすんと鼻を鳴らす音が聞こえた。涙を流し始めそうな気配に、きよは慌てて声をかけた。

「きっと気づいてないのよ。だっておはなちゃん、別に想いを告げたわけでも、文《ふみ》を渡したわけでもないんでしょ？」

「でも……そういうのってなんとなく気取《けど》るものじゃないの？」

孫四郎は職人、しかも琴や三味線《しゃみせん》を扱っている。ほんの小さな不具合が音色に大きくかかわってくるのだから、丁寧かつ気配りに富む仕事を求められるはずだ。日々細やかな目配りで糸の張りや棹《さお》の反り具合を確かめているに違いない。そんな人が、女の想いを読み取れないなんてことがあるだろうか、とはなは嘆いた。

いったいこの子は気づいていてほしいのか、ほしくないのか……ときよは途方に暮れそうになる。だが、下手なことを言ってまた泣かれるのはまっぴらだった。

「えっと……おはなちゃんが言うのはもっともなんだけど、男って仕事には一生懸命だけど、それ以外はさっぱりってことがあるじゃない？　お琴や三味線にばっかり気を取られて、持ってきた人なんてろくすっぽ見てないとか……」

「そう……かしら……」

「きっとそうよ！」

「だとしたら、本当に脈なしじゃない！　右馬三郎さんのところにお遣いに行ったのは、一度や二度じゃないのよ。それなのに……」

なにを言っても、はなは悪いほうにしか取らない。だめだこりゃ……と手のひらで目を覆いたくなってしまう。

「だったら、もういっそ想いを告げてみたらどう？」

「それで駄目だったら？　これからだってお遣いはあるのに……」

「それはどうかしら……」

きよは、薄ぼんやりとしか見えないはなに向かって言い放った。

「想いを打ち明けても相手にしてもらえなかったとしたら、そのときはお嫁に行けばいい。どのみち、およねさんはおはなちゃんをお嫁にやる気満々だし、この話が流れたとしても次の話を持ち込んできかねない。むしろ、今までよく縁談を持ち出さなかったと思うぐらいだもの」

十八ならとっくに嫁いでいていい年、どうかすると遅いぐらいだ。よねは顔が広いから伝手《つて》などいくらでもあっただろう。それでもはなの嫁入り先を探さなかったのは、やはりひとりになるのが寂しかったからに違いない。

今回、向こうから縁談を持ち込まれたことで、これ以上手元に置いてははなの幸せを逃す、と腹をくくったのではないか。もちろん、食いっぱぐれがないというのも、大きな要因だったはずだ。野良仕事は大変だと聞くけれど、はなは丈夫だしまだまだ若い。やってやれないことはない、それどころか案外気に入って、楽しく暮らすのではないか、とまで思っているような気がする。

「一か八か、どーんと当たってみて、駄目なら所払いでいいじゃない」

「所払いって……おきよさん、それはちょっとひどいわ。あたし、なにも悪いことしてないのに」

「あらほんと。ごめんなさい、所払いは違ったわね」

すんなり詫びるきよに、はなはころころと笑った。暗い湯殿に響く朗らかな声……はなが泣き出さずにすんだことに、きよは心底安堵する。だが、はなの悩みは尽きないらしく、またしてもしょげたような声が聞こえた。

「想いを打ち明けるって難しいわ。孫四郎さんはいつ行ったって仕事に一生懸命だし、三味線《しゃみせん》のこと以外、話したこともないのよ。それに、すぐそばに親方さんがいるのに、そんな話できっこない」

「それは道理ね。だったら文《ふみ》を書けば？」

字は書けるんでしょう？　と訊ねると、はなは曖昧《あいまい》に頷いた。

「字はおっかさんに習った。でも、なにをどう書いていいのかわからない。恋文なんて書いたことないもの……あ、そうだ！」

そこではなは、いきなり高い声を出した。なにか名案を思いついたのか、と訊いたきよに、はなが答えたのはとんでもない策だった。

「おきよさんが代わりに書いてよ！」

「えーっ⁉」

「前に清五郎さんが言ってたけど、おきよさんは字が達者なんでしょ？　文を書くのもすごく速いって聞いたし！」

「そりゃ、字はそれなりに練習したから清五郎よりは上手よ。文を書くのだって、人よりは速いと思う。でも、恋文は惚れた本人が書いてこそでしょう⁉」

「それはわかってるけど、のんびりしてたらおっかさんが無理やり話を進めて、気がついたら房総にいた、ってことになりかねない。とにかくさっさと事を運ばないと」

「だったら、さっさと書けばいいでしょ、おはなちゃんが！」

「あたしはだめ。気持ちを文に書くなんて、百年かかってもできそうもないもん」

「じゃあ、諦め……」

「いや！」

なんだこのだだっ子は……ときよはとうとう呆れてしまった。

だが、そのあといくら恋文の代筆なんてまっぴらごめん、と言ってもはなは合点《がてん》しない。それどころか、井戸端で声をかけてきたのはおきよさんじゃないか、乗りかかった船でしょう、と脅すようなことまで言い始める。とうとうきよははなの恋文の代筆を引き受けざるを得なくなってしまった。

さらにはなはとんでもないことを言い出した。きよに菓子を作ってほしいというのだ。

なぜ、と問うきよに、はなはしたり顔で答える。

「文《ふみ》だけ渡すのって難しそう。お菓子と一緒にならなんとか渡せるかなーって。わざわざ買うよりも、近所の人にたくさんもらったから、いつものお礼にお裾分けします、って言えばもらってくれそうじゃない？」

「そりゃそうかもしれないけど……」

理屈は通っている。だが、きよが作った菓子ときよが代筆した文で、はなの気持ちが伝わるだろうか。

そこできよは、苦肉の策を持ち出した。

「文はこの際いいとして、せめてお菓子ぐらいは自分で作ったら？」

「え……あたしが作るの？」

「私が手伝うわ。それならなんとかなるでしょ？」

「お菓子なんて作ったことないけど、あたしにもできそうなのある？」

「『けんぴん』はどうかしら。簡単だし、べったり甘いわけじゃないから、お菓子がそんなに得意じゃない人にも気に入ってもらえるかも」

『けんぴん』というのは、粉に刻んだ胡桃《くるみ》、黒胡麻《ごま》、砂糖をまぜ、醤油と水でのばして焼いた菓子である。砂糖なんて値の張るものは使えないが、味醂《みりん》と水飴《みずあめ》でなんとかなるだろう。『けんぴん』は材料さえ揃えてしまえば、手間も暇もかからない簡単な菓子だった。

「『けんぴん』！　そうね、それなら孫四郎さんにも気に入ってもらえそう！　粉ならうちにあるわ。持ってくればいい？」

すぐにでも取りに行きそうなはなを、きよは慌てて止めた。

「ちょっと待って。文が書けてからにしたほうがいいわ。胡麻や胡桃もいるし」

「そっか。お菓子が傷《いた》んじゃうね。それに、胡麻はあるけど胡桃はなかったわ」

「でしょ？　文ができたらお菓子を作ることにしましょう」

「わかった。でも安心した。これできっとうまくいくわ！」

さっきまでの泣き顔はどこに行ったのか、と思うほど、はなはご機嫌だ。

手作りのお菓子と文があればきっとうまくいく、と信じ込んだらしい。すっかり成し遂げたつもりのはなに、きよは釘を刺すように言った。

「そんなに喜ばないで。必ずうまくいくとは限らないのよ？」

「わかってる。気持ちを伝えても相手にしてもらえなかったときは、おとなしくお米作りを頑張る」

それはそれでどうなの？　という気はする。だが、それこそ駄目だったら嫁に行けと言ったのはきよだ。乗りかかった船がいきなり泥船になったような気がするが、力を尽くすしかなかった。

「いつ？　いつまでに書いてくれる？」

尻尾を振る子犬のようになって訊くはなに、きよはため息まじりに答える。

「近々右馬三郎さんのところに行くの？」

「おっかさんが、そろそろ三味線《しゃみせん》の調子を整えないとって言ってたから、二、三日のうちじゃないかしら。おっかさんのお弟子さんが糸でも切ったらすぐにだけど……」

いつでも文《ふみ》を持って行けるようにしておきたい、とはなは言う。言うのは簡単……とさらにため息を重ねつつ、きよは言った。

「明日、もしも今日ほどお店が忙しくなかったら、帰ってきてから書いてあげる。それをおはなちゃんが見て、おかしいところを直して……」

「おかしいところなんてないに決まってる。なんてったって『千川』にこの人あり、のおきよさんだもの」

「そんな話は聞いたことがないし、料理の工夫と文を書く力はかかわりないわよ」

「大丈夫、おきよさんはとっても利口だから、なんでも上手にこなすって！」

文が書けたら、次はお菓子。明後日の朝ぐらいかな……とはなは嬉しそうにしている。

湯屋から帰る間も、やたらと嬉しそうに孫四郎の人となりを語り続ける。他人の色恋の話など聞きたくもないが、それがわからなければ恋文なんて書けっこない。やむなくひとつひとつ頭の中に書き留めながら、きよは孫兵衛長屋に続く道を歩いた。

「じゃ、おきよさん、あたしはここで。いろいろありがと！」

はなは鼻歌まじりに自分の家に入っていく。湯屋に行くまでは、よねの顔も見たくない様子だったのに……とおかしくなるが、初めての恋文が他人の代筆というほうがよっぽどおかしい。とりあえず、家に帰ってくれてよかったと安堵するきよだった。


――こんな羽目に陥《おちい》るとは……でも、案外なんとかなるものね。恋文に長《た》けてるなんて自慢にもならないけど……

はなと湯屋に行った明くる日の夜、きよは書き上げた文を見てにんまりと笑った。見ず知らずの男への恋文なんて、と思ったけれど、いざ書き始めてみると存外すらすら進んだ。芝居がかった言い回しは使わず、ただはなの素直な想いだけを伝えようとしたのがよかったのかもしれない。

これならきっとはなも満足してくれるだろう、ということで、きよは部屋を出て隣の引き戸をそっと開けた。

「およねさん、こんばんは。七輪《しちりん》をお借りしますね」

「あいよ。今日はずいぶん遅かったね。どこか具合が悪いのかと心配してたんだよ」

「あら！」

いつもならとっくに七輪を借りに行っている時分なのに、文《ふみ》を書くのに夢中ですっかり遅くなった。よねやはなは寝支度をしたかっただろうに、申し訳ないことをしてしまった。

「ごめんなさい。ちょっと文を書いていたら遅くなっちゃって」

「文？　おきよちゃんは本当に筆まめだね。でもまあ、たびたび文が来れば、上方《かみがた》のおとっつぁん方も安心だね」

よねは、きよが文を書く相手は、家族だけだと思い込んでいるらしい。無理もない。実際、今までそれ以外の相手に文を送ったことなどなかったのだから……

とはいえ、よねの脇にいるはなは、期待たっぷりの眼差しできよを見る。おそらく、ふたりのやりとりを聞いて、きよが誰にあてた文を書いていたのか悟ったのだろう。

「じゃ、七輪は借りていきますね」

「ああ。それと、そこに茄子《なす》があるから持ってお行きよ」

「茄子？」

どういうことだろう、と思いながらよねが示したほうを見ると、木桶に茄子が山盛りになっていた。

「どうしたんです、こんなに？」

「弟子からもらったんだよ」

聞けば、その弟子の親が茄子を作っているらしい。ときどきその弟子のところに届けてくれるそうで、二、三日前にも山ほど持ってきた。だが、正直家族も茄子には飽きてきているし、そもそも一度にこんなにあっても食べきれない、ということで、よねに裾分けしてくれたそうだ。

「飽きてる……もったいない話ですね」

「ほんとだよね。秋の茄子は滅法《めっぽう》旨いってのに。でもまあ、一度にこんなにあっても、っていうのはうちも同じなんだよ。おきよちゃんも少し手伝っておくれ」

「わあ、嬉しい！　茄子《なす》は清五郎も私も大好きなんです」

「そりゃよかった。じゃあ、好きなだけ持ってお行き」

そう言うと、よねは布団を敷き始める。一方はなは、草履《ぞうり》を突っかけながら言う。

「七輪《しちりん》で手がいっぱいで茄子まで持てないよね。七輪はあたしが持つから、おきよさんはいいだけ茄子をお取りよ」

「ありがと」

きよは、くすりと笑って七輪をはなに渡す。七輪に火が入っているわけではないから、茄子は上にのせていけばいい。なんなら袖に放り込んだっていい。それでもあえて手伝うと言い出したのは、文《ふみ》が気になってならないからだろう。

きよ自身、文を懐に入れてきたものの、渡す手立てが思い浮かばず困っていた。七輪を運んでくれるなら、よねの目に触れずに渡すこともできる。

「じゃあ、およねさん、おやすみなさい。また明日」

「あいよ、おやすみ」

用は済んだとばかりに、よねは着替え始める。このところ夜更かしができなくなってきたし、夜明け前から目が覚める、年のせいだろうか……なんて嘆いていたのは本当らしい。いずれにしてもさっさと寝てもらうに限る、ときよはいくつか茄子をもらって外に出る。引き戸を閉めたところで、茄子を袖に移し、懐から文を取り出した。

「おはなちゃん、これ……」

よねに聞かれないほどの囁《ささや》き声とともに、文をはなの懐に入れてやる。はなは雲間から日が差したような顔でぺこりと頭を下げた。

「ありがと。じゃ、お菓子は明日の朝ってことで」

こちらもきよと同じく囁き声、そしてきよに七輪を渡し、はなはさっさと戻っていった。よねは寝支度が済み次第灯りを消すだろうし、暗い中で文は読めない。なにより、普段文とは無縁のはなが、いきなり文を読み出したらよねに怪しまれるに違いない。

朝までどきどきうずうずしながら待つんだろうな……なんて思いつつ、きよは家に入った。


翌朝、井戸端に来たのはよねではなくはなだった。

はな曰《いわ》く、きよに料理を習うことになった、きよは忙しいから、朝のお菜を作るついでに教えてもらうことにした、ついては飯炊きとお菜づくりを交代してほしい、とよねに頼んだとのこと。おまけに『けんぴん』の作り方も教えてもらう、と聞いたよねは、ふたつ返事で代わってくれたそうだ。

よねのことだから、料理を習うのは嫁入り修業のためだ、房総への嫁入り話に気が向いた証と捉えたに違いない。おそらく、はなの目論見に気づくことなどないだろう。

「おきよさん、粉はこれぐらいでいい？」

はなが、粉が入った鉢をきよに見せて言う。覗いてみると思ったより少ない。もう少し足すように言うと、はなはためらいがちに答えた。

「おきよさんは暇がないでしょ？　とりあえず少しの量で作り方を教えてもらって、あとは自分でやってみようかなって……」

「確かにそうしてもらえると嬉しいわ。じゃあ、今の量で作りましょうか」

『けんぴん』は混ぜて焼くだけのお菓子だが、材料が増えればそれだけ暇がかかる。少ない量で手順だけ覚えてあとは自分で、というのはありがたい気遣いだった。

「じゃあ私がお茄子《なす》を焼いてお味噌汁を作る間に、おはなちゃんは『けんぴん』のたねを作って。味噌汁ができたら七輪《しちりん》をあけるから、焼き上げることにしましょう」

「わかった。お味噌汁の実はなに？」

「焼き茄子よ」

「え、それお味噌汁に入れるの？」

「ええ。焼いたのを細く裂いて、少しお味噌汁に入れて、残りは胡麻和《ごまあ》え」

「わー美味しそう！」

「ゆうべ、いただいたのを全部焼いちゃうから、たくさんできるわ。これを習いましたって、持ってお帰りなさい」

「嬉しい！　おきよさん、なにからなにまでありがとう！」

「それこそ乗りかかった船よ。さ、急ぎましょう」

話している間にも時はどんどん過ぎる。

きよはせっせと茄子を焼く傍ら、はなに粉に見合う味醂《みりん》、水飴《みずあめ》、醤油の分量を教える。

はなは、お菓子など作ったことはないと不安そうだったものの、いざやらせてみるとかなり手際がいい。さすがは、普段から料理を手伝っているだけのことはあった。

「胡麻と胡桃《くるみ》はどれぐらい入れるの？」

「たねはそれなりにしっかり配分を守らないとうまくいかないけど、胡麻や胡桃はそこまでじゃないの。好みに合わせて、って感じかしら」

「好みかあ……そういえば、孫四郎さんは胡桃が大好きだって言ってたわ」

「じゃあ、たっぷり入れたら？」

「そうする！」

そう言うと、はなは勢い込んで刻んだ胡桃を鉢に振り入れる。確かにたっぷりとは言ったけれど、そこまで？　と思う量だった。

「ひゃあ……本当に胡桃《くるみ》だらけになっちゃった……」

　思ったよりたくさん入ってしまったのだろう。鉢の中を見て、はなは眉根を寄せている。ちょうどそこで味噌汁が仕上がったので、きよは七輪《しちりん》から味噌汁の鍋をおろし、鉄鍋をのせた。ちなみにこの鉄鍋は、はなが持ってきたもので、きよのものよりかなり小さい。きよのものを貸してもいいのだが、慣れていない道具は扱いにくい。何度も焼くことになって暇はかかるが、自分のものを使ったほうがいいだろう。なにより、『試し焼き』にはこれぐらいがちょうどよかった。

「今更抜くわけにはいかないし、ちょっと焼いてみましょう」

　熱くなった鉄鍋に油を引いてたねを流し込む。しばらく待っていると、粉と醤油が焼ける匂いが立ってきた。木べらでそっと捲ってみて、ほどよく焦げ目が付いたことを確かめて裏返す。あとは蓋をしてしばらく焼いたら出来上がりだった。

「本当に簡単なのね！　これならひとりでもできそう。それにしても胡桃だらけ……」

「まあまあ、食べてみましょう」

　端っこを木べらで削り取り、味見をする。しばらくもぐもぐと噛んだあと、ごくりと呑み込む。入れすぎだと思った胡桃はまったく気にならず、独特の甘みでむしろ味を上げている。ここまで胡桃だらけの『けんぴん』は食べたことがないが、買ったものより美味しい気がした。はなも歓声を上げる。

「美味しい！　自分で作ったとは思えない！」

「胡桃の甘みが醤油にもよく合う……胡桃は身体にもいいって聞くし、胡桃好きならこっちのほうがいいかもね」

「こんな『けんぴん』見たことないけど、買ったものじゃないってすぐわかっていいかも」

はなは大喜びで、鉄鍋に残っていいたたねを流し込む。さらに空いた鉢にまた粉を入れ、たねを作り始めた。たくさんできれば、はなが孫四郎に持っていくと言ったところで、よねに不審がられることもないだろう。

いずれにしても、これで文《ふみ》も菓子も調《ととの》った。ようやくお役御免だ、ときよは胸を撫で下ろした。

だが、やれやれ……と思いながら家に戻ったきよを待っていたのは、予想もしなかった問題だった。

「姉ちゃん……あのさ……」

炊き立ての飯と焼き茄子《なす》の味噌汁、さらに焼き茄子を胡麻《ごま》であえたお菜まで添えたというのに、清五郎はやけに浮かない顔をしている。

今度はなにをしでかしたのだ、と心配しながら訊いてみると、浮かない顔の原因は本人ではなくきよだった。

「姉ちゃん、俺に隠し事してるだろ」

「隠し事……？　なにも隠してないわよ。どうしてそんなことを思うの？」

「嘘ばっかり。姉ちゃん、想い人ができたんだろ？」

「え……？」

「伊蔵さんから聞いたよ。昨日はずっと、口の中でぶつぶつ言ってたんだってな。なにかと思って耳をそばだてたら、『恥ずかしながら』とか『お慕いもうし』とか……。でもって、帰ったら帰ったで飯が済むなり文《ふみ》を書き始めるし……」

「伊蔵さんに聞こえてたんだ……っていうか、声に出てたの⁉」

頭の中で考えていたことは間違いないが、声に出ていたとは……。頭を抱えるとはこのことだった。

「伊蔵さんどころか、板長さんもいぶかしんでた」

「板長さんまで⁉」

「ああ。珍しくこっそり俺に近づいてきたかと思ったら、おきよは誰かに付け文でもされたのか、って……」

「どこにそんな暇が……」

　きよは、朝から晩まで『千川』で働いている。しかも、両側を弥一郎と伊蔵に固められて客と話すことすら稀《まれ》で、それを突き破って声をかけてくるのはあの腰の軽い与力ぐらいのものである。付け文する隙などないのだ。

　だが、清五郎はそんなものはどうにでもなる、と言い、難しい顔で訊ねてきた。

「昨日の夜、書いてたのって恋文だろ？」

「まあ……そうなんだけど……」

「やっぱり。誰に渡すつもりか知らねえが、よしたほうがいいと思うぞ」

「あら、なんで？」

「なんでって……。姉ちゃんって、変なところで知恵が足りねえよな。恋文なんて女から渡すもんじゃねえだろ！　遊女でもあるまいし！」

「え……そうなの!?」

「当たり前だろ。昔っから、恋文は男が出すもので、女は迂闊《うかつ》に返事はしねえ。じっくり待って、じらしてじらしてやっと短けえ文を返す。それが嗜《たしな》みってもんだ」

　女から恋文を送ったなどと聞いたら、逢坂のおとっつぁんが目を剥《む》くぜ、と清五郎は渋い顔で言う。その顔が、父そっくりでつい笑ってしまったきよに、清五郎はさらに気を高ぶらせた。

「なに笑ってるんだよ！」

「ごめん！」

「で、相手は誰なんだ？　俺が知ってるやつか？　ってか、姉ちゃんが知ってて俺が知らない男なんて思い当たらねえけど」

「あー……えーっと……」

これは、はなについての話だ。誰彼かまわず話していいものではない。だが、清五郎はきよに想い人ができたと信じ込んでいるし、この分だと伊蔵や弥一郎も……

とにかく、自分の話ではないことだけは伝えねばならない、ときよは口を開いた。

「心配させてすまなかったわ。文《ふみ》を書いたのは確かだけど、人に頼まれたもので、私のことじゃないの。私には想う相手も想ってくれる相手もいない。それは間違いない」

「人に頼まれてだあ⁉　姉ちゃんはいつから代書屋になったんだよ！　料理人修業を始めたばっかりだってのに、もう鞍替えか？」

「やむにやまれず、よ。でも、女から文を送るのがよくないなら、違う手を考えなきゃ……せっかくうまく書けたのに」

「なにやってんだよ、姉ちゃん……。でも、本当に姉ちゃんのことじゃねえんだな？」

念を押されてこっくり頷いたきよを見て、清五郎は安心したように言った。

「ならよかった。万が一、ろくでもねえ男に嵌《は》まってたらどうしようかと……」

「嵌まってたらって……。私は料理修業とあんたの世話で手一杯、惚れた腫れたをやってる暇なんてないわよ」

「まあ……そうだよな」

姉ちゃんが縁遠いのは俺のせいだった……と清五郎はがっくり首を垂れたあと、ぽつりと言う。

「これで伊蔵さんや板長さんも一安心だ」

「どうして？」

「あのふたり、姉ちゃんが嫁に行っちまったらどうしよう、とまで考えてたみたいだぜ。今でさえ板場はぎりぎり、縁日ともなればてんてこ舞いだってのに、この上ひとり抜けたら目も当てられねえ」

「そんな心配まで……本当に申し訳ないことをしちゃったわ……。ひとり言には気をつけなきゃね」

「まったくだ。まあ、これで安心して飯が食える」

晴れやかな顔になって、清五郎は飯をかき込む。明日は蜆《しじみ》の汁がいいだの、秋の茄子《なす》は堪《たま》らねえだの、あとはいつもの清五郎だった。

——おはなちゃんに謝って、文《ふみ》を渡さないように言わなきゃ……。まさか、すぐに琴三味線《しゃみせん》師さんのところに行ったりしないとは思うけど……

きよには経験はないが、恋文なんてそう簡単に渡せるものじゃない。懐に入れていたとしても、さんざんうろうろしまくった挙げ句、えいや、の勢いで押しつけ、逃げ帰るのがせいぜいだというのは、容易に想像できる。

ましてやはなは、孫四郎を憎からず思ってから二年近く、想いを告げられなかった。恋文を渡せばいい、と焚《た》きつけておきながらこんなことを言うのははなはだ勝手ではあるが、あの文が孫四郎に渡るかどうかは半々だと思っていた。

だから、明くる日の昼下がり、はなが『千川』に現れたときはぎょっとした。はなは日頃からずっと家にいて、よねの手伝いをしている。外に出かけるのはお遣いに出るときぐらいで、料理茶屋にひとりで来るなんてことはありえない。だからこそ、何度も『千川』の前を行ったり来たりしているはなに気づいたときは、幽霊でも見たような顔になってしまったのだ。

幸い昼飯時を過ぎたところで、客はまばらだった。きよは手が空いているうちに飯を済ませろ、と言われたのをいいことに奥に入った。そのまま、裏口から出てはなを手招きする。

「おはなちゃん、こっちこっち」

　すぐに近づいてきたはなと一緒に、井戸端に行く。どうしたの？　と声をかけると、はなは堰《せき》を切ったように話し始めた。

「昼前に大家さんがうちに来たの。なんでも、仁右衛門《じんえもん》さんと伍平《ごへい》さんが『下総屋』さんを通して仲人《なこうど》を頼んできたって……」

「仁右衛門さんと伍平さんって……もしかして、房総でお米を作ってる？」

「そう。仁右衛門さんがおとっつぁんで、息子が伍平さん。大家さんはわけがわからないから、どういうことだっておっかさんに聞きに来たみたい」

「どうして大家さんに？　仲人なら『下総屋』さんのほうが……」

　はなから聞いた話では、房総の親子は『下総屋』との取引のために江戸に出てきてはなを見初《みそ》め、『下総屋』からはなの所在を知ったとのことだった。

　それなら『下総屋』が仲人を引き受けるのが常道ではないか、と言うきよに、はなは腹立たしげに答えた。

「あたしもそう思ったの。でも、その親子に言わせると、『下総屋』は大店《おおだな》だから、そんな人に頼むとなにもかもが大げさになって、かかりが増えるって……」

「そんなけちくさい……」

「ね、やっぱりおきよさんもそう思うよね！」

はなは、百万の味方を得たと言わんばかりに続ける。

「かかりが増えるから、なんてあんまりよ。もしかしたら、支度もなにもなしに連れていって明くる日から働かせようって魂胆かしら？　近いところで探さなかったのも、よく知ってるうちの娘だったら、祝言《しゅうげん》をしないわけにはいかないから？」

このままでは、お披露目さえしてもらえないかもしれない、とはなは憤《いきどお》っている。きよは、もともと房総に嫁入りするつもりなどなかったくせに……とおかしくなってしまった。

「ちょっとおきよさん、なにを笑ってるの！」

「ごめんなさい。おはなちゃん、もしかして房総にお嫁に行く気になってたの？」

「そんなんじゃない！　でもあんまりにも失礼な話だから！」

「そうよね。それで、およねさんはなんて？」

「おっかさんもちょっと怒ってた。もちろん、大家さんにはなにも言わなかったけど、帰ってったあとで、締まり屋なのは悪いことじゃないけど、嫁取りがこんな調子じゃねえ……って言ってた」

一事が万事、締まり屋はどこまで行っても締まり屋だ。最初からこんな様子では、嫁に行ったあとも苦労しかねない。せっかくいい縁談だと思ったのに、とよねは落胆したのだろう。さらに、はなは言う。

「でも、おかげでちょっとほっとした。昨日までは、さあ嫁に行け、すぐにでも行けって感じだったけど、今は様子が違うの」

「どんなふうに？」

「大家さんに、ちゃんと話が来たらそのとき考えます、って言ってた。これって断ってるようなものだよね？　だって、あらかたの話はとっくに『下総屋』さんから聞いてるんだもの」

　はなは期待たっぷりだが、そうとも言い切れないと思う。大人の言い回しの一つかもしれないし、いきなり巻き込まれてしまった孫兵衛を気遣ってのことかもしれない。いずれにしても、縁談が持ち込まれたころほど前向きではなくなったのは確かだ。

「よかった。これなら恋文は渡さずに済むわね」

　そう言ってほっとしたのもつかの間、はなは怪訝《けげん》そうに訊ねる。

「え、どうして？　せっかく書いてもらったのに、渡さないって手はないでしょうに。あたしだって、ちょっとでも早くと思って昨日……」

「え、もう行ってきちゃったの？」

「うん。ちょうどおっかさんのお遣いがあって」

まさかもう渡してしまったのか、と青ざめたきよに、はなは情けなさそうに笑った。

「でも、文《ふみ》はまだ持ってる。渡さなきゃ、渡さなきゃって思ってたけど、お菓子を渡すのがやっと……。孫四郎さんはいつもどおり、待ってる私にお菓子をくれたし、ちょっとは話もしたってのに……」

きよと話したときは、お菓子と一緒なら渡せそうだと思った。だが、いざ孫四郎を目の前にしてみると、文を取り出すことができなかった。よく考えれば、文を渡すのも言葉で伝えるのも大差ない。文を渡す時点で、想いを打ち明けているようなものだ。はなにできる芸当ではなかった。

「誰かに渡してもらおうかと思ったけど、頼める人もいなくて……」

まさか飛脚を立てるわけにもいかないし、とはなは苦笑した。

「よかった……」

大きく息を吐いたきよに、はなは怪訝そうに訊ねた。

「なにがよかったの？　もしかして字でも間違えた？」

「さすがに仮名を間違えたりはしないわよ。でも、清五郎にそれよりもっと大変なことを言われたの」

「大変なこと？」

「ええ。女から文を遣《や》るのは不躾《ぶしつけ》なんですって」

「それは知ってるけど、あえて横紙破りをするんだと……」

まさか知らなかったの？　と真顔で返され、きよは言葉に詰まってしまった。さらにはなは、本当に驚いた様子で言う。

「呆れた……おきよさんってなんでも知ってる利口者だと思ってたのに、そんな抜けがあるなんて……」

「買いかぶらないでちょうだい。私、『千川』でも、料理人なら当然心得てるようなことを知らなくて、笑われてばっかりなんだから」

「へえ、そうなんだ……でもまあ、どっちにしても文は渡せてないし、ひとつ利口になってよかったじゃない」

「それはそうだけど……」

「おっかさんは気っ風《きっぷ》のいい人だから、けちが嫌いなの。特に男のけちは毛嫌いしてるわ。仁右衛門さんのやり方が気に入らなかったのは確かだし、前みたいにいい話だからすぐにでも嫁に行け、とは言わなくなると思う。あたしだってけちな男はいやだって言い張るし、だったら、無理に文《ふみ》を渡さなくてもいいかなって……」

「もしかして、それで謝りに来てくれたの？」

「うん。せっかく書いてもらった文が無駄になるじゃない。それにあの『けんぴん』、孫四郎さんがとっても喜んでくれたの。だからお礼も言いたくて。でもおっかさんに聞かれるところじゃ……」

折良く懐紙がなくなりそうだったため、買い物を口実に出かけたという。

「それはわざわざありがとう。おかげで私も一安心よ」

「どういたしまして……って、もともとあたしが面倒をかけたんだから、『どういたしまして』は変よね」

「それもそうね」

最後は揃ってふふふっと笑い、はなは孫兵衛長屋へ、きよは洗い場へと戻った。辛うじて賄《まかな》いを食べる暇はありそうだ。大急ぎで、握り飯を頬張る。

今日は弥一郎も手をかける暇があったらしく、中には昆布の佃煮《つくだに》が入っているし、鰯《いわし》の生姜《しょうが》煮もある。鰯はまとめて仕入れると、客に出せないような小さなものや、形の崩れたものがまざってくることがある。そんなときは賄いに仕立ててくれるのだ。

弥一郎の生姜煮は、たっぷりの生姜を使って濃い味に仕上げる。『千川』に奉公したばかりのころは、薄味の煮物を食べて育ったきよには少々苦手な味だったけれど、今ではすっかり慣れた。慣れたというよりも、鰯に限っては、これぐらいしっかりした味付けのほうが好みだと思うまでになった。

濃い味付けの弥一郎と薄味の彦之助、両方を味わえる『千川』の奉公人はなんて贅沢なんだろう、と思いつつ、きよは賄いを食べる。あらゆる意味で、やれやれ……だった。

富岡八幡宮の大祭が終わり、いよいよ秋の気配が強くなったある朝、いつもどおりに朝の味噌汁を作っていると、よねがやってきた。

まだ味噌汁は出来上がっていない。慌てるきよを押しとどめて、よねは言う。

「いいんだよ。いつもよりあたしが来たのが早いんだ。ちょっとあんたに相談に乗ってもらいたいことがあってね」

聞いたとたん、ぎょっとした。

――もしかして、この間、おはなちゃんに変な入れ知恵をしたことがばれちゃったのかしら。渡さなかった文を今も家に置いていて、たまたまおよねさんが見つけてしまったとか……

恋文であることは一目瞭然だ。家の中から自分が書いた覚えのない恋文が出てきたら、はなのものだとわかる。かといって本人に問いただすのもいかがなものか、ということで、はなの年に近いきよに相談を持ちかけてきたのかもしれない。

「そ、相談って……？」

「そんな鳩が豆鉄砲を食ったような顔をするんじゃないよ。おや、今日の味噌汁は芋だね。芋が柔らかくなるまでの間でいいから聞いておくれ」

そんな前置きで話し始めたのは、やはりはなの話、ただし恋文ではなく嫁入りそのものについてだった。

「はなも十八だろ？　そろそろ嫁にやらなきゃ、と思って。こんな話、あんたにするのは不躾《ぶしつけ》なんだけど……」

よねが済まなそうに言う。きよは、はなより六つも年上なのに縁談のひとつもない。それを気にしてのことだろう。

「いいんですよ。私はとっくにお嫁に行くのなんて諦めてます。だからこそ、料理で身を立てようと思ったんです」

「そうかい。それを聞いて安心したよ。でね……少し前にはなを欲しいって人がいてね」

知ってます、と言いそうになって、慌てて言葉を呑み込む。

よねはものすごく察しのいい人だ。それをきっかけに、どこで聞いた、ということになり、なんやかんやで恋文の話まで辿《たど》られかねない。

「へえ……どちらの方だったんですか？」

　精一杯素知らぬ顔で返したきよに、よねは話を続けた。

「房総。女の足でも一日あれば行けるところだし、相手は百姓で食いっぱぐれなし。でもね、断っちまった」

「断った……どうして？」

「最初はあたしもいい話だと思ったんだよ。だけど、なんやかんやしてるうちに、いやなところばっかり目についてきちゃってね。そもそも、房総の男が江戸の娘を嫁にもらいたがるってとこからおかしいじゃないか」

「よっぽどおはなちゃんが気に入ったとか？」

「それはそうかもしれないけど、相手は百姓だよ？　普通なら近隣からもらうだろ。はながら田んぼ仕事に打ってつけの身体ならまだしも、やせっぽちだし、お尻だってそう大きくもない」

　百姓の嫁はとにかく丈夫で、子どもをたくさん産めそうな女に限る。はなよりも打ってつけの女は近隣にいくらでもいるはずだ、とよねは言う。

「確かに……もしかして、近隣の評判がすごく悪いとか……？」

「そうなんだよ……。最初は『下総屋』さんからの声かけだったのに、いざとなったら仲人《なこうど》を大家さんに頼もうとした。わけを聞いたら、『下総屋』さんじゃ、かかりが増えるって言うじゃないか。そりゃそうだよね。大店《おおだな》の米問屋と長屋の大家じゃ、仲人料から違う。でも、それをあからさまに言うのはどうなんだい？」

「普段からそんな調子だったとしたら、周りからは嫌われますね」

「だろ？　あれじゃあ、先が思いやられる。きっとはなが苦労する。そう思ったら、とてもじゃないけど……」

「で、断った、と……。親なら当たり前だと思いますよ」

「まあね。でも、断ったときに、いやなことを言われてね」

「いやなことって？」

「せっかく行き遅れをもらってやろうと思ったのに、そんなことじゃ、どこにも嫁に行けない。三味線《しゃみせん》弾きの娘なんてろくなもんじゃないのに、って……」

「そんな……」

二の句が継げなくなった。あらゆる意味でひどすぎる。年のことはもちろん、言うに事欠いて『三味線弾き』とは……

怒りのあまり、握りしめた拳が真っ白になっている。もしも目の前に仁右衛門親子がいたら、引っぱたいていただろう。

「三味線弾きってなんですか！　およねさんは三味線のお師匠さんです。人にものを教える先生なんですよ？　剣術や手習いのお師匠さんは偉くて、三味線は駄目なんて、私はこれっぽっちも思いません！」

「嬉しいことを言ってくれるねえ……。でも、あの親子は百姓だ。自分の手でものを作る人が偉いと思ってるのかもしれない。特にあそこは米を作ってるし」

「かもしれません。でもそんなこと思ってるの、その房総の親子だけですよ」

「どうなんだろう。もしかしたら、みんな心のどこかで、『三味線弾きなんて』って思ってるのかも……。剣術や読み書きと違って、三味線は弾けなくても困りゃしない。だとしたら……」

　仁右衛門親子の言うとおり、はなはろくなところに嫁入りできないのかもしれない。それが自分のせいだとしたら、いたたまれない、とよねは肩を落とした。

「こうなったら、是が非でもはなの嫁入り先を見つけなきゃ、あの連中を見返せるようないいところに、って思ってさ」

「この界隈《かいわい》で、およねさんのことをそんなふうに思ってる人はいません。それは私が請け合います」

「おきよちゃんに請け合われてもねえ……」

そう言うと、よねはうっすらと笑う。

「こんなことなら三味線《しゃみせん》じゃなくて琴を教えていればよかった。琴ならちょっとは上等に見えたかもしれない。ここらで教えるなら三味線のほうが集まるだろう、なんて欲を出したあたしが悪いんだろうか……」

「およねさん、琴も教えられるんですか？」

「ああ。ただ、もう長いこと三味線ばっかりだから、今でも弾けるかどうかわからない。うっかりすると抱え込んでべんべんやりそうだよ」

「そんなわけないじゃないですか」

琴と三味線では大きさが全然違う。あの大きな琴を抱え込んで鳴らすなんてありえない。それでも、沈んだ顔をしていたよねの口から、戯《ざ》れ言《ごと》が出たことが嬉しくてきよはころころと笑った。

「ああ……いいねえ、おきよちゃん。前は考え込んでたり、心配そうにしてることが多かったけど、近頃のあんたはよく笑う。あんたの笑い声を聞くとこっちまで元気になるよ。正直、どうなることかと思ってたけど、料理人修業を始めたのは、あんたにとってすごくいいことだったんだね……」

　母親みたいな目できよを見たあと、よねは自分の手に目を落として呟いた。

「はなの父親が早々《はやばや》と逝《い》っちまったときは途方に暮れた。でも、三味線のおかげでなんとか暮らすことができた。女だって、食い扶持ぐらい自分の手で稼げたほうがいいと思ってた。まさか、三味線弾きなんて蔑《さげす》まれるとは……」

「そんなの限られた人だけです。三味線の先生に憧れる人のほうがずっと多いはず。その房総の親子は、そんなだから嫌われるし、近隣に悪い評判が立ってお嫁さんをもらえないんです。そんな人たちを相手にすることありません！」

「わかってる……言っちゃあなんだけど、あたしはここらではそれなりに名が通ってる。いつかははなに跡を取らせればいいって思ってたんだけど、いっそ琴をやらせたほうがいいのかもって、迷ったりしてさ……」

「あの……おはなちゃんの三味線の腕は……？」

「おや、ずいぶんはっきりお訊ねだね。まあいい。母親のあたしが言うのもなんだけど、あの年にしては立派なもんだよ。もう三年もしたら、そこそこ教えられるようになるだろ」

「すごいです。それなのに、今さら鞍替えですか？」

　本人の言うとおり、このあたりで三味線の師匠といえば、まずよねの名前が挙がる。

　その才が娘のはなにも受け継がれているからこそ、上達も早かったのだろう。今から始めても、琴がものにならないことはないだろうけれど、一からやり直すのはもったいない気がしてならなかった。

「そこだよね……なにより、本人も三味線《しゃみせん》が気に入ってるし……」

「お琴よりも?」

「ああ。実はうんと昔、琴を教えようとしたこともあったんだよ。でも、からっきしでね」

「からっきし……ものにならなかったんですか?」

「ものになるとかならないとかじゃなくて、とにかく身が入らなかった。今日はお琴だよ、って支度をさせようとしても、なんだかんだ言って三味線を持ち出そうとする。無理やり琴の前に座らせても、通り一遍しかやらない。それでいて、終わったあとは嬉々として三味線を持ち出す」

「そんなに三味線が好きだったんですか」

「まあ、あたしのお腹の中にいるうちからずっと三味線の音色ばっかり聞かされてたからねえ……」

「じゃあ、やっぱりお琴じゃなくて三味線ですね」

「そうなっちまうね。でも、このままじゃあの子、嫁に行けやしないんじゃないかと心配で心配で……」

三味線の師匠としてきっと食べていくことはできる。それでもやっぱり嫁には行かせてやりたいし、女の幸せを掴んでほしいのだ、とよねは言う。さらに、縋《すが》るような目で訊ねた。

「おきよちゃん、あんた、はなに似合いそうな男を知らないかね？」

「え……？」

「こんなことをあんたに聞くのはお門違《かどちが》いなのはわかってるけど、『千川』には若い奉公人もいるだろうし、客だってたくさん来る。嫁を欲しがってる男はいないかい？　はなは働き者だし、気立てだって明るくて素直だし！」

よねは、必死とも見える形相で言い募《つの》る。今までも、早く嫁に行けとか、このままでは行き遅れる、とか言っていたけれど、どこか本気ではなかった。嫁にやらなければならないとわかっていても、心の半分は、ひとりになるのが寂しかったのだろう。けれど、今のよねは違う。心底、早く嫁がせねば、と思っているように見える。しかも、あの房総の親子を見返せるような良縁を探さねば、と躍起《やっき》になっている気がした。

――困ったわ……。およねさんの気持ちはすごくわかるけど、おはなちゃんには想う相手がいるし……

答えに詰まっているきよに焦《じ》れたのか、よねは今度は名前を挙げ始めた。

「あの弥一郎って男はどうだろ？　まだ嫁を取ってないだろ？」

「板長さんはもうすぐ三十ですよ？　おはなちゃんには、年が行きすぎてる気がしますけど……」

「そんな年なのかい！　二十四、五かと思ってた。それぐらいの年の差の夫婦《めおと》はいないわけじゃないけど……あ、じゃあ、近頃上方《かみがた》から戻ってきた弟ってのは？」

「彦之助さんですね。あの人は板長さんとふたつ違いだそうです」

「二十七くらいか。『千川』の息子なら間違いないと思ったけど、できればもう少し年が近いほうがいいねえ。あとは……あの伊蔵って人は？」

「年はたぶん、清五郎より二つ、三つ上かと……」

「清ちゃん！　そうか、清ちゃんがいたね！　男っぷりがいいし、優しい。なにより旨い飯が炊ける。おきよちゃん、いっそ清ちゃんとはなを夫婦にするってのはどうだい？」

「それは清五郎次第ですけど……おはなちゃんと清五郎はあんまり合わない気が……」

「まさか、はなに清ちゃんはもったいないとでも？」

よねにむっとしたように返され、きよは大いに慌てる。確かに、清五郎なら年は似合いだし、気心も知れている。よねにしても安心だろう。きよが弟の今後を心配しているのは察しているはずだし、ふたりまとめて片付けば、と考えるのは無理もない。

だが、それでは、はなに気の毒すぎる。下手によく知っている男だけに、話を持ち出されて断ったら角が立つ。かといって、言われるままに清五郎と夫婦になるなんてもってのほか、きよだって想う相手がいるとわかっている娘を弟の嫁に欲しいとは思わない。なんとしてでも清五郎を候補から外さねば……と一生懸命考え、やっとのことで思いついた。

「おはなちゃんが清五郎のお嫁さんになってくれるのはすごくありがたいです。でもあの子、もしかしたら上方に戻るかもしれません。そうなったらおはなちゃんも上方に行くことになっちゃいますよ？」

「上方に戻る……そんな話があるのかい？」

「決まった話はありませんけど、どうやら母が戻ってきてほしいみたいで……」

嘘も方便という言葉がある。それに、母が戻ってきてほしがっているのは嘘じゃないし、なによりこれははなのためでもある。

「この間、父が来たのもそのためだったんです。とりあえず、今はまだ……ってことで帰ってもらいましたけど、母が諦めたとは……」

「女親は息子がかわいいって言うからねえ……。ましてや清ちゃん、末っ子だろ？　そばにいてほしいって思うのも無理はない」

「そうなんですよ……でも、そばにいてほしいのはおよねさんも同じですよね？」

だからこそ弥一郎兄弟や伊蔵、そして清五郎という近隣の男の名前を次々挙げたに違いない。上方《かみがた》に戻るかもしれないと聞けば清五郎を諦めてくれるかも、という思惑はぴたりと嵌《は》まったようで、よねは残念そうに答えた。

「そうか……それだとちょっとねえ……」

「でしょう？　そうだ……おはなちゃんって好きな人はいないんですか？」

「いるわけないよ。あの子はずっと家にいるから、男と知り合うこともない。だからこそ、相手はあたしが探してやらないと……」

「そうですか？　でも、お遣いには出るんですよね？　見初《みそ》められたのもお遣いの最中だったんでしょう？」

「あんなことがそうそう起きるわけがない。それに、出入りの煮売り屋や小間物屋に若い男なんざいない」

「三味線《しゃみせん》屋さんにも行きますよね？　そこに男の方はいないんですか？」

「琴三味線師の右馬三郎さんは、あたしより年上だ。男やもめだから、後添《のちぞ》えは欲しいかも知れないがさすがに……いや、ちょっと待てよ？」

そこでよねは言葉を止めた。きよは期待たっぷりに待つ。なんとか、よねの口から孫四郎の話が出てほしかった。

「そういや弟子がいたね……清ちゃんよりは上かもしれないけど、『千川』の兄弟よりは若そうな……」

「へえ……それならおはなちゃんには似合いじゃないですか。きっとおはなちゃんとも顔見知りだろうし」

「お遣いに行くたびに菓子をもらうそうだよ。もらってばかりだからお返ししなきゃ、ってんで、この間作った『けんぴん』を裾分けしたら、すごく喜んでたって言ってたね。琴三味線師なら、生業《なりわい》を馬鹿にされることもなさそうだし……」

これはちょっと考えてみる価値がある、とよねはひとりで頷いている。きよにしてみれば、まさに『しめしめ……』だった。

――およねさんは気が短いから、思い立ったらすぐにでも動く。今日にでも右馬三郎さんのところに出かけて、『あんたのところの弟子にうちの娘をもらってもらえないか』なんて言ったりして……

本人抜きで縁談を進めるのはよくあることだし、万が一断られたとしても、親の進めた縁談が壊れたに過ぎない。はなはがっかりはするだろうけれど、気持ちを伝えた上で断られるよりも、少しはましな気がした。

気になるのは、孫四郎という人が、師匠に言われて断るに断れずにはなと夫婦になる場合だが、はなが惚れる相手がそこまで骨なしとは思えない。それに、たとえ本意ではなかったとしても、はなのほうは惚れているのだからきっとうまくやれるだろう。

「そうか、そうか、琴三味線《しゃみせん》師の弟子か……これはいい……」

よねはぶつぶつと呟いている。ふと見ると、芋はすっかり柔らかくなっている。大急ぎで味噌汁を仕上げ、よねに七輪《しちりん》を返す。

どうかうまくいきますように、と祈りつつ、きよは家に戻った。

はなの嫁入りについて話したあと、しばらくよねとゆっくり話すことはなかった。朝はいつもどおり入れ違いで、七輪を返しながら挨拶するだけだし、夜は夜で『千川』が繁盛しているから姉弟の帰りは遅い。慌ただしく七輪を借りるだけで精一杯という日が続いていた。

ところが長月《ながつき》に入ったある朝、井戸端に行ってみるとよねがいた。まだ夜も明けきっていないのに珍しいことだ、と思っていると、やけに嬉しそうに挨拶をしてきた。

「おはよう、おきよちゃん！」

「おはようございます、およねさん。今日はやけに早いですね」

「あんたとゆっくり話そうと思ったら、これぐらい早起きしなきゃ無理だと思ってね。相変わらず『千川』は大繁盛、売れっ子女料理人は家にいる暇もない様子じゃないか」

「売れっ子って……」

「そのとおりだろ？　近頃『千川のおきよ』の評判は、深川中に鳴り響いてる。ここらの住民はみんなして一度は食べてみたい、なんて言ってるそうだよ。『千川』は万々歳《ばんばんざい》、おきよ様々だね」

「様々なんてことは……。それに、いくら女料理人が珍しくても、そもそもの味が美味しくなければ見向きもされません。もともと『千川』の味がよかったからこそ、二度、三度と来てくださるんです」

「そんなの当たり前じゃないか。でも、味の善し悪しは食べてみなけりゃわからない。そのきっかけになってるのはおきよちゃんだし、今の『千川』の品書きには、あんたの工夫がたっぷり入ってるって聞いた。おきよ様々に間違いないとあたしは思うよ」

「きっかけ……そういう意味なら当たってるかも……」

「だろ？　ともかく『千川』はますます商売繁盛、おきよちゃんと話すには朝駆けするしかないってことさ」

「あの……それで？」

よねが早起きしてまで話したいことなんて、はなの縁談についてに決まっている。いくらよねがせっかちでも、さすがに弟子の縁談を師匠に無断で進めるわけにもいかない。それでも、前に話してから二十日近くになる。そろそろ話の目鼻がついてもおかしくなかった。

ところが、きよの問いによねはにんまり笑うばかり……

こんなふうに笑うのだから、悪いほうには行っていないと思いつつも、逸《はや》る気持ちが抑え切れず、こちらから話を持ち出す。

「おはなちゃんのお嫁入りの話ですよね？　孫四郎さんはなんて？」

「おや……おきよちゃん、孫四郎の名をご存じかい？」

そういえば、よねの口から名前は聞かされていない。よねにしてみれば、告げたはずもない名をきよが知っているのはおかしいと感じたのだろう。こんなに細かいことまで気に留めるなんて、さすがはよねだ。

答えに詰まったきよを見て、よねはにやりと笑った。

「ははーん……さては、はなから聞いてたね？」

「実は……」

「なるほど、それで話が繋がった。あんたは、はなが孫四郎を憎からず思ってることを知っててあたしに水を向けた。大した策士だこと」

「ごめんなさい……。あんまりにも、おはなちゃんがいじらしくて……」

「いいんだよ。あんたに言われなきゃ、孫四郎のことなんて思い出しもしなかった。はながら無事に嫁に行けたとしたら、あんたのおかげだ」

「うまくいきそうなんですか？」

「正式にはまだだが、八割方決まったようなものだね」

そう言ったあと、よねは先ほどよりさらに顔をほころばせて経緯を語った。

よねは、きよと話をした日、弟子たちの稽古を済ませるなり右馬三郎のところに行ったらしい。もちろん、はなはびっくり仰天。それもそのはず、よねの三味線《しゃみせん》は手入れをしたばかり、弟子たちのものにも別段おかしなところなどないというのに、琴三味線師のところに行くと言う。おまけに、いつもならはなを遣いに出すのに、今日に限って自分で行くというのだから……

「しきりに、お遣いならあたしが行くから、って言い張ってね。あたしにしてみりゃ、用向きは縁談の根回しなんだから、はなに任すわけにはいかない。かといって、わけも話せない。しばらく押し問答になっちまったよ」

「でしょうねえ……」

「どうにもこうにも譲らない。それでもたまにはあたしだって外を歩きたい、って言ってようやく出かけたんだよ。そしたら、右馬三郎さんのところに着いたら着いたで、おはなちゃんは具合でも悪いのか、って始まっちまってさ」

「それって、右馬三郎さんが？」

「いやいや……」

くくく……忍び笑いを漏らすところを見ると、訊ねたのは孫四郎だろう。娘の亭主にしたいと願う男が、娘を気遣ってくれた。これを喜ばない母親はいない。さらによねは鼻歌でも歌いそうな調子で続けた。

「かわいい男だね。一生懸命なんでもない振りをしてたけど、顔に『心配でならない』って書いてあった。具合なんてどこも悪くない、今日は散歩がてら来ただけだって言っても、本当か？　って何度も繰り返してねえ……」

やっとのことで納得させたが、それならこれを、と土産《みやげ》を持たされた。いつもより上等な菓子で、わざわざ少し離れた菓子屋に買いに行ったものらしい。本人はたまたま通りかかったから……なんてごまかそうとしていたが、はなに上等な菓子を食べさせたい気持ちが溢《あふ》れていて微笑ましかった、とよねは言う。

「そうですか……。で、親方は？」

「右馬三郎さんも大喜びだったよ」

孫四郎は今年で二十一になるらしい。本人には、そろそろ所帯を持ったほうがいいと言っても、首を縦に振らない。時折、近隣や右馬三郎の知り合いから縁談を持ち込まれることもあったけれど、まだまだ修業中の身だから……なんて断る。そんなことをしているうちに年頃の娘はみんな嫁に行ってしまう、と右馬三郎は心配していたそうだ。

「そんなに縁談があったんですか……」

「そりゃあるだろうさ。なんてったって孫四郎は見てくれがいい。辰巳《たつみ》の姐《ねえ》さんたちにもずいぶん目をかけてもらってるって聞いたよ。なんでも、太鼓持ちにならないかって誘われたとか……」

「男ぶりがいい人って、太鼓持ちに向かない気がしますけど……」

太鼓持ちの役割は、お座敷で芸妓を助け、客の機嫌を取って場を盛り上げることだ。客はもっぱら男だろうから、見てくれのいい男なんてやっかまれかねない。ましてや、芸妓に気に入られている太鼓持ちなんて邪魔でしかないだろう。

きよの話に、よねは大きく頷いた。

「まったくだよ。でも、それでもそばに置きたいほどの男ぶりってことなんだろうね。孫四郎は真面目で気立てもいいからなおさらだ」

「そうですか。じゃあ、さぞやおはなちゃんも喜んだでしょうね」

「そりゃあ大喜びだよ。あたしから話を聞いたとたん、なんにも言えなくなって、おまけにしくしく泣き出しちまった。慌てて『泣くほどいやなら、この話は引っ込めてくる』って言ったら、泣きながら首を横にぶんぶん振ってねえ……」

「うれし泣きだったんですね」

「ああ。訊いてみたら、ずいぶん前から惚れてたそうだ。でも、あっちは修業中だし、まだまだ所帯なんて持つ気もなさそう、とでも思ってたんだろうね。おっかさん、ありがとう！　って飛びつかれちまった」

　おかげで着物に涙が滲みちまったよ、と苦笑いしながらも、よねはことの成り行きに大いに満足している様子だ。

「本当によかった。おはなちゃんは目が高いってことですね」

「ああ。おまけに面食いだ。ま、あたしの娘だからね」

　そこでよねはまた、くくく……と笑う。

　その様子を見る限り、よねの夫もいい男だったに違いない。

「それで、右馬三郎さんから孫四郎さんに話は通してもらえたんですか？」

「ああ。あたしはすぐにでも話してもらいたかったんだけど、右馬三郎さんが折を見て、って言うから、ずっと待ってたんだよ。それで昨日、ようやっと返事が来た」

「いいお返事だったんですね？」

「ふつつか者ですが、よろしく、ってさ。どっちが男なんだか」

呆れたように言いながらも、よねはすこぶる嬉しそうに付け足した。

「右馬三郎さんとも相談して、今すぐというわけにはいかないけど、そのうち長屋でも探して所帯を持たせようってことになったよ」

「孫四郎さんの親御さんに話を通さなくていいんですか？」

縁談を親方のところに持っていくことはあっても、所帯を持つのに親に黙ってというわけにはいかないのでは、と心配するきよに、よねはほんの少し眉根を寄せて答えた。

「それがさ……孫四郎には親がなくて、子どものころに右馬三郎さんが引き取ったらしい。だから、右馬三郎さんが承知していればなんの障《さわ》りもないんだって」

詳しい事情はわからないが、とにかく孫四郎に親はない。もしかしたら捨て子だったのかもしれない。その上、修業も半ば……ということで、嫁をもらうのをためらったのではないか、とよねは語った。

「馬鹿な子だよ、孫四郎も。実の親に育てられなかった子なんて、五万といる。右馬三郎さんに育てられたからこそ、今の孫四郎になったんじゃないか。あ、でも見てくれの良さだけは生みの親のおかげだろうけど」

右馬三郎の風貌はそれこそ太鼓持ち向きだ、とよねは笑う。よねが口さがないのは常のことだが、さすがにそれは……と言葉を失っているきよに気づいたのか、よねは慌てて言った。

「いや、人の見てくれをどうこう言うのはよくない。ましてや、相手ははなの舅《しゅうと》になるお人だものね」

「そうですよ。でもまあ……本当によかったです」

右馬三郎は孫四郎について、近々修業を終えて独立させるつもりだったと言ったそうだ。琴三味線《しゃみせん》師と深川は切っても切れない縁だから、所帯を持つにしてもこの界隈《かいわい》になるはずだ。独立するのはなにかと大変だが、家のことを任せられる嫁がいれば助かるに決まっている。

孫四郎がもともとはなを好きだったとはできすぎだが、相思相愛なら言うことなし。よねだって、ひとり娘が近くにいてくれるのは安心だろう。まさに、八方丸く収まる成り行きだった。

「いろいろ世話になったね。なにかお礼を考えないと……」

「お礼なんていりませんよ」

「まあそう言いなさんな。孫四郎を思い出させてくれたのはあんたに違いない。おかげで心配の種が減った。礼をしなければ罰《ばち》が当たる」

なにがいいかねえ……と思案を巡らせるよねに、きよは首を竦《すく》めたくなった。

きよは、あらかじめはなの気持ちを知った上でよねを操ったのだ。お礼なんてもらった日には、こちらこそ罰が当たる。とんでもない話だった。

それでもよねはとてもありがたがっているし、本当にお礼を持ってきた日には受け取るしかないのかもしれない。

――神様、仏様……どうか見逃してください。おはなちゃんの幸せを願う気持ちに嘘はありません！

胸の内でそんな祈りを捧げながら、きよは朝飯の支度を続ける。

はなはきっと幸せになる。はなが幸せなら、よねだって幸せに違いない。きよには縁がなさそうな幸せだが、それはそれ。自分なりの幸せを探して生きていけばいい。自分の料理を食べて満足そうにする人を見るのだって、大きな幸せだ。

気づけば日が昇りきり、あたりはすっかり明るくなっていた。見やすくなった手元を覗き込み、鍋の中をかき回す。

鍋の中にあるのは大根の炒り煮だ。まだ冬ほど甘い大根ではないけれど、細く刻んで火を通せば甘みが増す。醤油と味醂《みりん》で甘辛く煮付ければ、飯が止まらないお菜となる。清五郎は丼飯にのっけて掻き込むほど好きだから、さぞや喜んでくれるだろう。

これまでどおり修業を続け、一生懸命生きていく。ひとりでも多くの人に喜んでもらえるように——そんな誓いを胸に、きよは七輪《しちりん》から鍋を下ろした。

神崎の怪我

大層腰の軽い与力が『千川』にやってきたのは、重陽《ちょうよう》の節句から五日ほどしたある夜だった。

いつになく難しい顔……というよりも、入ってくるなり目を左右に走らせて店の様子を窺《うかが》うところがなんだか怪しい。いつぞやのように近隣に破落戸《ならずもの》でも入り込んだのか、と奉公人たちは顔を見合わせた。

そんな中、揉み手で近づいていったのはもちろん源太郎だ。

「上田様、ようこそお越しくださいました。ささ、お上がりください」

暮れ六つ（午後六時）の鐘はずいぶん前に鳴った。おそらく六つ半（午後七時）……もしかしたら宵五つ（午後八時）が近いかもしれない。きよと清五郎はそろそろ仕事を終える頃合いだった。

草履《ぞうり》を脱いだ上田は、源太郎に案内されたのとは違う場所に腰を下ろす。それを見た弥一郎が、くすりと笑ってきよに告げた。

「与力様はまたおきよに難題を持ちかけるつもりらしいな」

「え……そりゃまたどうして？」

怪訝《けげん》そうに訊ねた伊蔵に、弥一郎はしたり顔で答えた。

「板場に一番近いところに座ってるじゃねえか。与力様の声はよく通るから、どこにいても声は聞こえてくるが、あそこなら話の中身まで筒抜けだ。たぶん、親父と話すついでにおきよにも聞かせるつもりだろう」

「おきよの反応を見て、ってことですかい？」

「おそらく。おきよが何食わぬ顔でいるようなら、正面切って持ち込んでくるだろうし、困った顔をするようなら手を変え品を変え、なんとか引き受けさせようって魂胆じゃねえかな」

「どうあっても引き受けさせるつもりかよ。まったく困った与力様だぜ」

「伊蔵、声が高い」

「大丈夫ですよ。俺の声は聞き取りづらいからあっちまで聞こえっこありません」

「に、しても……だ。おきよも大変だな」

弥一郎と伊蔵はきよの頭越しに語り合っている。

だが、きよにしてみれば、なぜその無理難題の持ち込み先をきよと決めつけるのかわからない。たまたま源太郎が案内した席が気に入らなかっただけかもしれない。なにせ源太郎が案内したのは男の三人組の隣で、いかにも騒がしい席だった。

ほかに空いていたのは、一番奥か今上田が座っている場所だけ。奥は薄暗いし、今いる場所は上がり口が近くて、奉公人がしょっちゅう行き来して落ち着かない……ということで、源太郎はやむなくその席を選んだのだろうけれど、上田にしてみれば男三人の与太話を間近で聞くよりは奉公人の足音のほうがまだ耐えられる、ということではないのか……

そんなことを考えていると、上田の声が聞こえてきた。

「主《あるじ》、夜も遅いのにずいぶん客がいるな。近頃はずっとこんな様子なのか？」

「お陰様で。このところ昼も夜もなかなか客が途切れません」

「商売繁盛でなによりじゃ。だが、それはちと困るな……」

「はて？　うちが繁盛して与力様がお困りになるとは……」

「少々頼みたいことがあってな」

そう言いながら、上田は板場のほうを向く。もちろん、上田の視線が捉えているのはきよだった。

「ほらな」

弥一郎がますます得意そうに言う。伊蔵は伊蔵で、口では「あーあ」なんて言いながらも、どこか喜んでいるように見える。もしかしたら、与力が頼み事をするほどきよを認めているのが嬉しいのかもしれない。

上田の視線を追った源太郎が訊ねる。

「頼み事……それはおきよに、ということでしょうか？」

「おきよ……うむ、まあおきよでなくとも……いや、やはりおきよじゃな」

「上田様、はっきりおっしゃってくださいませ。いったいなにをご所望ですか？」

「実は、神崎が足を痛めてな……」

神崎といえば、上田の同僚だ。上方《かみがた》からお役目のために出てきたものの、江戸の味が合わなくて難儀していたところを上田に『千川』に連れてこられ、上方風のきよの料理で元気を取り戻した。それをきっかけにひとりで、あるいは上田と連れだって『千川』を訪れるようになった男である。五日か七日に一度は来ていたので、そろそろ現れるころかと思っていたが、足を痛めたとなるとしばらく顔を見せられないだろう。

源太郎が驚いたように訊ねる。

「足を！　それはまたどうした成り行きで？」

「町人どもの諍《いさか》いを止めようとして巻き込まれたらしい」

「そんな派手な喧嘩だったのですか？」

「火消し同士だったそうな」

「火消しの喧嘩⁉　それはまた剛気な……」

「わしも驚いたのだが、十人近くの乱闘。しかも皆かなり腕っ節の強そうな連中だったそうだ。そこにひとりで突っ込んでいっただけでも大したものじゃ」

「無事ならそれですみますが、怪我をしたとなると……。それで、足のほうはどんな感じで？　まさか折れたわけでは……」

「幸い折れてはおらんそうだ。だが、ひどく捻《ひね》ったらしくてな、ろくに歩けんのだ」

杖に縋《すが》って厠《かわや》に行くのがようやっと、お勤めは言うまでもなく、飯の支度もままならぬとのこと、と上田はため息を漏らした。

「なにせ神崎はひとりで暮らしておるしのう……。侍長屋にでも住んでおれば話は別だったのじゃが……」

「侍長屋……？」

侍長屋は、江戸の外から来ている侍たちがまとまって暮らす長屋である。神崎は取り立てられて摂津《せっつ》から出てきたそうだから、侍長屋に住むのはおかしな話ではない。なぜ源太郎が怪訝《けげん》そうにするのか、きよにはわからなかった。だが、源太郎はなおも訊ねる。

「これまで神崎様は上田様のご同僚だと思っていたのですが……」

「同僚ではない。それぐらい、姿を見ればわかるだろう。わしの同僚であれば黒羽織を着ているはずじゃ」

「あ……」

源太郎だけでなく、板場の三人も小さく声を上げた。

これまで神崎の黒羽織姿は見たことがない。与力や同心であれば、必ず黒羽織を着ているはずだし、『千川』に寄るときだけは脱いでくるとも思えない。つまり、神崎は与力でも同心でもなく、上田の同僚でもないということになる。

「そういえば……。では、いったい上田様と神崎様はどういった関わりで？」

「あやつは厩方《うまやかた》よ。ある日いきなりわしの屋敷に来て、貴公の馬はどうやら具合がよろしくなさそうだ、きちんと世話をしてやらないと大事になる、と申してな……」

「いきなりですか？」

「おう、いきなりよ。しかも、たまたまわしが乗っているのを見かけて、気になってあとをつけてきたと言うのじゃ。馬が苦しそうにしている、気の毒でならん、と」

「それは誠のことだったのですか？」

「ああ。腹が詰まりかけておったらしい。世話をしてよいかと言うから任せてみたら、水をたくさん飲ませたあと、ひたすら腹を摩《さす》りおった。はじめは馬も嫌がって大変じゃったが、そのうちおとなしくなり、やがて大きな音を立てて……」

そこで上田は言葉を切り、くくっと笑った。おそらく馬は粗相をしたのだろうが、さすがに料理茶屋で事細かに語るわけにはいかないと考えたに違いない。

「お馬は大事に至らなかったんですね？」

「そうじゃ。しかも、すっかり神崎に懐いてしまってな。なかなかに気むずかしい馬で、わしですら手を焼くこともあったというのに……。少々肝が焼けたわ」

そう言いつつも、上田は大して気にもしていない様子だ。馬に限らず、犬でも猫でも痛みを取ってくれた者に懐くのは当たり前だとわかっているのだろう。

「神崎様はお国でも馬の世話をなさってたんですか？　厩方《うまやかた》のお家柄とか……」

「いや、神崎の家は代々馬とはかかわりのないお役目だそうだが、近くに馬子《まご》がいたらしい。幼いころから生き物、とりわけ馬が好きで、馬を見たさに通っているうちに世話も覚えた。なぜか馬もあやつによく懐いたようで、どんどん世話に長《た》けていったそうだ」

「ははあ……それで取り立てられた、と……」

「そのとおり。わしのとき同様、具合の悪そうな馬を見かけて世話をしてやったら、それが国の殿様の馬だったらしい。しかもわしの馬よりずっと危ない様子で、神崎が世話をしてやらなかったら腸が捻《ねじ》れて命を救えないところだったとのこと。殿様が大層かわいがっている馬で、よくやってくれた、ということで、江戸屋敷の厩方に取り立てられたそうだ。しかも、今では腕を認められ、上様のお馬番に助言を請われることもあるそうな」

「ひええ、上様のお馬番にまで……。馬で出世とは……」

「そして、わしとの縁も馬が繋いでくれた。そのせいか、あやつ、もともと好きだった馬がさらに好きになり、今では兄弟と変わらぬほどの仲じゃ。だからあやつは、牡丹《ぼたん》は食っても桜は食わぬ」

「そりゃそうでしょうとも」

源太郎が大きく頷いた。

牡丹は猪の肉、桜は馬の肉である。神崎にとって、出世に導いてくれた馬を食べるなんて、もってのほかだろう。

「なるほど。でもどうして神崎様は侍長屋に入らなかったのですか？」

「あやつは馬には滅法《めっぽう》人気だが、人付き合いはあまり得意ではない。なに、嫌われ者というわけではない。ただ、あやつがあまり近しく付き合いたがらないだけのことじゃ。

おまけに国から出てきている者たちはたいてい嫡男で、よく言えば気位が高い、悪く言えば威張りくさった連中が多い。三男の神崎には馴染みにくいところがあったのだろう」

「それでおひとりで……」

「ああ。侍長屋におれば飯と汁ぐらいはありつけただろうに……」

上田の話によると、侍長屋では交代制で飯を炊き、汁を拵《こしら》えているそうだ。足を痛めたとしても、飯と汁があれば大助かりだろう。

なにより、すぐそばに仲間がいれば、あれこれ助けてもらえたかもしれない。

「国の殿様のお気に入り、さらには上様のお馬の世話も……ということで勝手が許され、神崎はこれまでひとり気儘《きまま》に暮らしておったのだ。それが徒《あだ》になってしまった」

「飯炊きは雇っておられぬのですか？」

「おらぬ。とにかく、家でまで他人とかかわりたくないと申してな。だが、足を痛めてはそれも叶わん。誰ぞに頼まねば……」

「誰ぞって……」

こちらに背を向けているので定かではないが、おそらく源太郎は苦笑いしている。それほど、上田の言う『誰ぞ』が誰を示すかはあきらかだった。

「ついさっき『やはりおきよ』と言ったばかりじゃございませんか。要は、おきよに神崎様の飯の支度を頼みたい、ってことでしょう？」

「じゃが、どう見てもおきよは手一杯。この上、神崎の世話まで頼むのはいかがなものか……。かと言うて、このままでは神崎はひからびてしまう……」

ちらちらとこちらを見ながら、上田は言う。

弥一郎が小さく笑った。

「相変わらずの策士だな……。親父はお人好しだから、あんなふうに言われたら断れっこない。おまけに、神崎様の懐がそれほど寒くないこともわかってしまった……」

確かに、今の話を聞く限り、神崎はそれなりの俸禄《ほうろく》をもらっていそうだ。

神崎は性根が真っ直ぐだし、人より馬が気に入っているそうだから、賭け事や女道楽に金をつぎ込むとは思えない。唯一の楽しみが食べることといっても、江戸の味が口に合わないなら、行き付《ゆ》けの店もそうないだろう。たまに『千川』を訪れて呑み食いするのがせいぜい、金に困ってはいないはずだ。

『千川』にとって神崎は、上田ほどではないにしてもかなりの上客に違いない。これからのことを考えたら、ここでなんとか恩を売っておきたい、というのが、源太郎の正直な気持ちだろう。

一方、伊蔵は困ったように言う。

「そりゃそうだけど、おきよに神崎様のところに行かれたらうちが回らねえ。汁と飯を拵《こしら》えるだけにしても、行き来まで合わせたらけっこうな暇がかかる」

そこにまた、上田の張りのある声が響いてきた。

「なに、ただでとは言わぬ。それなりの代は払わせてもらう」

「これは駄目だ。親父はきっと引き受けちまう……」

弥一郎が天井を仰《あお》いだ。

上田の言うところの『それなりの代』は、源太郎にしてみればけっこうな額に決まっている。源太郎がこんな儲《もう》け話を逃すはずがない、と弥一郎は考えたのだろう。

予想どおり、源太郎が嬉しそうに答えた。

「わかりました。ほかならぬ上田様の頼みです。神崎様の飯はこちらでなんとかいたしましょう」

「そうか！　それは助かる！　さぞや神崎も喜ぶことじゃろう！」

ただでさえよく通る声がさらに大きくなり、店中に響き渡る。きよは、とっさに弥一郎に向き直って訊ねた。

「板長さん、神崎様のお宅ってどのあたりなのでしょう？　上田様のお近くってことは？」

上田の母のりょうはひどく優しいし、気遣いに富む人だ。息子が親しくしている男が困っているのに、捨ておくわけがない。もしも上田家の近くであれば、上田家でなんとかしてくれるのではないか、ときよは思ったのだ。

だが弥一郎の答えは、きよの望みを打ち砕くものだった。

「どうだろう……たとえお近くだったとしても、与力様はおりょう様には伝えない気がする。なにせおりょう様はあの気性だ。聞けばなんとかしようと躍起《やっき》になるに決まってる。それではおふくろ様に申し訳ないし、上田家の料理番の仕事を増やすだけだ」

「いやいや、料理番は上田家の奉公人でしょう？　おきよに作らせるよりずっと筋が通るってもんじゃねえですか」

伊蔵が不服を唱える。けれど、弥一郎は首を左右に振った。

「うちに頼めばうちが儲かる。なにより、神崎様は『千川』の料理を気に入ってる」

具合の悪いときほど、口に合う料理が食べたくなるのは人の常だ。神崎が喜び、『千川』が儲かるなら、上田家の料理番の仕事を増やすよりずっといい。あの与力様ならそう考えるに違いない、と弥一郎は言う。確かにそのとおりだった。

「それにしても、親父はいったいどうする気だろう」

弥一郎は上機嫌の上田を眺めながらため息をつく。

神崎の世話を引き受けた挙げ句、ろくに果たせなかったとしたら、神崎も上田も『千川』から足が遠のきかねない。それではせっかくの上客を逃すことになってしまう。

「目算あってのことだと信じたいが、親父のことだから金に目がくらんだだけかも……」

嘆く弥一郎に伊蔵も同調する。

「金に目がくらんだだけってことはないにしても、やり方は任せる、うまいこと工夫してくれ、とか丸投げしてきそうだ……。どうする、おきよ？」

「料理の工夫ならまだしも、そんなやりくりは私には無理です」

両隣から、だよなあ……と頷かれ、ますますきよは困ってしまう。そこにやってきたのは清五郎だった。

「与力様に雷豆腐《かみなりどうふ》と松茸飯《まつたけめし》、根深汁《ねぶかじる》ー！」

上田の注文は、案内した源太郎が告げに来ると思っていた。どうして清五郎が来たのだろう、と座敷を見ると、源太郎は紙になにかを書き付けていた。

「旦那さんは与力様に、神崎様の住まいやら道具のあるなしを訊いてる。家の所在ならまだしも、道具なんて与力様に訊いても答えられっこないのに」

清五郎の言葉を聞いて、きよは戸惑う。

「旦那さん、あっちで拵《こしら》えさせるつもりなのかな……」

途方に暮れたように呟く伊蔵に、清五郎はあっさり答えた。

「みたいだぜ。たぶん、上田様のお望みなんだと思う。じゃなきゃ、そんなこと訊きゃしねえだろ。料理を届けるだけのほうがうんと簡単だが、上田様にいい顔をしてえのかもな……」

「清五郎、神崎様のお宅はどのあたりって言ってた？」

「水天宮《すいてんぐう》がどうとか言ってた」

「遠いのかしら……」

「さあ？　名前はちょくちょく聞くけど、行ったことねえし」

きよと清五郎は江戸に来てからまもなく三年になるが、もっぱら『千川』と孫兵衛長屋を行ったり来たりするだけで、深川の外のことはほとんど知らない。隅田川を渡った向こうに水天宮という神社があることは聞いていたが、足を運んだことはなかった。

首を傾げるふたりに、弥一郎が説明してくれた。

「ここから水天宮までは、およそ半里《り》。行って帰るだけで半刻《はんとき》（一時間）、向こうで料理するとなると一刻《いっとき》（二時間）ではきかねえだろうな」

「そんなの絶対無理ですよ。一日限りのことじゃないんでしょう？」

「足の具合にもよるが、歩けねえほどひどく捻《ひね》っちまったのなら、短くても七日、どうかしたら十日ぐれえかかるんじゃねえか」

「勘弁してくれよ。七日って言えば、縁日だって入ってくる。たとえそうじゃなかったとしても、七日も続けて一刻《いっとき》ずつおきよがいねえなんて考えたくもねえ！」

伊蔵が悲鳴に近い声を上げた。

それでも手はせっせと動いて、雷豆腐《かみなりどうふ》を拵《こしら》えている。

雷豆腐は胡麻《ごま》油を引いた鉄鍋に豆腐を崩し入れ、しっかり炒ったあと醤油と味醂《みりん》で味を付ける料理だ。水気を含んだ豆腐を油に入れると盛大に音を立てるが、その音が雷に似ていることから雷豆腐と呼ばれている。飯にも酒にも合うということで、『千川』でも人気の品となっていた。

一方、弥一郎は松茸《まつたけ》を細く裂き、油揚げを千切りにする。

『千川』の松茸飯は、醤油で煮た油揚げと松茸を飯にまぜ込んで作るのだが、濃い目に味をつけると醤油が飯全体に回ってなんともいい加減になる。茸は秋のご馳走、とよく売れるが、松茸飯はとりわけ人気の品だった。

そしてきよが作っているのは根深汁《ねぶかじる》だ。根深汁は長葱《ながねぎ》をぶつ切りにして入れただけの味噌汁だが、葱の甘さとしゃきしゃきした歯触りが堪《こた》えられない一品である。

人気のあまり、夜に入ると葱が品切れということもよくあるが、幸い今日は残っている。雷豆腐と根深汁はそうでもないが、松茸飯はそこそこ値が張るから、源太郎はさらにほくほくだろう。

　困った困った、と嘆きつつ手を動かし、無事三品が出来上がったところに、源太郎がやってきた。

「お、ちょうどできたところか。では早速……」

　そう言うと、源太郎は料理がのった盆に手を伸ばそうとした。だが、それより早く盆を持ったのは清五郎だった。

「旦那さん、それは俺が持っていきます。それより、姉ちゃんに事の次第を。さもないと、気になって仕事が手に着かねえ」

「失礼ね！　ちゃんとやってるじゃない」

　即座に言い返したきよに、清五郎は呆れたように言った。

「そりゃちゃんと根深汁はできてるだろうさ。でも姉ちゃんが使ったのって、普通の葱だろ？」

「え……？　やだ、本当だ！」

　今日は千住《せんじゅ》のいい葱が入ったから、根深汁を品書きに入れた。だが、慌てて切れっ端を確かめてみると、確かにきよが使ったのは普通の長葱……おそらく脇に置いていた竹《たけ》笊《ざる》から取って使ってしまったのだろう。

「な？　心ここにあらず、だぜ」

「どうしよう……作り直したほうがいいかしら……」

だが雷豆腐《かみなりどうふ》も松茸飯《まつたけめし》も出来上がっている。根深汁《ねぶかじる》だけあとから出すというのは……と迷っていると、弥一郎があっさり言った。

「なあに、かまうこたあねえ。どこの葱《ねぎ》を使おうが根深汁は根深汁だ。そりゃあ千住の葱は上等に違いねえが、よその葱だって悪かあねえ。とりわけ、今日のは太くてしっかりしてた。だからこそ、間違いに気づかなかったんだろう。いいから持っていけ」

弥一郎に言われ、清五郎は盆を運んでいった。

小さくなって詫びるきよに、弥一郎は薄く笑った。

「いいってことよ。なんてったって神崎様のところに行かなきゃならないのは、おきよだもんな。気になるのは当たり前だ。それに、伊蔵だってやらかしてる」

「え、俺も⁉」

伊蔵が、素《す》っ頓狂《とんきょう》な声を上げた。にやりと笑って弥一郎が言う。

「油が温《ぬる》かった。おかげでなにやら逃げ腰の雷様になっちまってた」

「逃げ腰の雷様って……」

「音が今ひとつだっただろ？　雷豆腐はもっともっと油を熱くして、盛大に音を響かせるもんだ」

「……じゃあ、あの雷豆腐、味は今ひとつなんじゃ……」

「今ひとつってほどじゃない。水気さえしっかり飛べばいいんだからな。温かったって言ってもほんの少しだし、仕上がりもべたついちゃいなかった。胡麻《ごま》の香りもちゃんと移ってた。だからこそそのまま出したんだ」

さもなきゃ作り直させていた、と弥一郎は言う。きよは、さすがは板長、しっかり見ていると感心してしまった。

ところが、そこに水を差すように源太郎が口を開いた。

「そう言うおまえも、やらかしてたけどな」

「俺が？　まさか」

「あの松茸飯、いつもより色がちいと濃かった。江戸醤油を使ったんじゃねえのか？」

「え……」

弥一郎はふたつ並んだ醤油入れに目をやった。片方は播磨《はりま》で作られた下り醤油、もう片方は野田《のだ》で作られた江戸醤油が入っている。

しばし考えていたあと、弥一郎はがっくり首を垂れた。

「親父の言うとおりだ……確かにこっちの醤油を使っちまった」

「だろ？　人のことは言えねえ。だが、あれはあれでいいと思う。というよりも、与力様は江戸醤油を使ったほうがお好みだろう。味が濃いし、ほんのり甘いし……。上品な色合いに仕上げたくて下り醤油を使ってたが、案外うちの客たちにも江戸醤油のほうが人気かもしれん」

今度、江戸醤油の松茸飯《まつたけめし》を出してみよう、と源太郎は言う。たくさん売れれば、怪我の功名だ、とも……

そして源太郎は、心底情けない面持ちの板場の三人に言った。

「まあ、それほどおまえたちに心配させた俺が悪いな。店の手が足りなくなるんじゃねえか、って気が気じゃなかっただろう」

「そのとおりだよ！」

さっさと詳しいことを言いやがれ、と弥一郎にすごまれ、ようやっと源太郎の話が始まった。

「あらかたの話は聞こえてたな？」

「ああ。要は、神崎様が怪我をなさって動けねえから、飯を頼むってことだろ？　で、与力様は、神崎様のところで拵《こしら》えてやってほしい、と……」

「ああ。そのほうが旨いのは間違いねえし、うちだって儲《もう》かる」

「なんとか料理を届けるだけで勘弁してもらえねえかな……」

「うーん……実は与力様も、あっちで作ってくれとまではおっしゃらなかった。おそらく、うちがてんてこ舞いなのを見て、言い出せなくなっちまったんだろう」

「だったらそれでいいじゃねえか」

「いやいや、客の口に出せねえ望みを叶えてこそ商《あきな》いが広がる。それに、神崎様は与力様より足繁くうちに通ってくださってる。しっかり旨いものを食って、一日も早く治ってもらいてえじゃねえか」

「無理やりいい話にしやがって……」

弥一郎は鼻白んだ様子で言う。それでも、主《あるじ》である源太郎が決めたことなら、従うほかはない。諦めたような弥一郎に、源太郎はさらに続けた。

「それと、与力様に確かめたんだが、やはり神崎様のところにはろくな道具がない」

「え……与力様、そこまでご存じだったのですか？」

思わずきよは問い返した。

「神崎様が江戸に来たときにあてがわれた屋敷があんまりよろしくなかったそうで、与力様が家移《やうつ》りさせたらしい」

馬にしか興味がない男のこと、とにかく厩《うまや》に近ければいい、と暮らしていたが、狭いし古いし建て付けも悪い。ある颯《はやて》のあと、たまたま神崎に会った上田は、戸が飛ばされて探し回った、雨漏りもひどかった、と言うのを聞いて、家移《やうつ》りをすすめたそうだ。だが本人は、戸は見つかったし、漏れた雨水すら溜めておけば役に立つ、むしろ塩気のない水は重宝、と呑気そのもの……。そのあと、ほかの屋敷が空いて引っ越したが、建て付けはしっかりしているものの古くて狭いことに変わりはなかったそうだ。

「上田様は、馬のほうがよほどいいところに住んでいる、と呆れられていた。おそらく、様子を見に行った際に道具もご覧になったのだろう」

家移りしてから一年以上、常であれば道具も増えるかもしれないが、馬のことしか頭にない男だから望み薄、と上田は言ったそうだ。

さらに源太郎は、驚愕の知らせを告げる。

「もっと言えば、神崎様のところには釜がない」

「釜がない？　じゃあ、飯はどうやって……」

釜がなければ飯が炊けない、と首を傾げる伊蔵に、源太郎はあっさり答えた。

「もちろん鍋で」

「鍋で飯が炊けるんですか？」

「炊けるは炊けるだろうが、たぶん煮てたんだろう」

「煮る⁉　芋じゃなくて米をですか⁉」

「ああ。大昔のやり方だが、鍋に米と水をぶち込んで、柔らかくなったら水を捨てる。そのあとちょいと蒸せば出来上がり。ま、人によっては蒸さねえこともあるが」

「……そんなやり方で旨いんですか？」

伊蔵は、恐いものでも見るような目で言った。

無理もない。源太郎は簡単に「水を捨てる」と言うけれど、その水の中には米から溶け出した旨味がたっぷり入っているはずだ。それを丸ごと捨ててしまえば、米の旨味が失われてしまうだろう。

だが、源太郎は何食わぬ顔で答えた。

「旨いか不味《まず》いかと言われたら、そりゃあ釜で炊いた飯のほうが旨いだろう。だが、鍋を使うやり方は、案外神崎様みたいにお勤めが忙しい、なおかつ料理に慣れていないひとり者には向いてるんだ」

伊蔵がきょとんとする一方、弥一郎はぽんと手を打つ。

「そうか……鍋を使うやり方なら釜よりずっと早く炊けるし、水加減も火加減も適当でいい。慣れてなくても、焦げ付かせることもねえな。なにより、釜ではひとり分を炊くのは難しいが、鍋なら少しの量でも平気だ」

「そのとおり。おまけに、茹でた米は傷《いた》みにくい。馬の具合が悪いとか、産気づいたとかで家に戻れなくても、一晩ぐらいなら腐っちまうこともねえ。ついでに言えば、それでもやっぱり釜で炊いた飯のほうが旨いってんで、神崎様はちょくちょくうちに来てくださる、ってわけだ」

源太郎の説明を聞いて、きよはなんだか切なくなってしまった。

神崎は、料理の味もさることながら、飯そのものの旨さを求めて『千川』に来ていたということだ。

上方《かみがた》で親元にいたときは、飯も炊いてもらっていただろうし、お菜も作ってもらっていたに違いない。その神崎が江戸に出てきて、ひとりで煮炊きしている。飯を炊く際の火加減はかなり難しいし、水の量だって慣れないうちはしくじりが多い。そういえば清五郎も、今でこそぴかぴかの飯が炊けるようになったが、はじめのうちは焦げ付かせたり、粥みたいだったりと散々だった。

神崎は厩方《うまやかた》、生き物の世話は時を選ばないから、急に呼ばれることもあったかもしれない。煮炊きにかかり切ることも難しかったはずだ。やむなく、煮売り屋からお菜を買い、鍋で米を煮る——舌が肥《こ》えた神崎にはさぞや辛かっただろう。

きよの中で、神崎に旨いものを食べてほしいと思う気持ちがさらに高まる。問題はやはり、いかにして……だった。

「少なくともへっついはあるんだから、釜を持っていけばいい。今のところお役目は休み、朝、昼、晩と家で食うしかねえんだから、まとめて炊いて、握り飯にしちまおう。それなら膳を使うこともねえ」

膳の出し入れだけでも大変だ、と弥一郎は言う。そのとおりだが、さすがに握り飯ばかりというのはいかがなものか。握り飯でも田麩《でんぶ》を入れたり菜飯にしたりすることはできるが、それで食べられる魚や青物の量なんて高が知れている。

やはりお菜は必要だ、と口を開きかけたところで、上田の声がした。

「『千川』の握り飯はどれも旨いが、そればっかりでは気の毒じゃ。すまんが、もう少し血となり肉となるようなものを付けてやってくれ」

一心不乱に料理を食べているかと思いきや、ちゃんとこちらの話も聞いていたらしい。さすがの地獄耳……とみんなして首を竦《すく》めたところにさらに言う。

「あの男は根っからの食い道楽じゃ。しかも今は、ろくに動けないにもかかわらず、馬が気になっておちおち寝てもおられぬ様子。あれでは治るものも治らない。せめて食い物ぐらいはのう……」

「わかりました。では、飯と汁にお菜を二品ぐらいでは？」

「無理を言ってすまんな、主《あるじ》。それで十分……おや、あれは……？」

そこで上田は言葉を切り、きよの傍らに置かれた重箱に目を向けた。

今日は縁日で、朝から客が詰めかけた。彦之助が賄《まかな》いを持ってきてくれたものの、やはり手を付ける暇もなく、家に持ち帰ろうと置いておいたものだった。

「お恥ずかしい。あれはうちの賄いでございます」

「なにやら弁当のようじゃが……」

「はい。ひとり分ずつ重箱に詰めておけば、手の空いたとき、あるいは仕事の傍ら、さっと食べられるということで、あのような形に……」

「見せてもらうぞ」

「え……？　でも……」

お目にかけるようなものでは……と慌てる源太郎をよそに、上田はずかずかと板場に上がり重箱の蓋を取った。

本日の賄いは豆腐の田楽《でんがく》、蕪《かぶ》の葉の煮浸し、そして塩引き鮭の握り飯だ。握り飯は骨の間やかまに残った鮭の身をほぐしてまぜたものだが、値が張る塩引き鮭とあって、伊蔵や清五郎は大喜びで平らげた。きよは、家に持って帰ったらひとつは取られるだろうな、などと考えていたものだった。

「これはこれは……なんとも旨そうな……」

案《あん》の定《じょう》、白と桃色の華やかな握り飯を見て、上田は涎《よだれ》を垂らさんばかりになっている。

ついさっき、三品も料理を平らげたばかりなのに……呆れていると、弥一郎がぼそりと呟いた。

「それほど旨そうに見えるなら、こいつを届けりゃいいじゃねえか……」

「うむ？」

上田が片方だけ眉を上げて、弥一郎を見た。慌てて源太郎が言う。

「なにを言ってるんだ弥一郎。これは賄いだぞ。さすがに……」

「なにも賄いを持ってけなんて言ってねえ。うちで売っている料理を折詰めにすればいいじゃねえか。それなら、わざわざおきよを出張《でば》らせずにすむ」

「ですが……上田様もあちらで拵《こしら》えたほうがいいとお考えなのでは？」

源太郎の言葉に、上田は後ろ頭を掻きながら答えた。

「気づいておったか。もちろん、そのほうが旨かろう。じゃが、『千川』が手不足なのは間違いない。とあらば、折詰めもやむなし」

上田は、『千川』は持ち帰りをさせぬ店だから、折詰めの用意があるとは思わなかった、と意外そうにしている。持ち帰りをさせぬ店から散々持ち帰っているくせに、どの口が言う、だった。

　けれど……ときよは思う。

　あちらで拵《こしら》えれば出来立てを食べられるが、店から届けるとなるとすべてが冷えてしまう。冷えたものばかり食べていると、身体にも障《さわ》るのではないか……

　おそらく寄っているだろう眉間の皺に気づいたのか、上田が声をかけてきた。

「どうした、きよ？　そのように難しい顔をしおって……」

「お届けすると、すべてが冷えてしまいます。神崎様も、時には温かいものを召し上がりたいのではないかと……」

「きよは優しいのう……。じゃが、本人が飯炊きなどいらぬと言うのだから仕方ない。早く嫁をもらえばよいのに……」

「神崎様は、お勤めが忙しくてお嫁さんを探す暇などなさそうですけど……」

「む……確かに。針売り女に岡惚れはするが、わざわざ探したりはせぬな……。家移《やうつ》りですら、この度は戸で済んだが、次はおぬしごと凧に攫《さら》われるやもしれぬ、そうなったら馬が悲しむぞ、と言ってようやく腰を上げたぐらいじゃ。とりわけ、針売り女に振られたあとはひたすら馬よ」

あやつには女より馬の機嫌を取るほうが大事そうだ、と上田は盛大に笑った。

「だからこそ、ご自分で煮炊きされたり、うちにおいでになったりされるのでしょう。いずれにしても、毎日は難しいにしても、時にはあちらで拵えて差し上げたいです」

「そうか……それはありがたいが……ううむ……」

「仕方ねえ。彦を使うか……」

困り果てる上田を見て、弥一郎がぼそりと呟いた。ぎょっとしたように源太郎が言う。

「彦之助を神崎様のところにやるってのか？」

「弁当ぐらい、あいつにも届けられる。おきよが神崎様のところに行くときは、代わりをさせるのもありかな。一刻《いっとき》ぐらいなら騒動も起こさねえだろう」

「あいつを板場に入れてもいいのか？」

源太郎の顔が一気に明るくなった。

江戸から戻ったばかりのとき、彦之助は無理やり板場に入り込んで好き放題をした挙げ句、弥一郎から店への出入りを禁じられた。

その後、作った田麩《でんぶ》や賄《まかな》いを届けるために店に入ることとあっても、今なお板場に座ることは許されていない。だが、さとはもちろん、源太郎にとっても彦之助はかわいい息子だ。どれほどの怒りであっても、時とともに解けていくのだろう。

『千川』はますます商売繁盛、手はいくらあっても足りない。もっと前から、彦之助を使いたいと思っていたが、板場を預かっている弥一郎が許してから……と考えていたのかもしれない。

「彦がやったことは許しがたいが、あいつもかなり悔いたようだし、近頃はずいぶん店の役に立ってくれている。ずっとのことなら話は別だが、きよが留守の間だけなら……」

客を待たせるよりずっといい、と言う弥一郎に、源太郎は何度も何度も頷いた。

「そのとおりだ。さすがは板長だ。ちゃーんと客と店のことを考えてるんだな」

「当たり前だ。だが、あいつは上方《かみがた》から戻ったばかりのころ、へっついの床を濡らしたり、洗い場を泥だらけにしたり、おきよの邪魔ばかりしてた。おきよが使えねえやつだと思わせたかったんだろうが、また同じことをしやがったらただじゃおかねえ」

まさか弥一郎が気づいていたとは夢にも思わなかったが、どれも本当のことだ。だが、彦之助も今ではすっかり気持ちを改めたようだし、きよが困っているときには知恵を貸してくれる。今更それを持ち出すのはいかがなものか……

きよの気持ちを察したように、弥一郎が言う。

「ま、あいつも近頃はずいぶんしっかりしてきたし、おきよともうまくやってるようだ。板場に入れても大丈夫だろう」

「助かった……ってことで、与力様、神崎様の飯はそんな具合でいかがですか？」

「はて主《あるじ》……彦之助というのは？」

「ああ、与力様はご存じありませんでしたね。彦之助はうちの息子、弥一郎の弟でございます。三年ほど京の料理茶屋で修業を……あ、そうだ！」

そこで源太郎は、いきなり大声を上げた。何事かとみんなが見入る中、高ぶった様子で話す。

「彦之助は上方の味をしっかり身につけております。それに、彦之助は手隙《てす》きですので、神崎様のお宅に毎日でも伺えます」

京も摂津も上方だ。摂津の出の神崎なら、むしろ彦之助の料理のほうがいいのではないか。彦之助ならば毎日神崎のところに通って煮炊きすることもできる。なんなら世話役を兼ねて、しばらくあちらにいさせてもいいぐらいだ、と源太郎は言う。

きよも、自分が店の客を気にしながら大急ぎで作るより、彦之助に任せたほうがずっといい、と思う。だが意外にも、上田は源太郎の申し出を退けた。

「いや、やはりきよがよい。神崎は上方というよりも『千川』、とりわけ江戸と上方の味を合わせたきよの料理を好んでおるようだ。あちらで拵《こしら》える暇が取れるのであれば、きよが行ってやってはくれまいか」

「……そうでございますか？」

「無理は承知、店にも迷惑をかけることはわかっておる。だが、ここはひとつ神崎のために……」

黒羽織姿の侍に深々と頭を下げられ、源太郎は大慌てだった。

「わかりました！　わかりましたから、頭を上げてくだせえ。神崎様のところでは、おきよに作らせます。ただし、折詰めを作って届けるのは彦之助で勘弁してください。毎度出来立てとはいきませんが、あいつが行けば温め直すことぐらいはできますから」

「そうじゃな。そうしてもらえば、冷えた料理ばかりということはなくなる。誠にかたじけない。恩に着る」

そしてまた上田は頭を下げる。源太郎のあたふたは一向に収まらず、みんながどっと笑う。その様子を見て、上田がほっとしたように言った。

「世話をかけてすまん。だが、わしは心配でならんのだ。神崎はお馬に一生懸命になりすぎるあまり、我が身は二の次、三の次……。家を決めた際も驚かされたが、ものの考え方が通り一遍ではないというか、常と違うというか……。だがまあ、そういうところが、馬と気が合う所以《ゆえん》かもしれぬ」

そう言う上田の目はひどく優しい。まるで、息子を見る親のような眼差しだった。

「わかりました。神崎様は普段から鍛えていらっしゃいますから、きっとすぐによくなるでしょう。少しの間のことですから、私どもにできる限りのことは致します」

「よろしく頼む」

そして上田は、支払いを終えて帰っていった。もちろん、心付けも忘れずに……

上田の心付けには慣れているはずの源太郎ですら息を呑んでいたから、かなり多額だったに違いない。

姿が見えなくなるまで見送り、店の中に戻った源太郎は小躍りせんばかりだった。

「神崎様の飯にかかる分とは別だとさ。しかも、改めて手間賃も払ってくださるそうだ。大した儲《もう》けだ。神崎様、もういっそ半月でも一月《ひとつき》でも、寝込んでてくれねえかな」

「親父、そんな罰当《ばちあ》たりなことを言うもんじゃない。それに半月も一月もきよを取られたら、こっちが困る。さっさとよくなってもらわねえと」

予想外の儲け話に源太郎は踊り出さんばかりだし、弥一郎は呆れ果てている。

そんなふたりをよそに、きよは神崎に食べさせる料理を一心に考える。煮物はまとめて作れて旨いが、暇がかかる。確かめてはいないが、どうせへっついは一口に決まっている。飯と汁、そしてお菜まで調《ととの》えるとなると、手順をしっかり考えないといつまで経っても仕上がらない。

段取りも料理の腕のうち、あらゆる意味で知恵を絞らねば……ときよは奮い立つ。

そして、これはひとつの腕比べでもある。弁当を作って届ける彦之助と、その場で拵《こしら》えるきよ。もちろん分《ぶ》は出来立てを食べてもらえるきよにあるが、それに甘えていてはいけない。冷めても旨い、冷めたほうが旨い料理だってあるのだから……

――負けないわよ、彦之助さん！

そんな思いを胸に、きよは手を動かす。まずは目の前の客の注文をこなすことからだった。


翌日の明け四つ（午前十時）、きよは『千川』を出た。

神崎の怪我を知って様子を見に行った上田によると、飯はたくさんあったそうだ。虫の知らせでもあって、余分に炊いたのだろうと笑っていたが、どうやらそれも、今日の朝には尽きるだろうとのこと。

神崎にしても、いきなり知らない男が現れたら驚くに決まっている。昼飯の支度がてら引き合わせておこう、ということで、彦之助とふたりの道行きだった。

「なんだか知らねえが、その神崎ってのはずいぶん大事な客らしいな」

釜やら七輪《しちりん》やらを包んだ風呂敷を背負いながら、彦之助は不満そうに言う。だが、きよに言わせれば、大事にされているのは上田だ。あの与力の直々の頼みと支払いがなければ、源太郎が動くことはなかったはずだ。

とはいえ、彦之助にしても『千川』の板場への出入りを認められたのは、嬉しいことだったに違いない。

それに、忙しい仕事の合間を縫って食べなければならない賄《まかな》いとは異なり、神崎には暇がたっぷりある。『彦之助弁当』も賄いより選べる料理の幅がずっと広がるだろうし、金を取って客に売るのだから、材料も堂々と仕入れることができる。

昨夜、仕事を終えて帰ろうとしたきよを待ち構え、彦之助が料理の中身の相談を始めたときには、清五郎はうんざりした顔をしていたが、きよはなんだか微笑ましかったし、正直助けられた気がした。なにせ一日中忙しくて、神崎になにを食べさせるかなんて考える暇もなかった。それにひとりよりもふたりのほうが、いい考えが浮ぶ。

料理に使う材料について、あれはあるか、これはないかとつきまとわれた弥一郎も、ことさら邪険にすることはなかった。もしかしたら、料理を一心に考える弟の姿を見て喜んでいたのかもしれない。

大荷物を背負って歩きながら、彦之助が言う。

「水天宮なんて、ずいぶん行ってねえなあ……。がきのころはしょっちゅう参ったもんだが」

子どもが自ら参拝するとは思えないから、誰かに——おそらく親に連れられてのことだろう。水天宮は安産の神様だと聞いたが、源太郎夫婦には彦之助の下に子はいない。

不思議に思っていると、彦之助がまた呟いた。

「水天宮は安産だけじゃなくて子授けにも効き目があるんだってさ。おっかさんは、もうひとり子が欲しかったんだろうな。たびたび俺を連れて参りに行ってた」

「彦之助さんだけ？　板長さんは……？」

「兄貴が『千川』を手伝うようになったあとのことだ。日中は親父も兄貴も店にいたし、おっかさんは水天宮に行くなんて言わなかっただろうし」

出かけるところを見られたとしても、彦之助の手を引き、ちょいと用足しに……と言えば、不審がられることもなかったはずだ、と彦之助は言う。きよにしてみれば、それも不思議な話だ。子授け祈願に行くのを、隠す意味がわからなかった。

「それって、旦那さんにも隠してたってことですよね？」

どうして？　と訊ねたきよに、彦之助は悲しそうな目で答えた。

「これはずっとあとに聞いたことなんだが、俺を産んだとき、おっかさんはかなり難儀したらしい」

　弥一郎は、取り上げ婆も驚くほどすんなり生まれた。そのせいで、ふたり目も大したことはないだろうと思っていたのに、いつまで経っても生まれない。どうやら腹の中で育ちすぎて、頭がつかえてうまく下りてこられなかったらしい。

　さとは青ざめ、息も絶え絶え……やがて息む力もなくなり、これはまずいということで、取り上げ婆が腹の上に馬乗りになって押し出したそうだ。

「おとっつぁんは気が気じゃなかっただろう。無理もねえ。子を産むときの女の声はすさまじいらしいからな。それを延々聞かされた挙げ句、取り上げ婆に無理やり押し出された。男にしてみりゃ惨《むご》い、もう子はいいって、なっちまったんだと思う。授かればそれはそれで嬉しいけど、願掛けまでは……ってさ。でも……」

「おかみさんはそうじゃなかった？」

「おっかさんは、案外子ども好きなんだ。三人でも四人でも授かりたかったと思う。とりわけ欲しかったのは娘。なにせ願掛けに行っても『きっと大事に育てますから、どうかお授けください。できれば女の子を……』ってな具合」

　思い出し笑いをしたあと、彦之助は少し遠い目で言う。

「神様に注文をつけるなんて、おっかさんも大した玉だ。もっとも、そんなことをするから授からなかったのかもしれねえ」

「そうだったんですか……」

江戸に来たばかりのころ、源太郎夫婦は熱心にきよたち姉弟の世話を焼いてくれた。それこそ、まるで我が子のように、あれこれ気を配ってくれたのだ。

当時きよは、こんなに親切にしてもらえるのは主《あるじ》と父の繋がりのおかげだと思っていたけれど、もしかしたらさとは授かることができなかった子の代わりに、ふたりをかわいがろうとしたのかもしれない。

彦之助の下にきよ、さらにその下に清五郎という息子がいたら……なんて考えながら、ふたりの世話をしてくれていたとしたら、それはそれで切ない話だった。もっと言えば、三年ぶりに江戸に戻ったというのに、そんな様《さま》を見せられた彦之助の心中はいかばかりか……

己が意図したことではないにせよ、きよは彦之助がかわいそうでならなかった。

「そりゃあ、嫌がらせもしたくなりますよね……」

「へ……なんで？」

「だって、親元を三年も離れて修業して、戻ってみたら赤の他人が家族みたいに大事にされてるんですよ。肝が焼けて当たり前でしょう」

「む……確かに」

「確かに、って……」

「考えてみりゃそのとおりだな。なるほど、それで俺はあんなにやさぐれちまってたのか……単に、板場に俺の場所がねえってことじゃなかったんだな。おっかさんや兄貴を取られたってやっかんでたんだ。こいつは驚いた」

そこで彦之助は豪快に笑う。きよこそ、こいつは驚いた、だった。

「彦之助さんって、案外考えなしなんですね……」

「ひでえ物言いだな。でもまあ、いろいろ腑《ふ》に落ちた。おっかさんが、あんたより俺を板場に入れるのが当たり前だ、みたいに言ってくれたときに溜飲が下がったのも道理だ。あんたじゃなくて、俺を贔屓《ひいき》してほしか……」

そこまで言ったところで、彦之助は唐突に言葉を切った。そして、慌てて続ける。

「なにも、あんたが贔屓されてたって言いてえわけじゃねえよ。俺がいじけてそんなふうに思っちまったってだけのことで！」

「わかってますよ。それに、実のところ、私も贔屓されてると思ってます。でもそれも腕を上げるために役立つんじゃないかって気もするんです」

「どういう意味だ？」

「私は贔屓なんて嫌いです。でも、たとえ最初は贔屓だったとしても、場所をもらえたらこっちのもの。誰かにあのへっついを取られないように、死ぬ気で腕を上げます。それってすごくいいことですよね」

「もっともだ。だが、あんたにそんな気でいられたら、俺は一生『千川』の板場には入れねえ。今回みたいに、間に合わせってことでもなけりゃあ……」

「それは……」

きよがいる限り、彦之助の場所はない。それはふたりにとって、幾度となく現れる大きな壁だった。

「まあでも、こうやってちょいとずつでも料理にかかわれる。今の俺には、それだってずいぶんありがてえことなんだ」

自分に言い聞かせるような口調が胸に痛い。それでも、きよになにができるわけでもなく、黙ったまま歩き続ける。しばらくして、気を取り直すように彦之助が言った。

「あっちに着いたら俺が飯を炊く。あんたはお菜ってことでいいな？」

「ええ。彦之助さんはへっついをお願いします。私は七輪《しちりん》を使いますから」

「合点《がってん》だ。ところで薪《まき》はあるのか？」

「たくさんあるって聞きました。炭はないみたいですけど」

「それじゃあ七輪は使えねえじゃねえか」

「大丈夫。ちゃんと入れてきました」

「炭まで⁉　抜かりねえな」

「だって炭がなきゃ始まらないし、へっついしかない家に炭があるとは思えませんもの」

炭など大して重いものではない。弥一郎に訊いたところ、いるだけ持っていけと言ってくれたので、まとめてもらってきた。彦之助が料理を温め直すにしても、へっついよりも七輪のほうがはるかに手軽だろう。

「なるほどなあ……そうやって、煮炊きする道具から炭の心配までちゃんとできるのはすげえ。俺みたいにひとりで暮らしたことのない者には思いつかねえことだ」

へっついしかないなら七輪がいる、ぐらいは考えついても、炭のことまでは思いが及ばない。『七嘉』で修業していたときですら、薪や炭はいつだってそこにあった。誰かが用意してくれたものを取って使うだけだった、と彦之助は言う。

「そういうところが、俺の甲斐性なしなとこだ。あんたには、差をつけられる一方だぜ」

「大げさですよ。それに、ひとりで暮らしたことがないのは、板長さんだって同じです。むしろ、外に修業に出た彦之助さんのほうに分《ぶ》があるぐらいです」

「そういやそうだな。そうか、兄貴より俺に分があるのか」

こいつはいいや、と彦之助は大笑いしている。きよが思っているよりも、彦之助は弥一郎に引け目を感じていたらしい。少しでも元気づけられてよかった、と思いながら歩いていると、彦之助がやけにじっとこちらを見ていた。

「なんですか？　顔に炭でも……」

俵から炭を移したときにうっかり顔に触れてそのままになっているのかも……と慌てて顔を擦る。だが、次に彦之助の口から出たのは思いがけない言葉だった。

「やっぱりせい様の妹だな。人を元気付けるのがうまいところはそっくりだ」

「え……そうですか？」

「ああ。せい様は俺によく声をかけてくれた。それも、俺がしょぼくれてるときに限って。板場で虐《いじ》められてたのも知ってたんだろうな。茶を淹《い》れながら、いろんな話をしてくれてさ。それを聞いてるうちになんとなく気が紛れて、まあいいか……なんて思えるようになってた」

「へえ……姉さんはどんな話を？」

「なんてこたあねえ話ばっかりだったよ。ああ、そういえば弟の話も聞いた」

「え!?」

「そんなに驚くこたあねえだろ。家族の話ぐらい誰だってするし」

彦之助は当たり前みたいな顔をするが、弟の話となると、いやな予感しかしない。

江戸に来てからずいぶんしっかりして、頼り甲斐も出てきているが、逢坂にいたころの清五郎のおこないはけっして褒められたものではなかった。

我《わ》が儘《まま》、気まぐれ、無鉄砲……それらがすべて当てはまるような男だったのだ。その頃しか知らない姉が、清五郎について語ったとしたら、中身は推《お》して知るべしだ。

「さぞや腐してた……いいえ、姉さんはそんなことはしないわね。でも、いいふうには言ってなかったんじゃない？　まったく清五郎は困った弟だ、とか……」

「いや、全然。それに、せい様が言ってたのは清五郎のことじゃねえし」

「清五郎じゃない？」

「ああ、まあ一番下の弟は気儘《きまま》だって話ぐらいは聞いた覚えがあるが、もっぱら別の弟だった」

父と母の間には五人の子がいる。きよにとって弟は清五郎ひとりだが、両親の最初の子である姉から見れば、長兄の清太郎も次兄の清三郎も弟だ。弟と聞いて清五郎のことだと思い込んだのは大間違いだった。

「別の弟って……もしや清太郎兄さん？」

「それも違う。確か、清三郎とか……」

「ああ……」

曖昧《あいまい》に頷いたものの、きよは少々不思議な気がした。

清太郎は、父が隠居したあと『菱屋』の主《あるじ》となった。『菱屋』と『七嘉』は商《あきな》いの上での付き合いもあるから、姉は夫を通じて長兄の様子を聞くこともあっただろう。だが、次兄となると話は別だ。商いのやりとりはもっぱら主同士でおこなわれているらしいし、次兄の出る幕はない。

文《ふみ》のやりとりも父か母だろうし……と考えていると、彦之助がまた話し始めた。

「せい様は、ずいぶん清三郎って弟を心配してた。話を聞く限り、代替わりした兄貴を助けて一生懸命働いているみたいだし、悪さはしてねえ。気立てだってそこそこ。むしろ一番下の弟のほうがずっと危なかっしい気がしたんだ。とはいえ……」

そこで彦之助は、にやりと笑って言った。

「一番下の弟ってやつは、会ってみたらけっこうまともな男だったよ。あんたのこともすごく大事に思ってるし、おそらくほかの家族にも思いやりが深い。せい様はそれがちゃんとわかってたんだろうな」

清太郎は立派に『菱屋』の主を務めているのだから、清三郎を気に掛けるのは当たり前かもしれない、と彦之助は語った。

「まあそのとおりかもしれませんが……。それで、姉はどんなふうに言ってたんですか？

姉が言ったそのままを聞かせてください」

「うーんと……確か、『あの子はひとりで大丈夫かしら……』だったかな」

どこかに修業に行くわけでも、家から出てひとりで暮らすわけでもない。それなのになぜ『ひとりで』と言ったのだろう、と彦之助は首を傾げる。

そこまで聞いて、きよはようやく腑《ふ》に落ちた。

姉が彦之助にその話をしたのは、きよが清五郎と一緒に江戸に来たとき、あるいはそのあとのことだろう。

清三郎は、清太郎や清五郎と比べてずいぶん優しい。優しいというより気が弱いのだ。父や兄から、男らしくない、不甲斐なさ過ぎる、と責められることも多かった。泣き言は聞いたことがないが、おそらく言えば言ったでまた叱られると思っていたからだろう。

清三郎ときよは母の腹の中からずっと一緒だった。生まれたあとも、一緒に育ってきたし、口に出さなくてもお互いの考えていることはうっすらわかるような気さえしていた。

清三郎が気を落としているとき、きよは黙ってそばにいた。なにも言われなくても、きよには次兄が気落ちしていることがわかったし、一緒にいることで元気を取り戻すことを知っていたからだ。逆に、きよが落ち込んでいるときは、清三郎がいつも隣にいてくれた。

ともに生まれ、ともに育った誰よりも近しい者、魂を分け合った者——それが清三郎ときよだ。姉はそんなふたりを知っているからこそ、離れ離れになって大丈夫か、と心配したに違いない。

「私と清三郎兄さんは、とても仲がよかったんです。だから……」

「それであんたがいなくなったら心配？　ずいぶん不甲斐ないな。いったい清三郎ってのはいくつになるんだ？」

「清三郎兄さんは……私と同い年です」

「じゃあ、その人が双子の片割れなんだな」

彦之助にあっさり答えられ、きよは拍子抜けしてしまった。

逢坂で隠れて暮らさざるを得なかったきよに、まっとうな暮らしを与えるために江戸に出した、という事情を知っているのは、江戸では彦之助だけだ。彦之助から、京にいたとき姉にお茶を淹《い》れてもらっていたという話を聞いたときに伝えた覚えがある。

ただ、それについて彦之助がどう思っているか、詳しく聞いたことはなかった。さすがに口には出せないものの、忌《い》み子《ご》である自分を内心では気味悪がっているのではないか、などと思うこともあった。それだけに、いやな感じを一切含まない返事に、きよは胸を撫で下ろした。

さらに彦之助はあっけらかんと言う。

「いいよなあ、双子は！　一度孕《はら》んだだけでがきがふたり生まれるんだろ？　こんな手っ取り早い話はねえよ。色違いならなおいい。俺か兄貴が色違いの双子だったら、おっかさんも娘が持てただろうし、俺にも姉ちゃんか妹がいたんだぜ？」

「色違いって！」

あまりにあまりな言い様、それ以上に、双子についての彦之助の考え方は変わり種すぎる。変わり種というか、とんちんかんそのものだった。

唖然としているきよを尻目に、彦之助はさらに続ける。

「俺もせい様みたいな姉ちゃんが欲しかった。ま、あんたみたいな気の強い妹も面白えけど」

「彦之助さんって、ずいぶん変わった考えの人なんですね。普通なら双子なんて聞いたら気味悪がるでしょうに」

「侍なんざ、子は多ければ多いほどいいって妾《めかけ》を作ったりするんだろ？　それなのに、一度にふたり生まれたからって腐すのはおかしい。だからな……」

そこでいったん言葉を切り、彦之助はきよをじっと見た。

「あんたは自分の生まれを恥じることなんてねえよ」

「彦之助さん……」

「あんたはどこか、後ろへ後ろへ引っ込もうとするところがある。俺は今までそれが腑《ふ》に落ちなかった。腕もいいし、気概だってあるのに……。最初は女だてらにって言われるのを気にしてるのかと思ってたが、生まれのせいでもあったんだな」

「そう……かもしれません。私は、生まれたときに首を捻《ひね》られても不思議じゃなかった。命があっただけで御の字なのに、その上本当のおとっつぁんとおっかさんに育ててもらえました。それだけで十分、私のことでおとっつぁんたちが悪く言われるなんてもってのほかです」

「ひでえ話だが、世間じゃよくあることなのかもな……。だがまあ、江戸に出れば少しは気儘《きまま》な暮らしができるはずだ、と思ってたのに、気儘どころか『千川』でこき使われる暮らしになっちまった……。あんたはつくづく気の毒な星の下に生まれてるな」

「大きなお世話です！　私はこの暮らしが気に入ってるんですから！」

「へいへい、それはよござんした！　ときどきものすごく元気がよくなるからびっくりするぜ。ま、それが本当のあんたってことだな」

けっこうけっこう、と彦之助は笑う。そして、不意にものすごく柔らかい眼差しになって言った。

「双子だろうがなんだろうが、あんたの腕に変わりはねえ。俺は気にしねえが、世間はそうはいかないらしい。あんたが双子だってことは、これからも俺の胸の内に仕舞っとく。あんただけじゃなく、せい様や清五郎、『菱屋』のおとっつぁん、おっかさんのためにも」

「ありがとうございます！」

「上方《かみがた》の兄さんたちの話を持ち出した俺が悪い。浦島太郎じゃねえが、てめえが開けちまった玉手箱の煙は、てめえで全部吸う。白髪になってもあんたの秘密は守ってやるぜ」

「竜宮城にも行ってないのに……。彦之助さんこそお気の毒ですねえ……」

「まったくだ」

お伽噺《とぎばなし》で大笑いをしたあと、ふたりはようやく水天宮に辿《たど》り着いた。神崎の家まではあとわずかだった。


「神崎様、きよです。『千川』から参りました」

古びた木戸を開けて庭に入り、玄関のこちらからそっと声をかけてみたが、返答がない。もしかしたら眠っているかもしれない、と思ったが、長屋のように一間《ひとま》しかないわけではないから、聞こえなかったのかもしれない。

いずれにしても中に入らぬわけにはいかない。もう一度、今度は少し大きめの声で呼びかけると、ようやく返事があった。

「おきよか！　すまないな。つっかいはしてないから入ってきてくれ」

「お邪魔いたします」

引き戸に手を掛けたが、すんなり開かない。どうやら、少々歪んでいるようだ。

上田は、江戸に出てきてすぐにあてがわれた屋敷があまりにも建て付けが悪くて家移《やうつ》りをすすめたと言っていたが、この家だって褒められたものではない。これより悪かったとしたら、家移りをすすめられるのは当たり前だ。

力任せに戸を開け、なんとか中に入る。薄暗い土間の奥に台所があり、へっついと流し、水瓶《みずがめ》が見える。おそらく勝手口もあるだろう。

「神崎様ーどちらですか？」

「こっちじゃー」

神崎の声を頼りに進み、なんとか居場所を探り当てる。どうやら神崎がいるのは、仏間らしい。仏壇も神棚も置かれていなかったけれど、部屋の造りからそれとわかった。

上田は狭いと文句を言っていたが、思ったより広い家だ。ここにひとりで……とあたりを見回したきよは、家の広さよりも驚くべきことに気付いた。仏間の隣に茶の間らしき部屋があり、その真ん中に囲炉裏《いろり》が設けられていたのである。

「囲炉裏が……」

囲炉裏があるなら、そこで煮炊きができた。しかも見る限り、ちゃんと火を使ったあともある。おそらく、煮炊きはもっぱらここでしていたのだろう。なんのために七輪《しちりん》を抱えてきたのだ、と文句を言いたくなってしまう。彦之助も、あっけにとられたような顔で呟く。

「与力にしちゃあ迂闊《うかつ》すぎやしねえか？」

「上田殿がどうか致したか？　それよりなにより、そなたは……」

面識のない男がいきなり現れたせいか、神崎は彦之助に怪訝《けげん》そのものの目を向けている。慌ててきよは、彦之助を紹介した。

「神崎様、こちらは彦之助、主《あるじ》の下の息子です」

「ああ、上方《かみがた》修業から戻ったという男か。店で見たことはないが……」

主の息子で上方に修業にまで行ったのならば、料理人を目指していたはずだ。戻ってきたなら当然『千川』で働くはずだろう、と神崎は首を傾げる。これまでの経緯を全部語るのはいかがなものか、と迷っていると、彦之助があっさり答えた。

「俺より腕利きの料理人がいたせいであぶれました」

「腕利き……それはおきよのことか？」

「はい。人柄まで含めて俺よりずっと上、少なくとも親父や兄貴はそう思ってるみたいです」

「そいつは難儀じゃのう……難儀というか、気の毒というべきか」

「まったく。でも、少しずつ裏の仕事を回してもらえるようになってきましたし、これからも精進《しょうじん》します。できれば、神崎様にもお助け願えれば……」

「はて？　俺にできることがあるのか？」

神崎は人付き合いが苦手らしいが、彦之助が話し上手なおかげが、途切れることなく話が進んでいく。ここに来るまでの間に散々話をして、少々疲れ気味だったきよにはありがたいことだ。彦之助は弥一郎同様、考えの深い男のようだし、ここは任せておけばいい、ということで、きよはさっそく煮炊きに入ることにした。

「じゃあ私は仕事にかかります。神崎様もお腹がお空きでしょう？」

「おう。昨日炊いた飯は食い尽くしてしまった。腹の虫がうるさく騒いでおる」

「あ、じゃあ、俺は飯を……」

「いいですよ。へっついと七輪《しちりん》を並べて使いますから、一度に両方見ることにします」

「そうか？　じゃあ神崎様、飯ができるまでの腹もたせに……」

　そう言いながら彦之助は、持ってきた風呂敷包みを開く。大荷物の中から取り出したのは、檜《ひのき》で作られた折箱――檜破子《ひわりご》だった。ただし、かなり小さなもので、大人の男の腹は満たせそうにない。

　彦之助が、蓋を取って中を見せながら言う。

「あれこれ詰めてきました。味見代わりですので、ほんのぽっちりずつですが、口に合うものがあったら教えてください」

「味見代わり？」

「はい。江戸には様々なところで生まれ育った者が暮らしております。神崎様のように上方《かみがた》の人もいれば、もっと向こうの備前《びぜん》、備後《びんご》、安芸《あき》、筑前《ちくぜん》……薩摩《さつま》の人だっているでしょう。そんな人たちが、どんな味付けを好むのか気になるんです」

「気にしてどうする？」

「俺は江戸中の人を唸らせたいんです。どこの生まれであっても『彦之助の料理は旨い』って言われたい。そのためにはどんな人が、どんな味付けを好むか知らなきゃなんねえ。生まれた場所によって旨いと思う味は違うでしょうから」

「江戸中の人を唸らせたい……それはずいぶんと大きな志《こころざし》だな」

「できるかどうかはわかりませんが、それぐらいの意気込みだってことです」

「なるほど、力を借りたいというのはそういう意味か。要は、俺の舌を試したい、と……」

「そうなんです」

よろしくお願いします、と彦之助は頭を下げる。神崎の眼差しが、一気に柔らかいものに変わった。

「俺もそれぐらいの気概を持ちたいものだ。よし、わかった。食えばいいのだな？」

料理を食って旨いか不味《まず》いかを言うだけなら容易《たやす》いことだ、と神崎は檜破子《ひわりご》に目をやった。

「ほう……蓮根に、鱈《たら》の子、押し寿司……なんと玉子焼きまで。それにこれは……」

そこで神崎はなぜか少し困ったような顔になる。眼差しを追ってみると、そこにあったのは赤紫色のものだった。色と葉の筋から察するに、紫蘇《しそ》が使われているようだ。

「これは『甘露梅《かんろばい》』ではないのか？」

恐いものでも見たかのような声に、彦之助がにやりと笑った。

「よくご存じですね。確かに『甘露梅』です」

「え、『甘露梅』!?」

思わず声が出たのにはわけがある。

『甘露梅』というのは、青梅を紫蘇の葉に包んで砂糖漬けにしたものである。高価な砂糖をふんだんに使う贅沢な菓子だそうだが、これまできよは食べたことはもちろん、見たこともなかった。

彦之助はいったいどうやって手に入れたのだろう。まさか自分で作ったわけではあるまい。なぜなら『甘露梅』を作るには長い月日がかかる。吉原《よしわら》の名物だそうで、青梅が出回る皐月《さつき》に仕込み始め、客に配るのは翌々年の正月だという。彦之助が戻ったのは昨年の冬だから、今年の青梅で仕込んだとしても、まだまだ出来上がらない。もしや吉原でもらったのか……

そんなことを考えていると、眉根を寄せた神崎が訊ねた。

「『甘露梅』といえば、吉原土産《みやげ》ではないか。お主、吉原に通っておるのか？」

裏仕事を手伝っているとはいえ、実質は居候《いそうろう》のようなものだろう、そんな身分で吉原通いなど不届き千万《せんばん》……神崎の目がそう言っているような気がした。

ところが彦之助は、神崎の責めるような眼差しをものともしない。それどころか、噴き出さんばかりに言う。

「神崎様は、堅物ですね。与力様と親しくされてるだけのことはあります。でも、ご安心くだせえ。俺は吉原に馴染みを作れるような男じゃありません」

「だが、ほかで『甘露梅』が手に入るという話は聞いたことがない」

「この『甘露梅《かんろばい》』は確かに吉原から持ち帰ったものです。ですが、女にもらったわけじゃねえんです」

「というと？」

「俺の昔馴染みが台屋にいて、『甘露梅』を拵《こしら》えてるんです。そいつがくれました」

「台屋か……それならまあ……」

「神崎様は女房持ちでもないのに、そんなことを気にされるとは思いませんでした」

『甘露梅』を持ち帰ることは、すなわち吉原に行ってきたということになる。旦那の吉原通いを喜ぶ女房はいないが、そもそもひとり者なら気にする必要はない。ましてや神崎は、上様のお馬番から相談を受けるほどの厩方《うまやかた》で、彦之助のように半ば居候《いそうろう》というわけでもない。たとえ吉原に通っていたとしても、責める者はいないだろうに、と彦之助は笑う。

言われてみれば、そのとおりだった。

「ひとり者だろうとなんだろうと、気にする者は気にするのじゃ。むしろ、評判を考えたらひとり者のほうが質《たち》が悪い。吉原通いをしていたとあっては、嫁の来手《きて》がないかもしれん」

「まさか」

あくまでも気楽な彦之助に対して、神崎は極めて深刻そうだ。

馬の相手をしていれば満足なのかと思いきや、ちゃんと嫁を取る気はあったのだな、とおかしくなる。いずれにしても、話が弾んでいるようだし、きよがいなくても大丈夫だろう。

「では、彦之助さんは、神崎様のお相手をお願いしますね」

「相手をしてくれるなら、おきよのほうがよいのう」

「まあまあ、神崎様、それではおきよの飯にありつけませんよ。今のところは、俺の料理を食ってくだせえ。でもって、口に合わないものがあったらおっしゃってください。次から味付けを変えるか、入れないようにしますから」

「次からお主が来るのか？」

「『千川のおきよ』は引っ張りだこで、時折しか参上つかまつれません。せいぜい励みますんで、俺で我慢してくだせえ」

「はあ……だがまあ、来てもらえるだけでもありがたい。よろしく頼む」

神崎はなんとか身を起こして挨拶をする。そして、早速檜破子《ひわりご》から玉子焼きをつまみ上げ、ぽいっと口に入れた。

「おや……甘くない……」

「味醂《みりん》を控えて薄味に仕上げました。お口に合いませんか？」

「いや、旨い。玉子焼きは甘いものだと思っていたが、これはこれでよいな」

「神崎様は摂津の出だと伺いましたので、昆布の出汁《だし》も少し入れてあります」

「なるほど、しっとりと柔らかいのはそのせいだな」

「はい。それから……」

そのあとも、味付けについての話が続いた。思ったより話が弾んでいることに安堵し、きよは台所に戻る。

まずはへっついに薪《まき》をくべ、七輪《しちりん》に炭を入れる。囲炉裏《いろり》はあるにしても、へっついとは場所が離れている。ひとりで作るなら、へっついの脇に置ける七輪のほうが目が届いて都合がよかった。

手早く米を研ぎ、釜をへっついにかける。水に浸す間が短いのが気にかかるが、少し水を多めにいれたからなんとかなるだろう。

味噌汁はまとめて作り置きしたいところだが、きよたちが帰ってしまえば椀に移すのにも難儀するはずだ。味噌に削り節と刻み葱《ねぎ》、細かくした干し若布《わかめ》をまぜ込んだ味噌玉を拵《こしら》えて持ってきたから、ひとり分だけ作って、あとは置いていくことにした。

椀に入れて湯を注ぐだけで味噌汁が作れるので、彦之助が来たときに出してくれるだろう。彦之助はおそらく家で作って届けに来るだけで、ここで煮炊きはしないだろうけれど、湯ぐらい沸かしてくれるはずだ。檜破子《ひわりご》にはずいぶん手を掛けた料理が詰め込まれていた。味噌汁を付ければ、さらに贅沢な食事となり、神崎の回復にも大いに役立つに違いない。

持ってきた油揚げを甘辛く煮付ける。握り飯は食べやすいがそれだけでは飽きる。昼の分は炊き立てを握り飯にすることにして、残りの飯でいなり寿司を作ることにしたのだ。前に彦之助が作ってくれたいなりは大層旨かった。酢飯は傷《いた》みづらいし、食べやすさを考えても、小さないなり寿司はもってこいだった。

油揚げを煮たあと、芋の煮っ転がしを拵える。先ほど見た檜破子の料理はすべて楊枝《ようじ》か串に刺されていた。あれなら箸を使わずに済むし、楽に食べられる。箸で挟もうとするとつるつると逃げていく芋の煮っ転がしなど、むしろ串に刺したほうが食べやすい。

向こうのほうから神崎と彦之助の話し声が聞こえてくる。料理を食べ進みながら、甘いの辛いのとやっている。合間で聞こえてくるのは楽しそうな笑い声……初めて会ったというのに、ずいぶん気が合うらしい。

まるで長年の友のように仲良く語り合う声を聞きながら、きよは芋を剥《む》き、出汁と醤油、酒で煮る。柔らかくなったら、火加減を強くして汁がなくなるまで煮詰めれば、つやつやの煮っ転がしとなる。

芋が煮えたら、次は空いた七輪《しちりん》で甘唐辛子を焼くつもりだ。熱いうちに味醂《みりん》と醤油のたれに漬ければ、甘唐辛子の焼き浸しができる。串を二本使って筏《いかだ》のように刺してあるから、ばらばらになることもない。冷めても旨いし、鮮やかな緑の筏は、腹だけではなく目のご馳走にもなるはずだ。

炊けた飯で握り飯を作り、芋の煮っ転がしと甘唐辛子の焼き浸し、味噌汁を添える。

檜破子《ひわりご》に玉子焼きや鯛《たい》の押し寿司が入っていたから、魚はなくていい。持ってきた味噌漬けの鱈《たら》は、焼いておけば晩飯にできる。

もともとは握り飯と一緒に出すつもりだったので、いなり寿司との相性は考えものだが、まったく合わないことはないはずだ。お菜がないより数段まし、と勘弁してもらうしかなかった。

料理がのった盆を神崎のところに運んだら、すぐに戻ろう。先ほど酢をまぜておいた飯が冷め切る前に、油揚げに詰めてしまいたい。冷えた飯でも作れないことはないが、人肌ぐらいのほうが扱いやすいし、具もよくまざる。

神崎は、盆の上を見て目を輝かせた。

「芋の煮っ転がしとは懐かしい。おふくろ様がよく拵《こしら》えてくださった。こっそりつまみ食いしては叱られたものじゃ。甘唐辛子もよく食った。鍋で炒って味噌をまぶしたのが好きだった。おふくろ様が拵えた味噌がまたなんとも……焼きむすびにしても絶品でな。ただの握り飯にしても、しっかり握ってあるのに、口に入れるとほろりと崩れて……」

――そういえば、与力様と同じく神崎様もおふくろ様大事の人だった……

その後しばらく、神崎のおふくろ様自慢は止まらなかった。どこで生まれ育った人であっても、母親の味に勝るものはない。料理人にとって一番の競い相手は、その人の母親なのかもしれない。

手強すぎる相手だ、とため息をつきながら、きよは丹念に胡麻《ごま》を炒る。程なくして香りが鼻に届いたのか、神崎の嬉しそうな声が聞こえた。

「おお、胡麻の香りがする！　先ほどなにやら甘辛い煮汁や酢の匂いもしておったし、さてはいなり寿司だな？　これは楽しみだ！」

あれほどの声が張れるのであれば、しっかり食べてなるべく動かずにいれば、すぐに回復するに違いない。この家に通う日はせいぜい七日、いや六日で済むかもしれない、ときよは胸を撫でおろした。

その後、きよの予想どおり、神崎は六日で歩けるようになった。おそらく、きよが思っていたよりずっと鍛錬を重ねていたのだろう。

彦之助はといえば、最初の日こそ折詰めを持っていったが、あくる日からは朝飯を除いて神崎の家で拵《こしら》えるようになった。朝一番で『千川』で出す田麩《でんぶ》を作り、檜破子《ひわりご》に詰めた料理を持って神崎の家に行く。神崎が朝飯の折詰めを食べている間に、昼と夜の飯を作る。

なにしろ彦之助は料理が作りたい男だし、暇はたっぷりある。手の込んだ料理をたくさん作っただけでなく、厠《かわや》に行くのに手を貸したり、湯屋に行けない神崎の身体を拭いてやったりもしたそうだ。

神崎の背や足を力任せに擦り上げ、『俺は馬じゃない』と嘆かれたらしいが、彦之助は、お気に入りの馬と同じ扱いを受けてなんの文句があるんだ、と嘯《うそぶ》いていた。あまりにも神崎が気の毒ではあるが、歩けるようになったあとも数日は彦之助を通わせていたところを見ると、やはり助かっていたに違いない。

お勤めに出られるようになったあと、神崎は『千川』に心付けを届けに来た。源太郎が、すでに与力様から受け取ったから、と断っても、これは彦之助の分だと譲らず、無理やりのように置いていったのだ。

源太郎から心付けを渡された彦之助は、大喜びしたものの、もう水天宮の家に通うこともないのか、と寂しそうにしていたそうだ。

そして今、きよは思いを新たにしている。

神崎の家に通い終えた日、『千川』に戻ってきた彦之助が目を輝かせて言った。

「神崎様が大層褒めてくれた。『おまえは料理で身を立てるべきだ。「千川」に限らず、どこかの店に奉公することがあったら知らせろ。必ず行くから』とまで言ってくれたんだぜ！」

嬉しそうに語ったあと、彦之助は意を決したように続けた。

「俺は、もっともっと腕を磨いて料理を商《あきな》いにできるように励む！　『千川』の板場に入るのは難しいかもしれねえけど、ほかにも道はあるはずだ！」

『七嘉』の板場で虐《いじ》められて逃げ帰った彦之助が、再び料理で身を立てようと考え始めたことが嬉しかった。神崎様に認められてよかったですね、これからも頑張りましょう、と励まし合ったものの、内心では肩を落とす思いだった。

きよは、これは彦之助との腕比べだと思って挑んだ。だが、この勝負、どうやら彦之助の勝ちらしい。

上田は、神崎にきよが来ることを知らせたはずだ。にもかかわらず、きよが行ったのは数えるほど、大半は彦之助に任せたのである。それでも神崎の口から『もっときよに来てほしい』という言葉は出なかった。

もしかしたら神崎は、『千川』が忙しいことを承知の上で、迷惑をかけまいと思っていたのかもしれない。だが彦之助は、もともときよの料理を気に入ってくれていた神崎をそこまで満足させたのだ。『必ず行くから』という言葉は、神崎が心底彦之助の料理を楽しんだ証、すなわち軍配は彦之助に上がったとしか思えなかった。

——神崎様のお気に入りという意味では一歩も二歩も先んじていたはずなのに、あっという間に追いつかれた。それどころか、追い越されてしまった。やっぱり彦之助さんは侮《あなど》れない。でもまだまだ挽回はできる。そのためにはもっともっと精進《しょうじん》しなければ！

「八杯豆腐に根深汁《ねぶかじる》、飯大盛り！」

今日も『千川』は大忙《せわ》し、注文を告げる声がやまない。注文に応じて鍋の中をかき回し、網の上の魚をひっくり返す。忙しなく手を動かしながら、きよは、次こそは負けない、と自分に誓っていた。

新たな取り組み

神無月《かんなづき》が終わりに近づき、朝夕の冷え込みが身に染み始めたある日、『千川』に神崎がやってきた。

すっかり足の怪我は癒えたと見えて、歩き方もしっかりしているし、顔色もずいぶんいい。以前と変わらぬ姿に、源太郎もほっとしたように言う。

「これはこれは神崎様。一度お見えになったあと、なかなかお顔を見せてくださらないので、どうなさっているか心配しておりました」

「すまぬ。動けるようになって早速『千川』に来てみたものの、やはり無茶な道のりだったらしく、また歩きづらくなってしまったのだ。やむなく無理は禁物と養生し、一月《ひとつき》かけてようやく長い道のりでも歩けるようになった」

「なんと！　そんなことなら、もっと長くうちの者を通わせるんでしたなあ……」

「いやいや、十分世話になった。動けるようにはなっておったのだし、人に甘えているようではいつまでも足もしっかりせぬ」

「それならよろしいのですが……。それで、お勤めのほうは差し支えなく？」

神崎は厩方《うまやかた》だ。生き物相手だけに、何日も休んだら馬に忘れられるのではないか、という源太郎の危惧を、神崎は笑い飛ばした。

「お勤めには、動けるようになってすぐに戻った。それでも七日ほど間が空いたが、忘れるどころか、俺が姿を見せたとたんすり寄ってきよった。ひんひんと文句めいた声まで上げてな。今までどうして来なかった、とでも言いたげだった」

「おやおや、それではまるで悋気《りんき》を起こした女のようではありませんか。どうせ悋気を起こされるなら、人の女のほうがよろしかろうに」

「それはごめんだ。牝馬《ひんば》の扱いには慣れておるが、人の女はあれこれ面倒すぎる」

それを聞いた『千川』の面々が、同時にぷっと噴き出した。

おそらくみんなして、針売り女に振られたときのことを思い出したのだろう。惚れ込んだはいいが、あっという間に所帯を持たれ、思いを告げることすらできなかった。あのときの神崎の打ちひしがれようは忘れられないに違いない。

だが、あのことがなければ、上田が神崎を元気づけようと『千川』に連れてくることもなかった。まさに怪我の功名というやつだろう。

本人もそれがわかっているのか、苦笑いしつつ言う。

「まあ、時に女に振られるのも悪くはない。おかげで『千川』を知ることができたしな」

「そのとおりでございます。それにしても、もう宵五つ（午後八時）……今日はずいぶん遅いお運びですね」

「今日こそはたっぷり世話をしてやろうと思って、馬の身体の隅々までこすり上げておった。皆して心地よさそうにするものだから、藁《わら》でごしごしとなあ……。おかげで腹ぺこじゃ。飯でもなんでもどんどん持ってきてくれ」

「まずはお上がりください。今日は、むかご飯と鯖《さば》の汁がおすすめでございます」

「おお、もうむかごが取れる時季か。塩茹でも旨いが、むかご飯もよいな。あのほくほくした感じが何とも言えぬ。で、鯖の汁というのは？」

「鯖と大根を塩仕立ての汁にしたものです。秋の鯖は脂《あぶら》がたっぷりありますし、冬に入り大根の味もどんどん上がっております」

「鯖と大根の塩仕立て……それは船場汁《せんばじる》ではないのか？」

「おや、ご存じでしたか」

鯖と大根を煮て塩で味をつけたものを船場汁と呼ぶ。逢坂の船場で生まれたから船場汁と呼ばれているが、江戸でその名を知る者は少ない。それどころか、大半は船場がどこにあるかすら知らないだろう。いちいち名前の由来やどんな料理かを説明するのは面倒、ということで『鯖の汁』と呼んでいるが、神崎の言うとおり本来の名は船場汁だった。

「船場汁をご存じとは、さすがは上方《かみがた》のお生まれですな」

「そんなことを褒められても……。まあよい。それでは、むかご飯と船場汁をもらおう。大盛りでな」

「かしこまりました。神崎様にむかご飯と船場汁ー！」

源太郎が大声で注文を通す。源太郎と神崎のやりとりがよほど食い気を誘ったのか、周りからも「俺にも船場汁とやらをくれ」、「こっちにも」との声が上がり、板場は一気に忙しくなった。

食い道楽の客というのは、あらゆる意味でありがたいものだ、と思いながら、きよは船場汁を小鍋に取り分ける。大きくて脂《あぶら》がたっぷりのった鯖の身を選んで移したのは、注文を増やしてくれた神崎への礼の気持ちからだった。

「ほいよ。むかご飯大盛り！」

「船場汁も上がりました！」

伊蔵ときよが時を同じくして器を盆にのせる。

むかご飯は、むかごならではのこくを引き立てるために塩と酒だけで炊く。看板にするような料理でもないが、むかごが限られた時季しか手に入らないこともあって、人気の品だ。今日も昼時からどんどん売れ、もうほとんど残っていない。なんとか大盛りにすることはできたが、釜の底の焦げた部分まで入れてようやく、だった。

とはいえ、軽く焦げた飯は、むしろ香ばしくて旨いと喜ぶ人も多い。食い道楽の神崎なら、腹を立てることもないだろう。

案《あん》の定《じょう》、神崎の嬉しそうな声が聞こえてくる。

「これはよい。なんとも程よい焦げ具合だ。やはり釜で炊いた飯は違う」

そんなことを言うところを見ると、神崎は今でも鍋で飯を炊いているのだろう。茹でて水を捨てるやり方では、飯が焦げることなどあり得ない。焦げて少し固くなった米ですら、神崎にとっては釜炊きの証、ご馳走に思えるに違いない。

「しかもこの香の物。ただの大根漬けかと思いきや、べったら漬けではないか！」

さらに続いた神崎の声に、源太郎が嬉しそうに答える。

「先ごろ恵比寿講に出かけた折に求めてまいりました。お嫌いでないとよろしいのですが」

「嫌いどころか、大好物だ。汗をかいたあとは塩気の強いものがうれしいが、べったら漬けは疲れを溶かしてくれるような気がする」

「べったら漬けは甘みがしっかりしておりますからなあ……」

「そうか、もうべったら市《いち》か……早いものだのう。このままではあっという間に年が明けてしまう」

「ついこの間まで、暑い暑いと大騒ぎしておりましたのにな。それでも、無事に年が越せるなら御の字です」

「まさに。掛け取りから逃げ回る年越しはまっぴらだ」

「神崎様にはそのような懸念はございませんでしょうに」

「今のところはな。だが、先のことなどわからぬ」

「またまた……上様のお馬番に頼りにされるほどと聞いておりますぞ」

「それだけに、馬たちになんぞあったら、ただではすまぬ。お咎《とが》めで済めばよいが、任を解かれて路頭に迷いかねん」

「おやおや……。それでは、せいぜいしっかり食って、そんな羽目に陥《おちい》らぬよう励んでいただかねば」

「そのとおりだ。うむ、この船場汁《せんばじる》も、鯖《さば》の腹身がとろりとして堪《こた》えられんし、鯖の脂《あぶら》をまとった大根が得も言われぬ味わいだ」

『千川』は誠に素晴らしい。元どおりこの道のりを歩けるようになって本当によかった、と神崎は言う。

あまりにも嬉しそうな様子に、きよは喜びと不安を一度に感じる。

――こんなにお店の料理を褒めるってことは、お屋敷で作った料理は物足りなかったのかしら……

神崎自身、上田とは別に心付けを持ってきたほどだから、大いに喜んでくれたとばかり思っていた。だが、それらはすべて彦之助の甲斐甲斐しい世話をありがたく思う気持ちであって、料理そのものは『千川』に及ばなかったのかもしれない。特にきよがあちらで拵《こしら》えた料理は……

神崎は源太郎と和《なご》やかに話しながらも、せっせと箸を動かしている。

離れていてもわかるほどうれしそうな様子に、きよはため息が出てしまった。

「どうした、おきよ？　そんな浮かない顔をして」

きよの様子に気付いたのか、伊蔵が声をかけてきた。

「いえ……改めて思い知ったっていうか……。神崎様は『千川』に来られるようになったことを心底喜んでいらっしゃるご様子。やっぱり、私が作ったものはあまりお気に召さなかったのかな、と……」

「はあ⁉」

　大きな声を上げたのは、伊蔵ではなく弥一郎だった。さらに苦虫を噛み潰したような顔で言う。

「またおきよの悪い癖が出たな。おまえはいつになったら自分の腕を信じるんだ？」

「そうだよ。気に入らねえなんてことがあるわけがない。彦さんはともかく、あのくそ忙しい『千川のおきよ』が、わざわざ出かけてきて飯を作ってくれたんだぜ？　たったひとりのために。俺なら、それだけでも舞い上がっちまうよ」

「それって味の話じゃありませんよね。やっぱり『千川』の味は板長さんや、伊蔵さんあってのもので……」

「だーかーらー！　俺はさておき、『千川』の味は板長さんや旦那さんが作ったものに違いねえ。でも、おきよはそれを身につけただろ？　どの料理もちゃんと『千川』の味になってる。どこで作ろうが、変わりはねえ」

「伊蔵の言うとおりだ。さもなきゃ、お前を神崎様のところに行かせたりしない。お前なら『千川』の看板を汚したりしねえって思ったから出したんだ。味のことだけで言えば、万が一気に入らなかったとしたら、彦のほうだ」

「それはないと思います……」

「どうして？　彦こそ、『千川』とは違う味であれこれ作ったって聞いたぞ」

弥一郎は、さらに面白くなさそうに言う。おそらく彦之助から、どんな料理をどんなふうに作ったか逐一聞いていたに違いない。彦之助を貶《おとし》めるようなことを言うのも、『千川』の味とは違うものを喜ばれては形無《かたな》しだ、という思いがあるからだろう。

だがきよには、あれほど神崎が『千川』の料理を褒めるのは、神崎の家で作った料理が『千川』の味になっていなかったからだとしか思えなかった。

「彦之助さんが作ったお料理は神崎様のお好みを第一に考えて作ったものです。神崎様も大いにお気に入りで、すごく褒めてくださったそうです。でも『千川』の味じゃなかった。おそらく私も、神崎様のお好みを考えるあまり、知らず知らずのうちに『千川』の味から離れてしまったんじゃないかと……」

弥一郎や伊蔵は、なにも考えずに拵《こしら》えても『千川』の味になる。だから多少客の好みを入れても、大きく外れたりしない。長い間、好き勝手な料理を作り、ろくに修業をしていないきよとは大違いだ。中途半端なことをしたばかりに、彦之助との腕比べにまで負けてしまった。それならいっそ、徹頭徹尾《てっとうてつび》『千川』の味を守り通せばよかった、と悔やんでも悔やみきれない気持ちだった。

打ちひしがれるきよに、弥一郎は呆れたように言う。

「よくもそんなに次から次へと塞ぎ込む種を見つけるものだ。だがまあ、それもおまえの伸びしろのうちかもしれねえ」

「伸びしろのうち？」

「ああ。悔いて、落ち込んで、どこが悪かったんだろうと思い悩む。考えて考えて、悪いところを見つけて、同じ轍《てつ》を踏まねえように頑張る。おきよはそうやって伸びていくような気がする」

「うわあ……面倒くせえな、おきよは！」

「まったくだ」

男ふたりに両側でからからと笑われ、きよはついつい唇を尖らせる。

とはいえ、弥一郎の指摘は的を射ているような気がする。伊蔵の言うとおり、あれこれ思い悩むのは面倒に違いないが、それで伸びるのならば……いや、そうすることでしか伸びないのであれば、きよにとって欠かせない段取りだ。

――清五郎はよく、姉ちゃんは考えすぎだって言うけど、それで前に進める、よりよい道を選び出せるなら悪いばかりじゃない。道を間違えても、次の行先への標《しるべ》になる。回り道ばっかりになるかもしれないけど、どんな道だって覚えておいて損はない……

「今度から、道を間違えたときは、これは次にどこかに行くときのための下調べと考えることにします」

きよのいきなりの宣言に、弥一郎も伊蔵もあっけにとられている。

なんのこったい？　わからん、なんて首をかしげるふたりを尻目に、きよは手を動かす。

一番になりたいと頑張る気持ちは大事だが、常に一番でいられるわけがない。負けたときは負けたわけをしっかり考えて、次に生かす。きよの工夫を褒めてくれる人だっているのだから、欲張りすぎず、これからも精進《しょうじん》しよう。

そう心に決めたところで、源太郎から声がかかる。

「神崎様に茄子《なす》の田楽《でんがく》ー！　味噌をたーっぷりのせてな！」

神崎は船場汁《せんばじる》とむかご飯を食べ終わっても、満腹にならなかったようだ。今日は茄子が入っている。もう茄子も終わりに近い、秋の名残《なごり》の茄子を楽しんでもらおうということで、茄子の田楽をすすめたのだろう。

弥一郎の指示が飛ぶ。

「おきよ、茄子を焼いてくれ」

「はーい」

脇に置いていた笊《ざる》から大ぶりの茄子を取ってふたつに割る。弱火でじっくり焼いたあと、甘く煮た味噌をのせれば茄子田楽の出来上がりだ。

茄子の真ん中に箸を入れ立ち上る湯気に目を細める神崎の顔を思い浮かべつつ、きよは焼き網に茄子をのせた。

神崎が再び通ってくるようになってしばらくしたころ、たいそう腰の軽い与力が『千川』に現れた。

「いらっしゃいませ、与力様」

いつもどおり揉み手で迎えた源太郎に軽く会釈《えしゃく》し、上田は座敷に上がっていく。おおよそ神崎の世話についての礼でも言いに来たのだろうと思っていたら、なにやら雲行きが怪しい。上田が『千川』にやってくるときはたいてい上機嫌、しかめっ面でやってくるときもないではないが、料理を決めている間に顔つきが柔らかくなっていく。だが、今日はいつもとは真逆、話しているうちにだんだん渋い顔になっていく。話の運びがよほど気に入らないのだろう。

上田はたいてい板場に近い場所に座るのだが、お気に入りの席には既にほかの客が座っている。やむなく奥のほうに座ったものの、それも気に入らなかったのかもしれない。話をしながら不機嫌そうにあちこちを見回す上田に、きよと伊蔵は顔を見合わせてしまった。

「あんな与力様は珍しい。相当嫌なことがあったんだろうな。来る前におりょう様に叱られたとか……」

「子どもじゃあるまいし」

「わかんないぜ？　あれだけおふくろ様大事の人なんだから、ちょっと小言を食らっただけでしおしおになるかもしれねえ」

「しおしおっていうのとはだいぶ違うような……」

「だよなあ。どっちかっていうと怒ってるって感じだ。与力様はできたお人だと思ってたけど、あんなふうになることもあるんだな……」

上田は源太郎を横に座らせ、なにやら話をしている。源太郎が驚いたような顔をしているから、思いもよらぬことを言われたのだろう。

やがて、清五郎が注文を告げに来た。

「与力様に、酒と飯と汁とお菜ー」

「なんだその注文は。それじゃあさっぱりわからねえ」

弥一郎に文句を言われ、清五郎は困ったように言う。

「だって与力様がそう……」

「まいったな……」

いつもなら源太郎や清五郎、あるいはとらにおすすめの品書きを聞いて、その中から選ぶ。こんなふうにぶっきらぼうな言い方をすることなどなかった。

「いったいなにがそんなに気に入らねえんだ？」

近くにいたなら話を漏れ聞いているだろう、と弥一郎が訊くが、清五郎は黙って首を左右に振った。

「珍しく声を潜《ひそ》めてた」

「そういえば、全然聞こえない」

上田の声はよく通る。離れたところに座っていても、途切れ途切れに聞こえてくるので、多少は話の中身を察することができる。だが、今日に限っては全く聞こえてこない。よほど聞かれたくない話なのだろう。

「注文だって、ちゃんと聞こうと思ったのに、さっさと板場に伝えてこい、って追い払われちまった」

「それじゃあ、聞いたまんましか言えねえな……」

ため息をついたあと、弥一郎は少し考えて言う。

「飯はいつもの白米、汁はえのき茸《たけ》……いや待て、いっそ鮟鱇《あんこう》にしよう」

「鮟鱇！　そりゃあいい、あの仏頂面も少しは緩むかもしれねえ」

「まさかとは思うが、与力様があんな様子なのはうちのせいかもしれねえ。それなら鮟鱇鍋で機嫌を直してもらおう」

そういえば、今日は大きな鮟鱇《あんこう》が届いていた。弥一郎がつるし切りにしていたが、身がぷりぷりとしてとても美味しそうだった。肝をすりつぶして味噌と合わせて鍋に仕立てれば、冬ならではの御馳走となる。酒の肴《さかな》にもいいし、残り汁は魚の旨味たっぷりで雑炊《ぞうすい》にはもってこいだ。上田の機嫌も直るに違いない。

「伊蔵、肝を擂《す》れ。おきよは大根を刻んでくれ」

弥一郎に言われるより早く、伊蔵は擂鉢《すりばち》に鮟鱇の肝を入れている。鮟鱇はぎょっとするような見てくれだが、頭から尾の先まで無駄にするところがない。とりわけ肝は旨味がたっぷりな上に、ほかの魚よりはるかに大きい。鍋の味を上げるのに、なくてはならないものだった。

「よし、できた！」

出来上がった鮟鱇鍋を見て、弥一郎が満足そうに頷いた。

ぐつぐつと滾《たぎ》る汁に、鮟鱇の身が覗く。透けるようだった身が味噌に染まり、薄茶色になっている。鮟鱇鍋は人気の品書きなので、冬になるとしばしば目にするが、そのたびに生唾が湧く。味わってみたいと思うものの、鮟鱇は贅沢品だし、客に売れない場所がないので、賄《まかな》いには出てこない。運ばれてきた鮟鱇鍋を見て、目じりを下げる客たちの顔こそがご馳走、と諦めるしかなかった。

とりわけ今日は、そんな顔が見られますように、与力様に気に入っていただけますように、と祈りながら、運んでいく清五郎を見送る。

座ったまま伸び上がるように見ていたきよの耳に、上田の大声が届いた。

「鮟鱇鍋ではないか！」

板場に緊張が走った。

もしかしたら、上田は鮟鱇が苦手だったのだろうか。だとしたら、もっと機嫌が悪くなる。だが、次に聞こえてきたのは、聞きなれた満足そうな唸り声だった。

「うーむ、堪《たま》らぬ……。冬は寒くて苦手じゃが、これがあるから許せる。鍋に仕立てた鮟鱇の旨さといったら……」

清五郎もほっとしたのか、嬉しそうに訊ねる。

「あとで飯を入れましょうか？　ついでに卵を絡めるとか……」

「卵入りの味噌雑炊！　なんと素晴らしい。早く味わいたいものじゃが、そのために鮟鱇を食い終わるのも惜しい」

これは困った、と言いながら、上田の目尻は次第に下がっていく。

これこそがいつもの与力様、よかったよかった、とみんなして胸を撫でおろす中、上田は鮟鱇《あんこう》鍋と雑炊《ぞうすい》をきれいに平らげて帰っていった。

見送りを済ませた源太郎を捕まえて、弥一郎が訊ねる。

「親父、与力様はいったいなにをご立腹だったんだ？」

「ん？　ああ、まあ……ちょっとしたことだ。おまえたちは知らなくていい」

「そうは言っても、うちにかかわりがあることなんだろう？　さもなきゃ、わざわざ文句を言いに来たりしないはずだ」

「文句を言われたわけじゃ……」

「なんだよ、煮え切らねえな！　神崎様のところでおきよか彦之助が粗相をしたのか？　それならそれではっきり言ってくれよ！」

悪いところがあったのならば改めなければならない。まずは話を聞かせてくれ、と弥一郎は言う。だが、源太郎は口を開こうとしない。それどころか、おまえが気にすることではない、と切り捨てる。こんなに取り付く島のない主《あるじ》は初めてだった。

見たことのない与力に、見たことのない主……きよは言いしれぬ不安に苛《さいな》まれた。

翌日の昼下がり、板場に来た源太郎が弥一郎に声をかけた。

「おきよを借りていいか？　ちょいと助けてもらいてえことがあるんだ」

「かまわねえよ。ついでに飯も食ってくればいい」

ちょうど昼の書き入れ時が終わり、店は静かになったところだったため、弥一郎も気楽に返事をする。

ほっとした様子の源太郎に連れられ、きよが向かったのは裏の家の台所だった。

大方彦之助がらみの頼み事で、本人も台所で待っているのだろう、と思っていたが、台所には誰もいない。

「あれ……彦之助さんは？」

意外に思ったきよに、源太郎がすまなそうに言う。

「あいつは出かけてる。今日はさほど忙しくないいし、賄《まかな》いは作らなくていいってんで、用足しを頼んだんだ」

「そうですか……。てっきり彦之助さんのご用だと思ってたんですけど……」

「いや、おきよに用があるのは俺だ。弁当を拵《こしら》えてほしくてな」

「お弁当ですか？　それはどういった……」

きよが問い返すと、源太郎はさらに申し訳なさそうな顔になった。

「おさとが妹のところに行くんだ。妹は上野《うえの》に住んでるんだが、少し前に旦那を亡くしてな。子のない夫婦だったんで、おさとが心配してときどき様子を見に行ってる」

「なるほど、それでお弁当を」

「ああ。八つ半（午後三時）ごろ出かけて、一晩泊まってきたいそうだ。これまでも、あいつが妹に会いに行くときは弁当を持たせてやってた。弁当があれば、飯の心配もなく、ふたりでゆっくりできる。今までは俺が作ってたんだが、今日はおきよに頼みたい。おきよの料理を食わせてやりたいんだ」

これまで源太郎たちが家で食べる飯はさとが作ってきた。彦之助が上方《かみがた》から戻った今は、彼が料理を引き受けてくれる日も出てきたようだし、賄《まかな》いはさとの分も合わせて作っているらしい。気まぐれに源太郎が包丁を振るう日もあるのだとか……

だが、いずれにしてもさとが口にするのは、もっぱら家族の手によるものだった。

源太郎はふっと笑って言う。

「こんなに身近にいるってのに、おさとは世に名高いおきよの料理をろくに食ったことがねえ。せいぜい座禅豆ときんつばくらいだ。口にはしねえが、あいつも食ってみたいと思ってるに決まってる。いい機会だから妹と一緒に、と思ってさ」

駄目かな、と源太郎は縋《すが》るような目で見てくる。幸い今は手が空いてる。弁当を作る暇ぐらいあるだろう。そもそも、こんな女房思いの頼みを断れるわけがなかった。

「わかりました。お弁当はふたつでいいんですね？」

「えーっと……できたら四つ……。実は妹の隣に夫婦者がいてさ。なにかと世話になってるらしく……」

「そうなんですか。じゃあ、四つ拵《こしら》えますね」

「頼む！」

お安いご用、と引き受けたきよに、源太郎は深々と頭を下げる。そこまでしなくても、と思ったけれど、そういう人柄なのだろう。

台所には青物や魚がいろいろ用意されていた。ふと見ると、へっついに火が入っており、脇には釜も置かれている。どうやら飯は炊きあがり、蒸らしている最中らしい。檜《ひ》破子《わりご》もちゃんと四つ出されていた。

「ご飯は炊いてあるんですね」

「ああ。さすがに飯炊きからじゃあ暇がかかりすぎて、弥一郎が吠え出すだろう」

「犬じゃあるまいし……。でも、これなら、いくつかお菜を作るだけですね」

「すまねえが、ちゃちゃっと頼む。簡単でいいからな、簡単で！」

「わかりました」

――ご飯は炊きあがっているから、炊き込みにはできない。急なことだし、握り飯でいいか……。食べやすいように小さめに握って海苔《のり》を……いや、その前に削り節に醤油を垂らしてまぜよう。あ、鰤がある。たれに漬け込む暇はないから、塩を振って焼けばいいわね。赤芋は甘煮にして、あとは香の物と彩《いろど》りに柿。赤と茶ばかりはつまらないから青物の和《あ》え物……ほうれん草もあるけど、香りがいいから芹《せり》にしよう。せっかくだし黄色がきれいだから卵焼きを入れたいけど、卵は出てないから使うなってことよね。赤芋の切り目が黄金色だからそれでいいかな……

まずへっついに水を張った鍋をのせ、平笊《ひらざる》に置いた鰤に塩と酒を振りかける。このまま少し置くことで味が馴染み、ほどよい塩気でふっくらした焼き物が出来上がる。へっついは二口なので、空いているほうで赤芋の甘煮を作る。湯が沸いたら芹を茹で、和え物に……

作る料理が決まれば、勝手に手が動く。それぞれの料理にかかる手間暇がしっかり頭に入っている証だ、と嬉しくなる。たかが魚を焼き、芋を煮て和え物を作るだけだし、弥一郎はもっとたくさんの料理を一度に、しかも大量に作る。それでも、迷いなく動く手は自信に繋がる。

弁当作りを頼んだのは、なにかと俯《うつむ》きがちなきよに自信を持たせるための方策だったのかもしれない。

ありがたいことだ、と感謝しつつ、きよは四つの檜破子《ひわりご》を料理で埋めていった。

その日、勤めを終えて家に帰ったきよは、晩飯を調え、清五郎を待っていた。風呂を済ませて戻ってきた清五郎が、珍しくためらいがちに声をかけてくる。

「姉ちゃん、あのさ……」

「どうしたの？　そんな難しい顔をして……」

「姉ちゃん、弁当係になるつもり？」

「は……？」

どうしていきなりそんな話になるのかさっぱりわからない。確かに今日、さとに持たせる弁当を拵《こしら》えたけれど、それはたまたまのこと、ずっと続けるつもりもそれを生業《なりわい》にするつもりもなかった。

「馬鹿馬鹿しい。どこからそんなことを思いついたの？」

「だって今日、姉ちゃんは裏の家で弁当を作ってたんだろ？　あの与力、とんでもねえこと企《たくら》んでやがる！」

乾物屋でぶつかった当時、清五郎は上田のことを『与力』と呼び捨てていた。それからしばらくしてから、なんやかやと世話になり、『与力様』あるいは『上田様』と呼ぶようになった。それが今、また呼び捨てに戻っている。

そこまで気に入らない話だったのか、と思っていると、清五郎が吐き捨てるように言った。

「おとらさんが言うんだ。昨日あいつが腹を立てたのは、姉ちゃんに弁当作りを頼みたかったのに断られたからだって。おとらさん、旦那さんのひとり言を聞いちまったんだってさ」

「ひとり言？」

「ああ。あの与力を見送って戻ってきたあと、『おきよは今でも手一杯だってのに、この上弁当なんて無理に決まってるじゃねえか』って……おとらさんは、旦那さんは自分でも声に出してるなんて気づいていなかった、それぐらい困り果てたんだろうって」

「そうなの？　でも、お弁当なんてどうするのかしら……」

上田の家には料理番がいる。必要なら料理番に作らせればいいのに、と首を傾げるきよに、清五郎はつまらなそうに言う。

「手柄を立てた手下に、褒美として食わせるらしいぜ。それも旦那さんがぼやいていたらしい」

「お弁当がご褒美⁉　ずいぶん奇抜ねえ」

「世に名高い『千川のおきよ』が作った弁当なら、褒美になるって思ったんだろうな」

「ありえない……」

「まあでも、とにかく旦那さんは断った。たぶん、板長さんがうんって言わねえのがわかってたんだと思う。そりゃそうだよ、姉ちゃんにそんな暇はねえ」

「そうね。誰から見たって私は手一杯だもの。でも、それって昨日の話でしょ？」

上田は腹を立てはしたが、鮟鱇《あんこう》鍋で機嫌を直して帰っていった。それきり顔を見せていないのだから、今日になって持ち出すのはおかしい、と言うきよに、清五郎はため息とともに答えた。

「俺が思うに、あいつが機嫌を直したのは、鮟鱇鍋のせいだけじゃなかった。とにかく一度は試させてくれ、とかなんとか粘られて、困った旦那さんが引き受けちまった。一度きりなら、ってな……」

「そうなのかしら……」

「そうに決まってる。実際、今日の夕方、与力の家から遣いが来て、姉ちゃんが作った弁当を持っていったぜ。約束の弁当を取りに来たって言って」

「え……でもお弁当はおかみさんが持っていったのに……」

「姉ちゃん、弁当をいくつ作った？」

「四つ」

「全部は持ってかなかったんじゃねえの？　旦那さんは正直者だから、まったくの嘘で弁当を作らせるなんてできねえ。おかみさんが出かけるのをいいことに、ふたつでいいところを四つって言ったんじゃねえ？」

「そうかもしれない……」

「どうせ、大いばりで手下に渡したんだろ。もしかしたらひとつは自分が食ったかもな。でもって、明日にはまた、きよに弁当を作らせろーって言いに来るぜ」

「まさか」

上田は思いやりの深い人だから、普段からよく働いてくれている手下たちに、なにか褒美を取らせたいと考えた。ではなにを、と迷った挙げ句、お気に入りの『千川』の料理を思いついた。足を痛めた神崎の弁当を引き受けてくれたのだから、褒美の弁当も頼めると思ったのかもしれない。

だが、足が治るまでという期限付きの神崎の弁当と、この先ずっととなる褒美の弁当は同列に語れない。少し考えればそれぐらいのことはわかるだろうし、一度は弁当を作らせたのだから気が済んだはずだ。おそらく、これ以上なにも言ってこないだろう。けれど、きよがそう言っても、清五郎の真剣な表情は一切崩れない。それどころか、本気で取り合わないきよに焦《じ》れたように言う。

「あの与力は、とにかく姉ちゃんの料理を気に入ってる。滅多に来られない店の料理を作らせるより、弁当係にしてえに決まってる。そうすりゃ、大手を振って好きなときに持ち帰りができる。おふくろ様にも手下にもいい顔ができるからな」

「でも旦那さんは、一度きりで諦めてくれって言ったんじゃないの？　それで了見《りょうけん》して帰ったんだと……」

「いやいや、とにかく一度作らせちまえばこっちのものって思ってるかもしれねえ。毎日のことじゃねえし、一度作れたんだからこれからもできるだろう、とかなんとかごり押ししてさ。なんなら、お上の力を笠に着て……」

「馬鹿なことを言うんじゃありません。それに今日のお弁当なんて、本当に簡単だったし、あれをご褒美って言われたら手下の人がかわいそうよ」

「簡単でも滅法《めっぽう》旨いのが姉ちゃんの料理だ。食った手下は絶賛、与力は鼻高々に決まってる。とにかく、姉ちゃんが弁当係になる気がないなら、くれぐれも気を付けろ」

「気を付けるもなにも……私にどうこう言えることじゃないし、旦那さんは断ってるし」

「旦那さんの気が変わるかもしれねえ。弁当代を弾まれたら、ふらーっといっちまいかねねえ」

「そうね……私がお弁当係になれば、へっついがひとつ空くものね……」

源太郎も彦之助のこれからを気にしているに決まっている。きよが弁当係に徹すれば、彦之助が代わりに板場に入れる。きよをただ放り出すのは忍びないが、これならみんながうまくいく、万事解決、と思うかもしれない。

一気に不安そうになったきよを見て、清五郎は大慌てだった。

「いや、板場が空くとかどうとかってのはねえと思う。姉ちゃんの料理目当てに『千川』に来る客は絶えねえし、なにより板長さんが許さねえ」

ついさっき『お上の力を笠に着て』とか『弁当代を弾まれたら』とか言ったのを忘れたように、清五郎は太鼓判を押す。

きよにしてみれば、とにかく上田が諦めてくれるのを祈るばかりだった。

その後しばらくの間、きよは弁当の話がどうなったのか気が気ではなかった。けれど半月経ち、一月《ひとつき》が過ぎても源太郎はなにも言わないし、上田も姿を見せない。やれやれ、諦めてくれたか……と、胸を撫で下ろしていたある日、きよは彦之助に声をかけられた。どうやら手伝ってほしいことがあるらしい。

「おきよ、手が空いてたらちょいと裏の家に来てくれねえか」

新しい料理でも思いついて、味を試してほしいのだろうか。あるいは、田麩《でんぶ》の味付けいるし、料理人は三人とも手持ち無沙汰……少しの間なら、ということで、きよは弥一郎の許しを得て、裏の家に行くことにした。

「わあ、いっぱい……」

　彦之助について勝手口から入ったとたん、思わず声が出た。なぜなら、どこにこんなに仕舞ってあったのだ、と思うほどの数の檜破子《ひわりご》が置かれていたからだ。

「これはいったいなんの騒ぎですか？」

「誰も騒いじゃいねえだろ。ただ弁当を拵《こしら》えただけだ」

「……口が減らない人ですねえ」

「うるせえよ。それより、あんた飯は済んだか？」

「まだです。ちょうど食べに行こうとしたときに彦之助さんが……」

「ちょうどよかった。それなら、これを食ってみてくれねえか？」

　そう言いながら、彦之助は手近にあった檜破子を差し出した。

「これ、全部ですか？」

「ああ、丸ごと食ってみて、思うところを聞かせてほしい。量は控えめにしておいたから、あんたでも食いきれるはずだ」

時は、そろそろ昼九つ（正午）の鐘が鳴るころ、大忙しではなかったにしても、朝飯を食べたきりなのでお腹は空いている。きよは、大喜びで箸を取った。

檜破子《ひわりご》の中には、白い飯と鱈《たら》の味噌漬け、小魚の佃煮《つくだに》、のらぼう菜の胡麻《ごま》和《あ》え、豆腐田楽《でんがく》、牛蒡《ごぼう》と人参の含め煮、片隅にはかすてら玉子まで入っている。

かすてら玉子は丹念に擦った海老《えび》と山芋《やまいも》に卵を合わせ、弱火でゆっくり焼き上げる料理だ。ふわふわの舌触りと味醂《みりん》をたくさん使った菓子のような甘さが持ち味で、花見弁当などに入れられることも多い。

とはいえ、卵は贅沢品なので、長屋住まいの町人が口にできるものではない。なにより、この弁当は奉公人の賄《まかな》いや先だって神崎に届けていた弁当のように食べやすく串に刺されていたり、一口の大きさに切られていることもない。握り飯ではなく、白い飯をそのまま詰めてあることからしても、箸で食べるための高級弁当だった。

きよでも食べきれるようにした、という言葉どおり、どの料理も量は少なめだ。ただ、味付けそのものは、彦之助が作ったとは思えぬほど江戸風で、出汁《だし》のきかせ方にわずかに上方《かみがた》を感じる程度だった。

「どうだ？　旨いか？」

「はい。どれも美味しいです。でも……」

「でも？」

「なんだか味付けが彦之助さんらしくないなあ、って……」

「ああ、そういうことか。じゃあ、こっちは？　ああ、飯まで全部食わなくていい。お菜だけ味見をしてくれ」

そう言うと、彦之助はまた別の檜破子を渡してくる。これも量は控えめだったため、お菜だけなら食べきることができそうだったが、やはり飯との釣り合いが欠かせない。

お菜と飯を少しずつ、交互に口に入れながら、味見を終えた。

「こっちはさっきのよりずいぶん上方風ですね。実家にいたころ食べていた料理とほとんど変わりません」

「じゃあ、これは？」

「そんなに食べられませんよ」

「そう言わず、一箸だけでも！」

縋《すが》るように言われ、三つ目の檜破子に箸をつける。無理やりのように食べた料理は、どれも前のふたつよりもずっと塩気が強かった。

「これはちょっと私の口には……でも、もしかしたらお酒のあてとかなら……」

「やっぱりな……。いや、ありがとよ。大体の見当はついた」

お腹がはちきれんばかり、もうこれ以上は食べられない……となったところで、彦之助も満足したのか、ようやく味見は終了となった。

舌に強い塩気が残っている。ここまで濃い味にするなんて……と思っていると、彦之助が湯飲みに入れた水を渡してくれた。

「すまねえ。あんたにはしょっぱすぎるよな」

「あんた、っていうか……たぶん、誰にとってもしょっぱすぎますよ」

「さすがにやりすぎたか。じゃあ、もうちょっと控えるとするか……」

「彦之助さん、これっていったい……」

檜破子《ひわりご》に詰めているのは、誰かに届けるために違いない。神崎はとっくに全快したし、賄《まかな》いでもないとしたら、誰のために作っているのだろう。

訊ねたきよに、彦之助はあっさり説明してくれた。

「実は、与力様に頼まれたんだ」

「与力様に？」

「ああ。手下が手柄を立てたとき、ご褒美に弁当を食わせてやりたいんだとさ。まあ、神崎様みたいに具合が悪い人が出たときにも、って言ってたそうだけど。で、それを俺に頼めないかって……」

それで合点《がてん》がいった。あれきり音沙汰がないと思っていたが、どうやら弁当係の矛先は彦之助に向いたらしい。源太郎が提案したのか、はたまた上田が自ら言い出したのか。いずれにしても、きよにとってはありがたい話だった。

「それはいい話ですね！」

彦之助に仕事ができるし、きよは店の仕事に専念できる。おまけに『千川』の儲《もう》けにも繋がる。こんなに喜ばしい話はなかった。

「なんでも、与力様が褒美に弁当を出したいって言うのを聞いて、神崎様が俺をすすめてくれたんだってさ」

「それって、神崎様にお届けした料理が美味しかったからでしょう？　腕が認められたってことですよ！」

よかった、よかったと喜ぶきよを見て、彦之助は呆れたよう言った。

「おいおい……そんなに喜ばれちゃ形無《かたな》しじゃねえか。俺はあんたを競争相手だと思ってるのに、あんたは俺を相手にもしちゃいなかったのか？」

「とんでもない。競争相手だと思うからこそ、嬉しいんです。競争相手の腕が悪かったら、こっちの値打ちまで下がっちゃうじゃないですか。そんなのまっぴらです」

「うわ……言うねえ……」

「でも彦之助さん、お弁当を頼まれたにしても、こんなにいろいろ作ることはなかったんじゃないですか？」

「与力様の手下にだっていろいろいるだろ？　神崎様みたいに摂津から来たとか、江戸育ちだとか。それに、お勤めの中身によっても好きな味は変わる。町を歩き回るやつと書き物ばっかりしてるやつが同じ味付けでいいとは思えねえんだ」

「確かに……与力様の手下なら、一日中町を見回ってるって人もいますよね。汗をかく人なら塩気の強い味付けを好むかも……」

「だろ？　だから、弁当も通り一遍じゃなくて、何種類か揃えてあっちに選んでもらえばいいと思ったんだよ。上方風《かみがた》弁当に江戸風弁当、見回り弁当に書き物弁当ってさ」

「それはどうでしょう……上方と江戸の味付けの違いを心得ている人はそんなに多くなさそうですし、上方風と書き物は似たり寄ったりになっちゃいませんか？　それぐらいなら花や木の名前を使って、味付けが濃いとか薄いとか、説明書きを付けたほうがいいと思います」

お勤めが書き物ばっかりでも、濃い味が好きな人もいるし、その逆もある。下手に弁当の名前で括《くく》られてしまうと注文しづらくなってしまうのではないか。

そんなきよの懸念に、彦之助はあっさり頷いた。

「そのとおりだ。楓《かえで》とか銀杏《いちょう》とかのほうが、雅《みやび》でいいな」

「お弁当だけの品書きを作って、与力様にお渡ししておいては？」

「そうしよう。それなら注文も簡単でいい」

彦之助はさっそく紙と筆を持ってきて、弁当の名前を書き始めた。

けれど、書き上げた品書きを見て首を傾げている。どうやら納得がいかないらしい。

「どうしたんですか？　なにか気に入らないことでも？」

かなり達者な字だし、きれいに書けているのに……と言うきよに、彦之助は不満げに答えた。

「なんだかつまらねえな、と思って……」

「品書きってこういうものでしょう？　絵でも入れる気ですか？」

「絵か……。確かに絵があれば見栄《みば》えがするし、わかりやすいな」

よし、とばかりに彦之助は、残っている料理を見ながら筆を動す。あっという間に描き上げた絵は、字と同じぐらい達者だった。

「すごい……」

「こんなの子どものいたずら書きみたいなもんだ」

「いえいえ、大したものですよ。彦之助さん、絵もお上手なんですね」

料理の腕を競うだけでも難儀している。字はなんとか同じぐらいかな、と安心したのに絵が上手とは……と嘆きたくなる。だが、彦之助は絵を入れた品書きをしばらく眺めていたあと、くしゃりと丸めた。

「やっぱり、あんまりうまい考えじゃねえな……」

「どうしてですか？　わかりやすくていいと思いますけど」

絵入りの品書きなんて見たことがない。軽い気持ちで『絵でも入れる気ですか？』とは言ったものの、実際に目にしてみると、思った以上にわかりやすい。絵があることで、どんな弁当か一目瞭然。とても美味しそうに見えるし、これが食べられるとなったらお勤めに励むに違いない。けれど、彦之助はひどく残念そうに言った。

「下手に絵を添えれば、絵と同じ弁当を作らなきゃならなくなる。それは難儀すぎる。青物はともかく、魚は毎日同じものが手に入るとは限らねえ。煮るほうが旨いものもあれば、焼いたほうが旨いものもある。同じ焼くのでも味噌漬け、照り焼き、塩焼きと様々だから、絵にしてしまうのは……」

「彦之助さんって、もっと肝が据わってるかと思ったら、案外小心なんですね」

「小心って……。料理についてあれこれ考えるのは悪いことじゃねえだろ」

「そりゃそうですけど、考えてもみてください。これは墨で描いた絵です。すごく上手ですけど、白いのか茶色いのかまではわかりません。これを見て味噌漬けなのか塩焼きなのか言い当てられる人はいないでしょう」

「だが、説明書きを添えるし……」

「魚は『煮魚か焼き魚』でいいし、青物だって『煮物』『和《あ》え物』でいいじゃないですか」

「揚げ物だってある」

「お弁当に青物の揚げ物を入れるんですか？　冷めたらくたくたになって不味《まず》いし、見た目だって褒められたもんじゃありませんって」

「蒸し物は？　赤芋や南瓜《なんきん》の蒸したのなら冷めても美味しいし、弁当に入れたら彩《いろど》りがいいじゃねえか」

「だったら『青物の煮物、和え物、蒸し物のいずれか』とか『青物一品』とでも書けばいいでしょ！　あーもう、面倒くさい！　彦之助さん、もっと頭を柔らかくしたほうがいいですよ」

　新しい試みには新しい工夫があったほうがいいし、新しい工夫は料理に限ったものではない。せっかくわかりやすい品書きができそうなのに、どうしてそんなに及び腰なのだ、ときよは苛立つ。

　まくし立てるきよに、彦之助が耳に指を突っ込んで答えた。

「あーうるせえ。あんたこそ、口が減らねえよ。それに、あんたがいきり立つことでもねえだろ」

これは自分に任されたことだから、うまくいかなかったとしても、責められるのはきよではない。そこまで躍起《やっき》にならなくても、と彦之助は笑う。

確かにそのとおりだし、絵を描くのもきよではない。少し頭が冷えたきよは、素直に詫びた。

「ごめんなさい。絵を入れるとしたら、描くのは彦之助さんですものね。そんな暇があったらお料理に打ち込みたいですよね。でも……」

「でも、なんだよ？」

「うまくいかなかったらいやじゃないですか。せっかく任されたのに……」

田麩《でんぶ》作りから始めて、賄《まかな》い作り、神崎の飯の支度、と少しずつ任される仕事が増えてきた。手が欲しいと思ったところに、たまたま彦之助がいただけかもしれないけれど、どの仕事もしっかり果たしたからこそ、次の仕事に繋がった。ここで与力が頼んできた弁当作りを引き受ければ、腕が上がるのはもちろん、周りだって彦之助を認めてくれるはずだ。

しくじらせるわけにはいかない。なんとしてでも……ときよは考えたのだ。

「せっかく上がりかけた彦之助さんの株を、ここで下げるわけにはいきません。ちょっとでもうまくいくように、って考えたら力が入っちゃって……」

「あんた……俺のためにそこまで……」

感極まっている彦之助を見て、きよは付け足す。

「彦之助さんのためだけじゃありません。彦之助さんは旦那さんの息子さんだし、板長さんの弟さんです。与力様は『千川』を信じて頼みに来たに違いありません。しくじったら『千川』の評判が落ちるでしょうし、なにより与力様や、彦之助さんを褒めてくださった神崎様ががっかりされます。そんなの嫌でしょう？」

「『千川』の評判にかかわる……まあ、もっともな心配だ。俺の株よりそっちのほうがうんと大事だな」

さもありなん、と頷きつつも、彦之助はなんだかつまらなそうにしている。まるで子どものころ、自分のことを後回しにされたときの清五郎みたいな顔だ。

うわあ、面倒くさい……と思ったとき、台所に源太郎が入ってきた。

「彦之助、話は済んだか？　そろそろおきよを戻したいんだが……」

「そんなに忙しいのか？　けっこうな雨だから、客なんてろくに来ないだろうに」

不満そうに言う彦之助に、源太郎はすまなそうに答える。

「それはそうなんだが、弥一郎がうるさくてな。雨足が少し弱くなってきたから、客が一度に詰め掛けてくるかもしれない、って言うんだ。忙しくなってから呼びに行ってたんじゃ間に合わねえってさ」

「兄貴かよ！　まあいい、あらかた話は済んだ。すまなかったな、おきよ」

「あ、はい……。でも、絵の話は……」

「品書きはしっかり考えて書く。もしかしたら絵も描いてみるかもしれない。与力様にも見てもらって、そのほうがいいようなら……」

「本当にちゃんと考えてくださいね！」

「わかった、わかった。兄貴がうるさいからさっさと戻ってくれ」

呼びつけておいてなんて言い草、と腹は立ったものの、勝手口から外に出てみると、何人も続けて店に入っていく客の姿が見えた。

雨足が弱くなって客が詰めかける、という弥一郎の見当は大当たりだったらしい。これから板場は大忙しになる。早く戻らなければ……と、きよは店に急いだ。

昼過ぎに雨が上がったせいで、その日は夜までてんてこ舞いだった。

帰る時分になっても客足は途絶えず、これ以上遅くなっては……と気にした源太郎が無理やりのように抜けさせてくれた。弁当の中身や品書きについては、これ以上、きよが口出しすべきことではない、と判断し、そのまま帰ることにした。

まさか、彦之助の新しい仕事のことで親子喧嘩が始まるなんて、その時のきよは思ってもいなかった。


「なんでそんな安請け合いをしちまうんだ！」

翌朝、いつもどおり『千川』に着いたきよの耳に飛び込んできたのは、弥一郎の声だった。聞いたことがないほど大きく怒りに満ちた声で、きよと清五郎は思わず足を止め、顔を見合わせる。次に聞こえたのは、源太郎のもごもごと、言い訳するような声だ。

「そこまで怒るようなことじゃねえだろ？　これで彦之助にも仕事ができる。ありがてえ話じゃねえか」

「あいつが出鱈目《でたらめ》に作った料理に、『千川』の名を汚されてもいいってんだな？」

「名を汚すって……そんなことにはならねえよ」

「わかるか！　神崎様に届けた料理だって、うちの味付けとはかなり違うものだったそうじゃねえか。神崎様はお困りだったし、足が治るまでってことで見逃したが、これから先ずっととなるとそうはいかねえ。しかも今のあいつは、わざわざ『千川』の味付けじゃない弁当を作ろうとしてるんだぜ？」

彦之助が作ったとはいえ、あくまでも『千川』の弁当だ。悪い評判が立てば、暖簾《のれん》に傷がつく。しかも、拵《こしら》えるのが家の台所では目が届かない。わざわざ見に行って味を確かめるゆとりなどない、と弥一郎はさらに声を大きくする。

「親父はもっと『千川』を大事にしてるもんだと思ってたよ！」

「そこまで言わなくてもいいじゃねえか。俺だって考えた末のことだ。昨夜は彦もいたから言えなかったが、もともと与力様は、おきよに弁当を作ってほしいって言ってきた。実際、一度は作らせた」

「作らせた……この間のおっかさんが叔母さんに持ってったやつのことか？」

「そうだ。与力様の弁当だって言ったら、おまえは怒るだろうし、おきよも間に挟まって困ると思って……」

「おきよまで騙したのか！　このくそ親父が！」

「まあそう言うな。与力様は、滅法《めっぽう》旨かったたって褒めてくださったんだぞ」

そういえばあの弁当の成り行きを確かめていなかった。ふたつともご褒美にしたのか、ひとつは上田が食べたのかわからなかったが、今の話を聞く限り、上田も食べたようだ。

それにしても、あの弁当をそんなに褒められたのは意外だ。ちょっとの間で、しかも思いつきで作った料理ばかりなのに……

親子喧嘩の最中《さなか》に入っていくこともできず、きよと清五郎は店の外で突っ立ったまま耳をそばだてる。

弥一郎の納得がいかない声が聞こえた。

「滅法旨かったたって……どうせあり合わせの材料でさっと作っただけだろ？　大して暇だってかかってなかったはず。はっきり言ってやっつけだ。おっかさんの土産《みやげ》ならそれでもいいが、褒美にするのはどうかと思うぞ」

聞いた途端、一気に胸が萎《しぼ》んだような気がした。だが、源太郎は即座に言い返す。

「やっつけ？　いやいや、与力様は絶賛していたぞ。鰤《ぶり》は冷めているのにふっくら柔らかく塩加減もちょうどいい。握り飯にまぜた削り鰹《かつお》の醤油がほんのり海苔《のり》に滲《し》みて堪《こた》えられぬし、塩気のあとの赤芋はほっとするような甘み。芹《せり》は香り高く、柿は歯ごたえがあるのに甘みが十分。さすがはおきよじゃ、とな」

「よくも覚えてやがるな！」

「何度も繰り返しおっしゃったんだ。それほど、旨かったらしい。俺としちゃあ、まったく本意じゃなかったが……」

「本意じゃねえ、たあどういうこった？」

「与力様に諦めてほしかったんだよ。おまえの言うとおり、こんな弁当じゃ褒美にならない、ってさ。だから、材料だって珍しいものはひとつもねえ。旬で値打ちのものばかり。卵すら使わせなかった。それなのに……」

――卵が出てなかったのはそういうわけだったのね。それにあれほど簡単でいいって繰り返したのも……

ようやく腑《ふ》に落ちた。正直、さとと妹だけならまだしも、世話になっている隣夫婦に持っていくのだから卵ぐらい奢《おご》ってもいいのに、と思っていた。まさか、ご褒美にふさわしくない弁当を作らせたかったとは……

「にもかかわらず、与力様に絶賛されちまった。俺が見たところ、ごく普通の弁当だった。そりゃそうさ、散々簡単でいいって言って作らせたんだ。飛び切りになるわけがねえ、って思うのが当然じゃねえか」

「ごく普通の見てくれでも、食ってみたらびっくりするほど旨えってのがおきよの料理だ！　見くびるんじゃねえ」

「だから、そういきるなよ。悪かったたって……」

再び声が大きくなった弥一郎を宥《なだ》めつつ、源太郎は話を続けた。

「とはいえ、そのあと一月《ひとつき》は音沙汰なしだし、諦めてくださったものだと思っていたら、一昨日の夜、お屋敷に呼び出されてな……」

「姿が見えねえと思ったら、与力様のところだったのか」

「ああ。呼ばれるなんて初めてだからびっくりしたが、店では落ち着いて話せねえと思ったらしい。手が足りないようなら日を改める、とまで言われたら断れねえ。で、いざ行ってみたら、おきよの弁当を褒めちぎって、なんとか頼むの一点張り」

「なんてやつだ！　おきよを料理の道に引っ張り込んだ張本人のくせに、店の仕事をさせねえつもりか！」

「たぶん与力様は、弁当ぐらいちょいちょいっと片手間で作れると思ってるんじゃねえかな」

「そういうことができるやつもいるんだろうが、おきよには無理……おい、誰だ？」

そこで初めて、弥一郎は引き戸の向こうに誰かがいると気付いたようだ。おそらく少しだけ開いていた戸の隙間から影でも見えたのだろう。やむなく入っていくと、弥一郎が悲痛な面持ちになった。

「よりにもよっておまえたちか……。聞いちまったか？」

きよがこくりと頷くと、源太郎がとりなすように言う。

「おきよはまだ修業を始めたばっかりだから無理もねえ。もっと日がたてば、あれこれいっぺんにできるようになるさ」

「そういうことじゃねえ」

弥一郎は、どれほど日がたってもだめだと言わんばかり……。おまえは一人前の料理人にはなれないと烙印を押されたようで、きよは目の前が一気に暗くなった。

だが、肩を落としたきよを見て、弥一郎は微かに笑って言う。

「ほらな、なんでもかんでも真正面から受け止めて喜んだり落ち込んだり……。ま、前に言ったとおり、その一途さがおきよのいいところなんだが、その分『片手間』なんてのは無理な芸当になってくる」

「なるほど……弁当なんて任された日には、それで頭がいっぱいになっちまう、ってことか」

「好みの料理を詰めようとしたところで、相手の素性なんてわからないからあれこれ悩む。おまけにいつも同じ中身じゃだめ、とか思いかねん。ご褒美なんて、毎度同じじゃつがもらうわけねえし、他の料理人なら、もっと気楽にやるだろうに……」

「確かに……。だが、悩んで悩んで考え抜いて、やっとのことで道を決める。それがおきよだもんなあ……」

「そうやって悩んで選んだからこそ、上等の道になる。性分《しょうぶん》だからこの先も変わらない」

「やっぱり与力様を怒らせてでも、彦之助に回したのは正しかったんだな」

「怒らせる覚悟があるなら断れよ！　そもそも、どこから彦之助が出てきたんだ！」

弥一郎がまた吠えるような口調になった。

「ちょうど神崎様が来てくださってな。あれがなかったら、どうなったことやら」

「神崎様が与力様のお屋敷に来たのか？」

「折良く。どうやら与力様のお馬の様子を見に来たらしい。で、与力様は神崎様を味方に引き入れようと俺たちが話をしていた座敷に呼んだ。神崎様もおきよの料理を気に入ってるからな。ところがぎっちょんちょん」

くくっと笑って源太郎が言うには、上田の意に反して、神崎はきよではなく彦之助に弁当を作らせることをすすめたという。

上田がきよに任せたいのはわかるが、『千川』の客に気の毒すぎる。きよを弁当係にした挙げ句、『千川』の客が減ったらどうする気だ。足を痛めていた間に届けてもらった弁当はとても旨かったから、いっそ彦之助に任せればいい、というのが神崎の説だったそうだ。

「こいつは驚いた。神崎様は、与力様相手でも臆せず考えを述べられるんだな……」

「剛気というか、面白いお方だ。だが、そのあと与力様と神崎様の押し合いになってしまった。で、こいつは困った、と思ってたら、最後の最後で与力様が譲られたんだ」

「彦之助でいいって？」

「ああ。神崎様が、とどのつまり、おきよにこだわっているのは与力様だけ、お気に入りのおきよを広く知らしめたいだけではないか、とおっしゃってな」

「そりゃぐうの音《ね》も出ねえな……」

「だろ？　そんなこんなで、弁当は彦之助に任せることになった。だが、『千川』の名に恥じぬ、褒美にふさわしい料理でないと許さぬ、だそうだ。まあ、よかったよ」

源太郎はほっとしているようだが、きよの不安は高まるばかりだ。

上田が望んでいるのはあくまでも『千川の弁当』だ。しかし、昨日味見を頼まれた弁当は、いずれも『千川』の味とは言い難いものだった。それどころか、彦之助はあえて『千川』とは違うものを作ろうとまでしているのだ。

案《あん》の定《じょう》、弥一郎の眉間の皺がより深くなった。

「与力様は、彦之助の弁当を褒美として出すんだよな？」

「そうだ。きっと手下は大喜び、『千川』は今よりもっともっと評判になる」

「ちょっと待ってくれ。いくら喜ばれても、彦之助の料理は『千川』の味じゃねえ。うちの味じゃねえものを褒められても、俺は嬉しくねえ。むしろ迷惑だ」

「お前の気位の高さには困ったもんだ。もうちょっと実《じつ》を取ってくれよ」

源太郎はお手上げの様子だ。おそらく、これでは代替わりしたところで損得勘定ができずに店を潰しかねない、と心配しているのだろう。

とはいえ、『千川』の味は、源太郎と弥一郎が長年守り続けてきたものだ。うちの味ではないものを褒められても嬉しくないというのは、当たり前の気持ちに違いない。

困り果てる源太郎に、弥一郎が言い放つ。

「俺はこの話には反対だ。今からでも、与力様に断りを入れたほうがいい」

「そんなことはできねえ。いったん引き受けたことだ。それに、彦之助だってやる気になってる」

「だったら『千川』の名を出すな。与力様と彦之助が直でやりとりすればいい」

「それで済む話とは思えませんけど……」

気付かぬうちに、口から言葉が出ていた。源太郎と弥一郎が、揃ってきよに目を向ける。

「与力様は、ただのお弁当ではなく、『千川の弁当』をご所望なんじゃないですか？」

「まあな……。だが、弁当なんざ、食って旨けりゃそれでいいだろ。誰が作ろうがかかわりねえ」

「そうでしょうか？　いくら美味しくても、ただのお弁当に値打ちがあるとは思えません。だって『千川』は、江戸で指折りの料理茶屋ですもの。ご褒美が『千川』のお弁当かそうじゃないかでは、気の入りようが違います」

きよの言葉に、弥一郎が無言で目を逸《そ》らす。逆に源太郎は、意気揚々《いきようよう》だ。

「だよな？　ただの弁当じゃ値打ちがねえ。『千川』をくっつけてこそだ。本当はきよに任せたいところを百歩譲って『千川』で、ってことだ」

「だったらどうしろってんだ！　俺たちに弁当を作る暇なんぞねえ。彦之助は勝手な味付けの弁当を作りかねない。それを『千川』でございって出せって言うのか？　親父はそれでいいのか？　伊蔵やおきよが苦労して修業を積んでるのはなんのためだ？　『千川』の味を覚えてすんなり作れるようになるためじゃねえのか？」

弥一郎は、いくら上方《かみがた》で修業してきたといっても、それは『千川』の味ではない、と譲らず、今度は源太郎が黙り込む。

八方ふさがりかと思えた中、奥に続く通路に目をやったきよは、一筋の灯りを見つけた気になった。なぜなら、そこに二口のへっついがあったからだ。

「あそこで拵《こしら》えればいいんじゃないですか？」

「あそこって……前におきよが使ってたへっついか？」

きよの視線を追った源太郎が訊ねた。へっついなんてどれを使っても同じだと言わんばかりだった。

「そうです。彦之助さんが作って、板長さんが味見をする。これなら、と思う料理だけをお弁当に入れればいいじゃないですか」

「そんな暇はねえよ」

「でも、私があそこで拵えてたときは、ひとつひとつ味を確かめてくださってたじゃないですか。今でもときどき味見をしてくれますよね？」

なんだかぴんとこない――きよがそう思っているときに限って、隣からぬっと手が出てくる。味見に使っている小皿をのせた弥一郎の手だ。

やっぱりか、と思いつつ、料理をのせた皿を返すと、味醂《みりん》をもう一垂らし、とか、もう少し煮込んで酒を飛ばせ、とかの指示が来る。弥一郎の言うとおりにすると、ぴたりと『千川』の味になる。

伊蔵だって同じだ。きよほどたびたびではないし、間にきよがいるから直に小皿を差し出されることはないが、考え込んでいるときは必ず弥一郎から声がかかる。

こんなに忙しいのによく目が届くものだ、と感心してしまうが、そうやって味を確かめてもらえることの安心感と言ったらない。

きっと彦之助にも同じようにできるはずだ。

彦之助は『七嘉』でしっかり修業を積んできたから、料理の基本は備わっている。それまで自分勝手な料理ばかり作っていたきよに比べれば、むしろ手がかからないはずだ。

「裏の家の台所からいちいち味を確かめてもらいに来るのは大変ですけど、あのへっついを使うならそんな苦労はありませんし。お弁当を作りながら、『千川』の味をしっかり身につければいいんです」

「そりゃあいい、そうしよう。あそこを使って、檜破子《ひわりご》には奥で詰めればいい。弥一郎だけじゃなくて俺の目も届く。なんで思いつかなかったかな!」

源太郎はご満悦だが、弥一郎は依然として厳しい顔つきだ。もう一押し、とばかりにきよは続けた。

「彦之助さんが作った料理が『千川』の名にふさわしくなかったときは、作り直させることも、こっちで作った料理に置き換えることもできます。いっそのこと、はじめから一品か二品は『千川』の料理を入れることにしてもいいでしょう」

「だから、それを誰が作るんだ? みんな手一杯だぞ」

「手一杯なのは、煮たり焼いたり温めたりしなきゃならないからですよね?」

「もちろんだ。わざわざ来てくれたんだ。なるべくなら出来立てを食ってほしいじゃねえか」

「わかります。でも、あらかじめ仕込んで、そのまま出す料理だってあります。和《あ》え物もそうだし、煮物なんて味を染み込ませるために朝から作って、出すときに温め直すものじゃないですか。ああいう料理を少し多めに仕込めば、お弁当に使えませんか？」

「……できなくもないな。多少量が増えたところで手数は変わらねえし」

「でしょう？　与力様の注文は毎日じゃないでしょうし、数にしても十も二十もあるとは思えません。たまのことなら、このやり方でしのげるはずです」

弥一郎が味を確かめた上に、『千川』の料理も入れる。それなら『千川』を名乗るにふさわしい弁当ができるはず、と言うきよに、源太郎はにやりと笑って言う。

「いっそ、売れ行きの悪い料理を詰め込んでみるかな」

「なんてことを言いやがるんだ！　うちに売れ行きの悪い料理なんてねえよ！」

「ほかに比べて、って話だよ」

「それにしたって、売れ残りを詰め込むって言ってるようなもんじゃねえか。それこそ『千川』の名折れだ」

「わかった、わかった、そうむきになるな。どっちにしても、これでまぎれもなく『千川』の弁当になる。たまに『おきよの座禅豆』でも入れれば、与力様も満足してくれるに違いねえ！」

弥一郎も渋々頷く。

「与力様が食うわけじゃねえから、座禅豆が入ろうが入らめえがかかわりねえだろ。でもまあ、しばらくそれでやってみるか……」

「よし。さっそく彦之助に店の奥で作るよう伝えてくる」

言うなり、源太郎は店を出ていった。

江戸に戻ってきた事情、戻ってすぐのこと……いろいろあったが、弥一郎同様彦之助だって息子に違いない。身の立つ方法が見つかって、誰より喜んでいるのは源太郎なのかもしれない。

早足に去っていく源太郎を見送った弥一郎は、まじまじときよを見る。なんだろうと思っていると、困ったように言う。

「おまえに一本取られた。それに、彦之助はこれからもおまえをあてにするんだろうな」

「そうでしょうか？」

「今ですら、わざわざ呼び出して相談するぐらいだ。いよいよ与力様の注文を受けるとなったら、もっともっとあてにされるに決まってる」

「私なんて、大して役に立ちませんけどね。彦之助さんは誰かに話すことで考えをまとめたいだけでしょう。私がなにを言っても、最後は自分の思うとおりにすると思います。彦之助さんにはそれだけの腕があるし、自信だって持ってますから」

「おまえの姉さんもそうだが、おまえもずいぶん彦之助贔屓《びいき》だな。あんなに嫌がらせをされたってのに……おまえみたいなのをお人よしって言うんだ」

「確かに私はお人よしかもしれません。でも、板長さんこそ、すんだことをいつまでも言うのは男らし……」

「姉ちゃん！」

そこで清五郎の慌てたような声が飛んできて、きよは危うく言葉を止めた。

弟に止められなければ、『男らしくない』と続けるところだった。いくらなんでもそれは言いすぎだ。それでも、弥一郎に腹が立っていたことに間違いはない。どうしてこんなに彦之助を貶《おとし》めるようなことばかりを言うのだろう。

忌《い》み子《ご》として生まれ、世間から隠れて育ったきよでも、兄や姉にはものすごくかわいがってもらったし、今でもなにかと気にかけてもらっている。だからこそ、同じように弟をかわいがったし、かわいがりすぎるあまり、このままでは清五郎をだめにしてしまうと諭される始末……

弥一郎を見ていると、自分と同じようにとまでは言わないが、たったひとりの弟なのだから、もっと助けてやればいいのに、と思ってしまう。その思いが、きつい言葉を口にさせたに違いない。

「言いすぎました。すみません……」

「どうしてそこまであいつに肩入れするかな……」

「分《ぶ》の悪い人に肩入れしたくなるのは当たり前です。もしかして、板長さんも肩入れしてほしいんですか？」

真顔で問い返したきよに、弥一郎は言葉を失っている。心なしか、耳のあたりが赤くなっているようだ。清五郎が盛大に噴き出す。

なにがそんなにおかしいのかわからない。それでも、とりあえず弁当の話がなんとかなりそうでよかった、ときよは安堵した。

そんなことがあった翌日、朝一番で彦之助が通路のへっついを確かめに来た。店を開ける前ならゆっくり見られると思ったのだろう。

じっくり確かめたあと、懐から取り出した書き付けをきよに渡す。そこには『鞍馬《くらま》山《やま》』『高尾山《たかおさん》』という文字が入れられていた。

「あんたが言うように、木や花の名前でもよかったんだが、山の名前もいいかなと……」

「鞍馬山は京、高尾山は江戸……これって、味の違いを出したいってことですか？」

「そうなんだ。俺はやっぱり、上方《かみがた》風ってのも売りにしたい。もちろん『千川』の味を外しきらねえぐらいで、だけど……」

「いいと思いますよ。『千川』の味付けを守りつつ、上方風の弁当を作る。難しいことですけど、彦之助さんならきっとできると思います」

「ああ、頑張ってみる。それとこれ……」

彦之助は、懐から出した別の紙をきよに渡す。一目で、ありったけの気を入れて書いたとわかる絵だった。

隣から覗き込んだ伊蔵が、感心して言う。

「絵心があるなあ……。辞めちまった欣治《きんじ》さんも達者だったが、彦さんもなかなかのものだ」

「どうかな、おきよ。これで、どんな弁当かわかるかな？」

「もちろんです。これならきっと、与力様の手下の方たちもご褒美を目当てにお勤めに励むことでしょう」

太鼓判を押すきよに、伊蔵も頷く。

「上等だよ。ま、俺なら絵なんてなくても、ご褒美に弁当がもらえるってだけでしゃかりきになるけどな。それにしても、彦さんはどこで絵を習ったんだい？」

「習っちゃいねえよ……ただ、勝手に描いてただけ」

暇にあかせて、庭の花や木を描いていた。とはいえ、それは子どものころのことで、やがて料理を作ることに気持ちが移り、絵はあまり描かなくなった。子どものいたずら書きのようなもの、という言葉が出たのは、そのせいらしい。

いつの間にかやってきた弥一郎も、絵に見入って言う。

「これをどうするんだ？」

「品書きに添えようかな、と……」

「なるほどな。絵入りの品書きなんて初めてだが、これはいい考えだ」

大したものだ、と彦之助を褒めた。弥一郎が手放しに褒めるなんて珍しいが、誰が立てても手柄は手柄として褒めるというのは、弥一郎のいいところだった。

さらに弥一郎は続ける。

「おまえは子どものころから絵が好きだったし、達者だった。俺なんざ、おまえはいっそ絵師になればいいと思ってたぐらいだ」

「なんてこと言うんだ。料理茶屋の子に生まれたんだから、料理人を目指すのが当たり前だろ。親父たちだってそれを望んだから俺を修業に出したんだ。もしかして、兄貴はそこから気に入らなかったのか？」

「そうじゃねえ。ただ、今にして思えば、絵師なら意地の悪い兄弟子に虐《いじ》められることもなかったんじゃねえか、ってな。ひっかけられるにしてもせいぜい絵具で、煮え湯なんてことはなかっただろうに」

その一言で、彦之助の表情が見るからに緩んだ。きよはきよでほっとする。なんのかんの言っても、弥一郎は弟の身を案じていたとわかったからだ。

「それに間違いはねえな……でも、今更絵師を目指そうとは思わないよ」

「そりゃそうだ。だが、せっかく絵の才があるなら生かすに越したことはねえ。字だけ書いてあったところで、与力様の手下たちにはどんな料理かわからない。店に来た客と違って訊ねるわけにもいかねえし、品書きに絵を入れるってのはいいやり方だ」

「うん。ま、言い出しっぺはおきよなんだけどな」

「またおきよか！　まあいい。腕も暇もあるんだから、しっかり励めばいいさ。そうだ、店の品書きにも絵を入れるってのはどうだ？」

「そりゃいいな！」

息子たちのやりとりを聞いていた源太郎が、歓声を上げた。もちろん、彦之助もひどく嬉しそうにしている。店の品書きにまで絵を描かせるのは、才を認めた証だ。これまで渋い顔ばかりされていた兄に認められて、喜ばないわけがなかった。

けれど、きよには、上田に渡すものならまだしも、店の品書きにまで絵を添えるのは、決していいこととは思えなかった。それでも、嬉しそうな親子に水を差すのは忍びなく、喉まで出かかった言葉を呑み込む。

そこで、小さくついたため息に気付いたのか、弥一郎がこちらを見た。

「どうしたおきよ、なにか気に入らねえことでもあるのか？」

「いいえ、別に……」

「別にってこたあねえだろ。眉根がすっかり寄っちまってるし、口の端が下がってる。言いたいことがあるのに口に出せず、堪《こら》えてるときの顔だぞ」

「なんだ、なんだ、言いてえことがあるなら言ってくれよ。おきよの言うことは、たいてい店のためになるんだからな」

源太郎に促《うなが》されても口を開こうとしないきよに、今度は彦之助が声をかけた。

「店の品書きに絵を入れるのが俺だ、ってのが気に入らねえのか？」

「そんな話じゃありません。ただ、お店には旦那さんや清五郎、おとらさんもいます。お客さんに訊ねられたら、説明できる人がいるじゃないですか」

「いやいや、いちいち訊かれるのは面倒だろう。絵を見てわかるなら、手間が省ける」

何度も料理の説明をするのは骨が折れる。書き入れ時ともなれば、ちょっとでも早くと駆け回るように料理を運んでいるのだから、呼び止められないほうがいいに決まっている、と弥一郎は言いたいのだろう。

　それぐらいきよにもわかる。だが、　料理を早く運ぶことと同じぐらい大事なことがある、ときよは思っていた。

「お客さんとのやりとりが減るのはよくない気がするんです」

「客とのやりとり？」

「はい。どんな材料をどんなふうに料理したのかを訊ねる。そこでお客さんと話をしますよね。からかわれたり、無駄話を持ちかけられたりもしますけど、それを楽しみに来てくれるお客さんもいるんじゃないでしょうか？」

「……それはあるだろうな。振売《ふりうり》や煮売り屋でさえ、軽口を叩きながら買い物をする。ひとりで暮らしてる年寄りの中には、そうでもしねえとしゃべり方を忘れちまう、とか思ってるのもいるかも」

弥一郎の言葉に、きよは大きく頷いた。

「人に会いたくて料理茶屋に来る。料理を貶《けな》してると思われると困るんですけど、『千川』が人気なのは、旦那さんやおとらさんが、お客さんの相手が上手だからってこともあると思うんですよ」

客の間を行き来する間に、あっちやこっちで言葉を交わす。どんな客にも、はきはきと愛想よく受け答えをするから店の中が明るくなる。たとえ自分からは話しかけたりしなくても、ちょっとした言葉をかけてくれるし、周りの話を聞くだけでも気持ちが華やぐ。そんな客が『千川』を選んでくれているのではないかと思うのだ。

「お客さんとのやりとりも料理の味のうち、って考えたら、それを減らすのは考えものじゃないかなと……」

「なるほど……言われてみれば、客から『これってどんな料理だい？』って訊かれることは多い。それをきっかけに、世間話が始まったりもする。煮売り屋でお菜を買うことはできるが、それだとひとりで食うことになる。たまには人の声を聞きながら食いたい、って客もいるだろうな」

「そうか……絵はいらねえか……まあ、弁当と違って店の料理は日によって変わる。俺だって、さすがに朝から晩まで絵にかかりきりってわけにもいかねえしな」

そこで、きよたちの話を聞いていた彦之助が少々寂しそうに呟いた。後ろ半分の理由が、自分を納得させるためのものとしか思えず、きよは切なくなってしまう。

こうなることがわかっていたからこそ言いたくなかったのだ。彦之助は絵師ではないが、絵を褒められたすぐあとで、店の品書きには生かせないとなったら、がっかりするのは当たり前だった。

せっかく上向いた気持ちに水をかけてしまった……と悔やみつつ、きよは壁に目をやる。壁は板で作られているが、とらや清五郎がせっせと掃除しているため埃ひとつついていない。それを見ているうちに、きよはいいことを思いついた。店のためにも、彦之助のためにもなる考えに、きよは勢いづいて言った。

「壁に彦之助さんの絵を貼ったらどうでしょう？」

「壁に、料理の絵を貼るってのか？」

源太郎の驚きの声に、きよはすぐに説明を始める。

「料理は毎日変わりますが、季節が変わらないうちは通しで出してるものも多いですよね。そういうのを選んで絵にするのはどうでしょう？」

たとえば、冬なら小鍋立てはどうだろう。小鍋立ては冬に向けて人気の料理だし、彦之助ならきっと、細い筆で湯気まで描き入れ、見ただけでぬくもりが伝わってくるような絵にするだろう。

春なら鰹《かつお》の刺身、夏なら素麺《そうめん》……そこに生唾が湧くような絵があれば、注文する客が増えるかもしれない、ときよは考えたのだ。

だが、弥一郎は返事をせず、黙って何事か考えている。

あまりうまい考えではなかったのか、とがっかりしかけたとき、ようやく弥一郎が口を開いた。

「料理の絵はいいと思う。ただ、貼るのは店の中じゃない」

「じゃあ、どこに?」

「外。通りに面した壁に貼るのさ。道を歩く連中の目に入るように」

そこで源太郎が、ぽんと手を打った。

「客引きか! 歩いてるやつらが、料理の絵を見て食いたくなって店に入ってくるって算段だな!」

「そのとおり。まあ外に貼るんだから、雨や風で駄目になっちまうかもしれねえが、そのときはそのとき。また描き直してもらうさ。いいよな、彦之助?」

「そんなのいくらでも!」

彦之助は即座に頷く。店の役に立てるのが、よほど嬉しいのだろう。

——さすがは板長さん。彦之助さんの腕を生かせて、私の案よりもっとお客さんも増やせる考えを思いつくなんて……

弥一郎親子への尊敬がさらに高まる。

この地に料理茶屋を開き、客を集め、跡取りをしっかり仕込んだ源太郎。いずれ暖簾《のれん》を譲られる日に備えて、料理人としてはもちろん、主《あるじ》としての気構えも養いつつある弥一郎。今までなかった弁当作りを手掛け、『千川』の商《あきな》いを広げつつある彦之助――この親子がいる限り『千川』は安泰だ。ひょんなことから奉公し、板場にまで入れてもらえるようになったのは、きよにとって大きな幸いだった。

この縁を生かし、少しでも『千川』のためになるよう努めよう。こんなにいい手本が身近にいてくれるのだから……

そして、きよは笊《ざる》から大根を取る。一生懸命励んだおかげで、糸切りはかなり上達した。それでも、まだまだ弥一郎や伊蔵には及ばない。

より早く、より細く、より丁寧に――少しでも弥一郎たちの仕事に近づけるよう、きよよは大根を刻み続けた。

その夜、きよは夢を見た。

昼間と同じように、一心に大根を刻んでいる夢だ。ただその板場に見覚えがないし、弥一郎も伊蔵もいない。それどころか、へっついはひとつしかない上に二口のもの……

座敷は客で埋まっているけれど、広さは『千川』の半分もない。もちろん、源太郎やとらの姿も見えない。どうやら、きよがいるのは『千川』ではないらしい。

あまりに勝手が違いすぎて不安になり、立ち上がって外に出てみると、そこは見慣れた富岡八幡宮の参道ではなく、細い路地だった。

なるほど裏店《うらだな》か……と得心し、板場に戻ろうとしたところできよは目を疑った。真新しい緋色の暖簾《のれん》の中ほどに、大きく『きよ』と書かれている。そんな馬鹿な、と思ったところで目が覚めた。

慌てて見回しても暗い中に清五郎の微かな鼾《いびき》が聞こえてくるだけ……どうやら夜はまだ明けていないようだ。

――なに、今の夢……まさか私、自分の店を持ちたいの？

そんなことは望むどころか、考えたこともない。

ただ、これからも助け合って『千川』を大きくしていくだろう源太郎親子の姿を見て、尊敬の念とともに、羨《うらや》ましさも覚えた。自分では気づかないうちに、いつか店を持ちたい、と願ったのかもしれない。

とはいえ、料理修業は始めたばかり、一人前になれるとしてもまだまだ先のことだ。そんな自分が店を持つなんて、おこがましすぎる。なにより、自分の店を持つということは、『千川』から離れるということだ。源太郎も、弥一郎兄弟も、伊蔵も、とらも、もしかしたら清五郎さえいないところで店を持つ。そんなことが、できるはずがない。

そこまで考えたとき、きよは、以前聞いた、父が若かったころの苦労話や、兄が代替わりをしたときのことを思い出した。

確か、父や兄が店を任されたのは、今のきよと大差ない年だったはずだ。男と女では大違いだし、修業の長さも全然違う。それでも、絶対に無理、と決まったわけではないのかもしれない。

――以前板長さんは『自分を知った上で、もっと上に行こうと頑張ることが大事だ』と言っていた。自分の店を持つことを目指して精進《しょうじん》するのはいいことだ。不相応なほど大きな夢を持つことで、思ったより上に行けるってこともあるのかもしれない……

暗闇の中でそんなことを考えながら、きよは緋色の暖簾が揺れるさまを思い浮かべていた。

【参考文献】

『近世風俗志（守貞謾稿）1～5』喜田川守貞　宇佐美英機・校訂　岩波書店
『本朝食鑑1～5』人見必大　島田勇雄・訳注　平凡社
『三田村鳶魚　江戸生活事典』三田村鳶魚　稲垣史生・編　青蛙房
『楽しく読める江戸考証読本一、二』稲垣史生　新人物往来社
『江戸時代　武士の生活』進士慶幹・編　雄山閣出版
『江戸は夢か』水谷三公　筑摩書房
『武士と世間』山本博文　中央公論新社
『武士の家計簿「加賀藩御算用者」の幕末維新』磯田道史　新潮社
『商人道「江戸しぐさ」の知恵袋』越川禮子　講談社
『幕末武士の京都グルメ日記「伊庭八郎征西日記」を読む』山村竜也　幻冬舎
『居酒屋の誕生　江戸の呑みだおれ文化』飯野亮一　筑摩書房
『幕末単身赴任　下級武士の食日記　増補版』青木直己　筑摩書房
『お江戸の意外な生活事情　衣食住から商売・教育・遊びまで』中江克己　PHP研究所
『江戸の食卓　おいしすぎる雑学知識』歴史の謎を探る会・編　河出書房新社
『日本人なら知っておきたい江戸の商い　朝から晩まで』歴史の謎を探る会・編　河出書房新社
『実見　江戸の暮らし』石川英輔　講談社
『大江戸えねるぎー事情』石川英輔　講談社
『大江戸テクノロジー事情』石川英輔　講談社
『大江戸生活事情』石川英輔　講談社

『大江戸リサイクル事情』石川英輔　講談社
『大江戸長屋ばなし　庶民たちの粋と情の日常生活』興津要　ＰＨＰ研究所
『大江戸商売ばなし』興津要　中央公論新社
『一日江戸人』杉浦日向子　新潮社
『大江戸美味草紙』杉浦日向子　新潮社
『江戸へようこそ』杉浦日向子　筑摩書房
『大江戸観光』杉浦日向子　筑摩書房
『絵でみる江戸の町とくらし図鑑』善養寺ススム　江戸人文研究会・編　廣済堂出版
『深川江戸資料館展示解説書』江東区深川江戸資料館
『本当はブラックな江戸時代』永井義男　朝日新聞出版
『古地図で楽しむ江戸・東京講座　切絵図・現代図 比較マップ』ユーキャン　こちずライブラリ・編集
『古地図で楽しむ江戸・東京講座　メインテキスト』ユーキャン　こちずライブラリ・編集
『絵で見る江戸の女たち』原田伴彦・遠藤武・百瀬明治　柏書房
『お江戸の結婚』菊池ひと美(画・文)　三省堂
『江戸の恋文　言い寄る、口説く、ものにする』綿抜豊昭　平凡社
『江戸の女性　躾・結婚・食事・占い』陶智子　新典社
『江戸の躾と子育て』中江克己　祥伝社
『江戸ごよみ十二ヶ月』高橋達郎　人文社編集部・企画編集　人文社

※本作はフィクションであり、その性質上、脚色している部分があります。

Takimi Akikawa 秋川滝美
居酒屋ぼったくり
酒飲み書店員さん、絶賛!!
1〜11
おかわり! 1〜2
シリーズ累計
130万部
(電子含む)
旨い酒と
美味い飯、
そして
優しい人が
ここにいる。
居酒屋ぼったくり
おかわり!
秋川滝美
旨い物と
みんなの
笑顔を
おかわり!
シリーズ累計
120万部
突破!!
期待に応えて
待望の
番外編!!
東京下町にひっそりとある、居酒屋「ぼったくり」。
名に似合わずお得なその店には、旨い酒と美味しい料理、そして今時珍しい義理人情がある——
旨いものと人々のふれあいを描いた短編連作小説、待望の文庫化!
全国の銘酒情報、簡単なつまみの作り方も満載!
◉文庫判 ◉各定価:737円(10%税込) ◉illustration:しわすだ
大人気シリーズ待望の文庫化!

人情あふれる居酒屋譚、大好評発売中
居酒屋ぼったくり
1〜6
【原作】秋川滝美
【漫画】しわすだ
なんとも物騒な名前の
この店には
旨い酒と
美味しい肴
暖かい人情がある!
シリーズ累計
130万部
(電子含む)
居酒屋ぼったくり 6
【原作】秋川滝美
【漫画】しわすだ
物騒な名前のこの店は
美味しい料理の
匂いがあふれる!
126万部突破!!
傑作居酒屋人情譚、コミカライズ第6巻!
東京下町にひっそりとある、居酒屋「ぼったくり」。なんとも物騒な暖簾のかかるその店では、店を営む姉妹と客達の間で日々、旨い酒と美味しい料理、誰かの困り事が話題にのぼる。そして、悩みを抱えて暖簾をくぐった人は、美味しいものと義理人情に触れ、知らず知らずのうちに身も心も癒されてゆく——。
◉B6判 ◉各定価:748円(10%税込)
Webにて好評連載中!
アルファポリス 漫画
検索

ご飯が繋ぐ父娘の絆

母親を亡くし、失踪した父親を捜しに、江戸に出てきた鈴。ふらふらになり、行き倒れたところを、料理屋「みと屋」を開くヤクザの親分、銀次郎に拾われる。そこで客に粥を振舞ったのをきっかけに、鈴はみと屋で働くことになった。

「飯が道を開く」

料理人だった父親の思いを胸に鈴は、ご飯で人々の心を掴んでいく。そんなある日、銀次郎が無実の罪を着せられて――!?

定価:737円(10%税込み)　ISBN:978-4-434-29421-1

イラスト:ゆ

深川の花街、大黒で行き倒れていたとある醜女。妓楼たつみ屋に住む絵師の歌に拾われた彼女は、「猿」と名付けられ、見世の料理番になる。元々厨房を任されていた男に、髪結、化粧師、門番、遣手婆……この大黒にかかわる人々は皆、何かしらの事情を抱えている。もちろん歌も、猿も。そんな花街は、猿がやってきたことをきっかけに、少しずつ、しかし確かに変わっていく——

◎定価：737円（10%税込）　◎ISBN978-4-434-28003-0

◎Illustration：alma

フラれ侍

定廻り同心と首打ち人の捕り物控

二上圓
ふたがみ まどか

人情系
捕り物帖
第二弾!!

吉原にて、雨天に傘を持っていながら「思いを遂げるまでは差さずに濡れていく」……という〈フラれ侍〉が評判をとっていたある日。南町奉行所の定廻《じょうまわ》り同心、黒沼久馬《くろぬまきゅうま》のもとに、雨の夜の連続辻斬りが報告される。
そこで、友人である〈首斬り浅右衛門《あさえもん》〉と調査に乗り出す久馬。
そうして少しずつ明らかになっていく事件の裏には、傘にまつわる悲しい因縁があって——

◎定価：737円（10%税込）　◎ISBN978-4-434-26096-4

◉illustration:森豊

この作品に対する皆様のご意見・ご感想をお待ちしております。

おハガキ・お手紙は以下の宛先にお送りください。

【宛先】

〒150-6008 東京都渋谷区恵比寿 4-20-3 恵比寿ｶﾞｰﾃﾞﾝﾌﾟﾚｲｽﾀﾜｰ 8F
(株) アルファポリス　書籍感想係

メールフォームでのご意見・ご感想は右のＱＲコードから、
あるいは以下のワードで検索をかけてください。

アルファポリス　書籍の感想　検索

ご感想はこちらから

アルファポリス文庫

きよのお江《え》戸《ど》料理《りょうり》日記《にっき》3

秋川滝美（あきかわたきみ）

2022年　4月　5日初版発行

編集－塙 綾子
編集長－倉持真理
発行者－梶本雄介
発行所－株式会社アルファポリス
〒150-6008東京都渋谷区恵比寿4-20-3 恵比寿ｶﾞｰﾃﾞﾝﾌﾟﾚｲｽﾀﾜｰ8F
TEL 03-6277-1601（営業）　03-6277-1602（編集）
URL https://www.alphapolis.co.jp/
発売元－株式会社星雲社（共同出版社・流通責任出版社）
〒112-0005 東京都文京区水道1-3-30
TEL 03-3868-3275
装丁イラスト－丹地陽子
装丁デザイン－AFTERGLOW
印刷－中央精版印刷株式会社

価格はカバーに表示されてあります。

落丁乱丁の場合はアルファポリスまでご連絡ください。

送料は小社負担でお取り替えします。


ISBN978-4-434-30112-4 C0193